KB106016

어떤 소송

어떤 소송

Corpus Delicti: Juli Zeh
Ein Prozess

율리 체 장편 소설

장수미 옮김

민음사

벤을 위하여

일러두기

1. 본문 중 고딕체는 원문에서 다른 글씨체로 강조한 부분이다.

2. 본문의 각주는 모두 옮긴이 주이다.

차례

서문

　건강은 완전한 육체적, 정신적, 사회적 건재 상태이며 단순히 질병이 없는 것이 아니다.

　건강이란 모든 신체 부분, 장기, 세포에 생명이 막힘없이 흐르는 것, 정신적이고 육체적인 조화 상태, 생물학적 잠재 에너지가 방해받지 않고 발현되는 것으로 정의할 수 있다. 건강한 유기체는 자신을 둘러싼 환경과 잘 상호 작용한다. 건강한 인간은 자신이 활기차고 성과를 낼 수 있다고 생각한다. 그에게는 자기 방어력에 관한 낙관적인 신뢰와 정신적 힘 그리고 안정적인 영혼의 삶이 있다.

　건강은 고정된 어떤 것이 아니라 인간이 자기 자신과 맺는 역동적 관계이다. 건강은 날마다 유지되고자 하며 몇 년, 몇십 년에 걸쳐, 수명이 다할 때까지 증진되고자 한다. 건강은 평균이 아니라 더 높은 기준이며 개개인의 최고 성과이다. 가시화된 의지이며 지속적인 강한 의지력의 표현이다. 건강은 개개인의 완성을 넘어 사회적인 더불어 살기의 완벽성으로 향한다. 건강은 삶에 대한 자연스러운 의지의 목표이며 그렇기에 사회와 법 그리고 정치의 자연스러운 목표이다. 건강을 추구하지 않는 인간은 병날 것이 아니라 이미 병들었다.(하인리히 크라머, 『국가 공인 원칙으로서의 건강』(베를린, 뮌헨, 슈투트가르트), 29판 서문에서)

판결

방법의 이름으로!

방법 적대적 책동을 자행한

독일 국적자이자 생물학 전공자 미아 홀에 대한

형사 사건 판결

배심 재판소 제2형사 법원은

1. 배심 재판소 소장 판사 에르네스트 후트슈나이더 박사를 재판장으로,

2. 배심 재판소 판사 하거 박사와 판사 슈토크를 배심 판사로,

3. 배심원으로

   a) 주부 이름가르트 겔링,

   b) 상인 막스 마링을,

4. 검사 벨을 기소 기관 대표로,

5. 변호사 루츠 로젠트레터 박사를 변호인으로,

6. 법률 보조원 다너를 사무소 기록관으로 하여,

다음과 같이 판결한다.

I. 피고는 테러 전쟁 준비를 포함한 방법 적대적인 책동으로 유죄다. 국가 평화를 위태롭게 하고 독성 물질을 취급하였으며 보편적 복리에 부담을 안기며 필수 조사를 의도적으로 거부한 사실이 있다.

II. 고로 피고를 무기 동결형에 처한다.

III. 피고는 소송 비용과 기타 필수 경비를 부담한다.

다음과 같은 이유로…….

21세기 중엽, 한낮

이웃한 도시들은 성장해 맞닿았고, 그 주위를 숲이 우거진 언덕이 빙 둘러쌌다. 폭신해 보이는 구름을 향해 송신탑이 여럿 솟았다. 한때는 엄청난 양의 오염물로 이 행성에서 자기 존재를 증명해야 한다고 믿었던 문명이 내쉰 숨으로 구름 아래쪽이 회색빛을 띠었던 것은 이미 오래전 일이다. 여기저기에서 호수들이 갈대 속눈썹을 두른 커다란 눈망울처럼 하늘을 쳐다본다. 자갈과 석탄을 캐내던 구덩이에 물이 찬 지 수십 년이 된 것이다. 호수 근방 폐쇄된 공장들 안에는 문화 센터가 자리 잡았다. 이제는 안 쓰이는 고속 도로 일부와 문 닫은 교회의 종탑들이 어우러져 관람객은 드물지만 한 폭의 그림 같은 야외 박물관이 되어 있다.

악취를 풍기는 것은 이제 없다. 인류는 이제 땅을 파헤치지도, 매연을 뿜지도, 건물을 헐어 없애지도 않는다. 안정 상태에 접어들었기에 이제 자연을 적대시해 파괴하지도 않고, 그 결과 자신도 파괴하지 않게 된 것이다. 전면을 희게 칠한 주사위 꼴 집들이 언덕배기에 점점이 흩어졌는데 아래로 가면서 차차 모여들더니 마지막에는 테라스 모양으로 층층이 포개진 주거용 복합 건물을 이룬다. 엄청나게 많은 납작한 지붕이 지평선에 이르도록 끝없이 이어지며 하늘의 푸른빛을 반사해 마치 파도치기를 멈춰 버린 큰 바다 같다. 태양 전지 수백만 개가 촘촘히 모인 풍경이다.

자기 부상 열차의 선로가 사방팔방에서 뻗어 와 숲을 관통한다. 선로들이 모여 만나는 곳, 대양처럼 하늘빛을 반사하는 지붕들의 한복판이 도시의 중심이다. 우리의 이야기는 바로 거기에서 21세기 중엽, 한낮에 시작된다.

눈에 띄게 긴 지붕 아래에서 지방 법원은 늘 그랬듯 일상 업무를 처리한다. 이름 첫 자가 F인 사람부터 H인 사람까지에 대한 조정 심리가 진행되는 20/09호의 온도는 정확히 19.5도를 유지하도록 맞춰졌다. 이 기온에서 인간이 가장 잘 사고할 수 있기 때문이다. 조피는 항상 니트 재킷을 걸치고 출근한다. 심지어 형사 사건 법정에서도 법복 속에 입을 정도다. 조피의 오른쪽에는 이미 처리한 서류들이 쌓여 있다. 상대적으로 낮은 왼쪽 서류 더미는 앞으로 처리할 것들이다. 금발을 포니테일로 올려 묶은 여자 판사 조피는 아직도 법학 강의실에서 강의에 열중하던 학창 시절 모습을 간직하고 있다. 그녀는 영사기가 비추는 화면을 보면서 연필을 잘근잘근 씹는다. 그러다 공익의 대변자인 벨과 눈이 마주치자 입에서 연필을 뺀다. 그녀는 벨과 같은 대학에서 공부했다. 벨은 이미 팔 년 전 학생 식당에서도 병원균 묻은 이물질이 입에 닿을 때 일어날 수 있는 인두강 감염에 대해 일장 연설을 늘어놓곤 했다. 이 나라의 공공장소에 어디 병원균이 있기라도 한 것처럼 말이다!

벨은 조피에게서 얼마간 거리를 두고 마주 보며 앉아 있는데, 앞에 놓인 탁자의 절반 이상이 그의 서류로 덮여 있다. 반면 사익의 대변자는 같은 탁자의 좁은 옆면에 앉아 있다. 전반적 의견 일치의 중요성을 강조하기 위해 공익의 대변자와 사익의 대변자는 한 탁자에 앉도록 정해졌다. 양쪽 모두에게 상당히 불편한 일이지만 그래도 아름다운 사법 전통이다. 벨이 오른손 집게손가락을 올리자 영사막 화면이 바뀐다. 이제 젊은 남자의 모습이 나타난다.

"질서 위반이에요."라고 조피가 말한다. "혹시 전과가 있나요? 처벌받은 적이라도?"

"없어요." 사익의 대변자가 서둘러 확인해 준다. 로젠트레터는 선량한 젊은이다. 그는 당황하면 손가락으로 머리칼을 쓸어 넘기는데 그러고 나서는 빠진 머리칼을 되도록 눈에 띄지 않게 바닥으로 떨어뜨리려고 애쓴다.

"그러니까 혈액 내 카페인 수치 1회 초과예요. 서면 경고로 끝내겠어요. 좋은가요?"

"물론이죠." 로젠트레터는 공익의 대변자를 살피려고 고개를 돌린다. 공익의 대변자는 고개를 끄덕인다. 조피는 이제 서류 하나를 왼쪽 더미에서 오른쪽 더미로 옮겨 놓는다.

"자, 여러분." 하고 벨이 말한다. "다음 사건은 유감스럽지만 그리 간단하지 않아요. 누구보다 너한테 즐겁지 못한 일이 될 거야, 조피."

"아이와 관련된 건가요?"

벨이 손가락을 들자 화면이 바뀐다. 중년 남자 사진이 나타난다. 전신 나체. 앞모습과 뒷모습. 겉 사진과 속 사진. 엑스레이 사진, 초음파 사진 그리고 뇌 엠알아이 사진.

"이 사람이 아빠예요." 하고 벨이 말한다. "이미 여러 차례 처벌받았어요. 니코틴과 에탄올 같은 독성 물질 사용으로요. 오늘 이 자리에는 젖먹이 질병 조기 인식에 관한 법률 위반으로 나온 거예요."

조피는 걱정스러운 얼굴이다.

"꼬마는 몇 살이죠?"

"십팔 개월요. 여자애고요. 아이 아버지가 검진 의무 G2단계 및 G5부터 G7단계까지를 이행하지 않았어요. 더 심한 건 이 어린애가 정상 확인 검사를 받지 못했다는 거예요. 뇌 이상 유무를 확인하지 않았고 알레르기가 있는지도 검사하지 않은 거죠."

"엉망진창이군요! 어째서 그런 일이 일어날 수 있었죠?"

"담당 의사가 피의자에게 여러 차례 그의 의무를 지적해 주었고 결국 후견인을 신청하기까지 했어요. 그래서 후견인이 겨우 아이 집에 가 봤더니 그 불쌍한 것이 완전히 방치돼 있었어요. 영양실조에다 신경성 구토 설사를 했어요. 아이는 말 그대로 제가 눈똥 속에 누워 있었어요. 며칠만 더 지났으면 아마 너무 늦어 손을 쓸 수도 없었을 거예요."

"끔찍해라! 그런 조그만 아이가 스스로 뭘 어찌해 볼 수도 없는 거잖아요!"

"그 남자한테는 개인적 문제가 있었어요."라고 말하며 로젠트레터가 끼어든다. "아이를 혼자 키우며 사는 데다……."

"그건 나도 이해해요. 그래도 그렇지. 제 자식을……!"

로젠트레터는 체념한 듯한 손짓으로 기본적으로는 조피와 같은 생각임을 내보인다. 그가 손짓을 막 끝냈을 때다. 회의실 문이 열린다. 들어서는 인물은 노크를 하지도 않았고 시끄럽게 하지 않으려는 기미도 전혀 없어 보인다. 몸놀림을 보건대 어떤 장소든 무사통과하는 것이 몸에 밴 듯하다. 양복은 몸에 더없이 잘 맞고, 진정한 우아함에 빠질 수 없는, 적당한 초탈함도 있다. 고동색 머리칼과 검은 눈동자에, 팔다리는 길지만 굼뜨지는 않다. 몸동작을 지켜보면 어슬렁거리는 고양잇과 맹수들의 느긋한 모습이 연상된다. 눈을 반쯤 감고 햇살을 받으며 졸다가도 일순간에 공격 태세를 갖출 수 있는 맹수 말이다. 하인리히 크라머를 제법 아는 사람은 수전증이 있는 그가 바지 주머니에 떨리는 손을 집어넣어 감추곤 한다는 것을 안다. 크라머는 길에서는 흰 장갑을 끼고 다니는데 지금은 벗었다.

"상테," 여러분."

그는 이렇게 말하며 서류 가방을 방문객용 책상에 내려놓고는 의자를 끌어당겨 앉는다.

"상테, 크라머 씨!" 하고 벨이 말한다. "또다시 흥미진진한 이야기를 찾아다니는 중이시죠?"

"제4권력의 눈은 한순간도 잠자는 법이 없습니다."

벨은 웃는다. 그러다 크라머의 말이 농담이 아니란 것을 알아차리고 웃음을 멈춘다. 크라머는 상체를 앞으로 숙이고 이마에 주름을 잡으면서 사람을 정확히 알아보기가 힘들다는 듯 사익의 대변자를 깐깐히 살펴본다.

---

01 Santé. 프랑스어로 '건강'이란 뜻.

"상태, 로젠트레터 씨." 그는 한 음절 한 음절씩 강조하면서 말한다.

로젠트레터는 얼른 인사를 하고는 자기 서류 속으로 시선을 감춘다. 크라머는 다림질로 주름을 잡은 바지 앞자락을 손가락으로 집어 올리며 다리를 포갠 후 손가락 하나를 뺨에 대고는 눈에 잘 안 띄는 방청객 흉내를 내 보려 하지만 풍모가 그 같은 사람으로서는 가망 없는 일이다.

"다시 사건으로 돌아가서." 조피가 짐짓 사무적인 태도로 말한다. "공익의 대변자께서는 어떤 제안을 하시겠습니까?"

"삼 년입니다."

"형량이 좀 과한 것 같군요."라고 로젠트레터가 말한다.

"아니, 그렇게 생각하지 않아요. 우리는 그 녀석에게 자기가 딸의 목숨을 위태롭게 했다는 걸 분명히 보여 줘야 해요."

"타협안입니다." 조피가 재빨리 말한다. "집에서 마칠 수 있는 개방형 감호 조치 이 년을 제안합니다. 어린 소녀를 위해서는 의료 후견인을 붙여 주고, 아버지는 의학 및 위생 교육을 받도록 하지요. 이렇게 하면 아이의 무탈을 보장할 수 있고 이 가족은 다시 한번 기회를 얻죠. 어떤가요?"

"그것이 바로 제가 요청하려던 거예요."라고 로젠트레터가 말한다.

"아주 좋습니다." 조피가 미소 지으며 벨에게 말한다. "근거는 뭐라고 하죠?"

"의학적이고 위생적인 예방 조치를 소홀히 하면 어린이의 복리가 위태로워진다. 친권이란 아이에게 해를 입히는 것까지 허락하지는 않는다. 위험을 알고도 막지 않는 건 법률적으로는 고의로 고통을 가하는 것과 같다. 그러므로 처벌은 중상해죄에 준한다."

조피가 메모한다.

"허가합니다." 하고 말하며 그녀는 서류를 옆으로 치운다. "이로써 이 건이 가장 잘 처리되었길 바라 보죠."

크라머는 다리를 바꿔서 포개고는 다시 조용히 앉아 있다.

"그럼 계속." 이렇게 말하고 벨은 집게손가락을 위로 향한다. "미아 홀."

영사막에 비친 여자는 나이를 가늠하기 어려워 스무 살로도 마흔 살로도 볼 수 있을 것 같다. 생일을 보면 흔히 그렇듯 진실은 그 중간쯤인 것을 알게 된다. 그녀 얼굴에는 특유의 깨끗한 기운이 감도는데 그런 기운은 여기 있는 다른 사람들에게서도 엿볼 수 있다. 세상살이의 흔적이 안 보이고, 나이티가 안 나며, 거의 아이 같은 무엇이 그들의 모든 표정에 섞여 있다. 일생 동안 제대로 고통을 겪어 보지 않은 사람들의 얼굴에 나타나는 것. 미아는 두려움 없이 친밀하게 상대편을 바라본다. 그녀의 벗은 몸은 홀쭉하지만 저항력이 강한 단단한 체질을 짐작케 한다. 크라머는 윗몸을 곧추세운다.

"아마 또 질서 위반이겠죠." 조피는 새 서류를 들여다보며 애써 하품을 참는다.

"이름을 다시 말해 주세요." 크라머였다. 큰 소리로 말하지는 않았지만 그의 목소리는 이 방 안에서 진행되는 어떤 일이든 즉각 압도해 버린다. 세 법조인은 놀라 그를 쳐다본다.

"미아 홀이오."라고 조피가 말한다.

마치 파리를 쫓는 것 같은 동작으로 크라머는 판사 조피에게 조정을 계속하라는 신호를 보낸다. 그러면서 주머니에서 전자수첩을 꺼내더니 메모하기 시작한다. 조피와 로젠트레터는 재빨리 눈길을 주고받는다.

"무슨 일이죠?"라고 조피가 묻는다.

"신고 의무 소홀이에요."라고 벨이 말한다. "이달에 수면 보고서와 영양 섭취 보고서를 제출하지 않았어요. 운동 실적 그래프도 갑자기 확 떨어졌습니다. 집에서 혈압 측정과 소변 검사를 실행하지 않았어요."

"일반 데이터를 보여 주세요."

벨이 손을 한 번 휘젓자 프레젠테이션 화면으로 정보가 줄줄이 흘러나온다. 혈액 검사 수치, 열량 섭취와 신진대사 과정에 대한 정보들, 거기에다 실적 추이를 보여 주는 도표 몇 개.

"이 여자는 그래도 상태가 양호하네요." 하고 조피가 말하자 로젠트레터가 바로 받아 말한다.

"전과는 없습니다. 삶의 궤적이 이상적이며 성공한 생물학자고요. 육체적이거나 사회적인 장해의 기미도 없어요."

"'중파중'을 이용했나요?"

"아직까지는 중앙 파트너 중개소에 신청서가 제출된 적은 없어요."

"어려운 시기를 보내고 있나 보군요. 안 그래요, 여러분?" 조피는 벨의 못마땅한 표정과 로젠트레터의 깜짝 놀란 얼굴을 보며 웃는다. "나라면 이런 사례에 대해서는 경고를 하는 대신 도움을 받아들이길 권고하겠어요. 나와서 해명하도록 부르는 거죠."

"뭐, 그러시든지요." 벨은 어깨를 올렸다 내린다.

"어려운 시기라." 크라머는 미소 지으며 손가락 끝으로 화면을 두드린다. "그렇게도 표현할 수 있는 거군요."

"피의자와는 아는 사이인가요?" 조피가 친절한 어조로 묻는다.

"나는 법원이 예의 바르게 거리를 유지하는 걸 높이 평가하지요." 크라머는 우아한 조소를 담아 조피에게 윙크한다. "당신도 피의자를 한 번 만난 적 있을 텐데요, 조피. 다른 정황에서이긴 하지만."

조피는 잠시 생각에 잠긴다. 본래 혈색이 그렇게 건강하지 않았더라면 우리는 그녀의 얼굴이 살짝 붉어지는 걸 볼 수도 있었을 것이다. 크라머는 수첩을 챙겨 넣고 일어선다.

"벌써 끝났습니까?"라고 벨이 묻는다.

"정반대지요. 이제부터가 시작입니다."

크라머가 작별 인사로 손을 흔들고 나가자 조피는 보던 서류를 덮고 새 서류를 끌어당긴다.

"다음 순서요."

후추

"애들 방에서 들렸어! 이렇게!" 리치가 계단 난간을 놓고 몸을 앞으로 숙이며 연극하는 듯 과장된 몸짓을 한다. "에엣취! 에엣취!"

"너 진심으로 하는 말 아니지?" 폴셰는 유령이 방금 계단을 획 지나가기라도 한 듯 주위를 둘러본다. "그건 꼭……."

"괜찮아, 말해 봐!"

"재채기 같잖아."

"바로 그거야! 애들 방에서 들렸다니까! 내가 얼마나 정신없이 뛰어왔겠니."

"허튼소리는!" 함께 있는 드리스는 쭉 뻗은 나무처럼 키가 훌쩍 크고 여성스러운 굴곡이 없다. 평면적인 얼굴이 하얀 위생복 옷깃 위에서 똑바로 균형을 잡고 커다란 두 눈은 앞에 있는 상대를 거울처럼 번갈아 비춘다. 주근깨가 없다 쳐도 소녀 같은 그녀가 성인이라고는 잘 믿기지 않을 터이다.

"뭐가 허튼소리란 말이니?"폴셰가 묻는다.

"감기는 20년대 이후로 소멸했잖아."

"똑똑하기도 하지." 리치는 놀랍다는 듯 눈을 휘둥그렇게 뜬 채 눈동자를 굴린다.

"최근에 다시 경고했잖아."폴셰가 소리를 죽여 말한다.

"거봐, 드리스. 폴셰는 《건강한 인간 오성》을 읽는다니까. 그래, 내가 심장이 덜컥해서 문을 확 열어젖혔지. 뭘 봤을 거 같아? 딸내미가 우테네 개구쟁이 아들이랑 바닥에 웅크리고 앉아 후추 봉지에 코를 박고 있는 거야. 그러곤 세계 챔피언처럼 재채기를 하더라니까."

"의사 놀이를 한 거였구나!"폴셰가 웃기 시작한다.

"네 딸은 환자였고."드리스도 이제 웃는다.

"알아들 챘네. 그런데 그때 겁이 나서 환자가 될 뻔한 건 바로 나였어."

셋은 함께 모여 섰다. 마치 자기들이 어제, 그저께 그리고 그전에도 매일 모였던 것을 스스로 흉내라도 내려는 듯. 리치는 소독기 호스에 몸을 지탱했고, 폴셰는 박테리아 측정기 상자에 기댔으며, 드리스는 두 팔을 계단 난간에 얹은 모습. 꼭 같은 모습이 미래에도 반복되며 이어진다. 그때 건물 문이 열리고 세 사람은 일시에 조용해진다. 그가 다시 거기 있다. 어두운색 양복을 입은 남자. 얼굴은 반쯤 흰 천으로 가렸지만 눈을 보기만 해도 그의 용모가 얼마나 멋진지 충분히 알 수 있다.

"상테! 좋은 날, 숙녀분들."

"좋은 날."리치가 골반을 한쪽 옆으로 내밀고 그 위에 한 손을 얹으며 말한다. "좋은 날이란 우리가 더 이상 할 일이 없는 날이겠지요."

"그런데 당신은 꼭 그렇게……." 드리스가 손가락을 뻗어 남자의 얼굴을 가리키며 말한다.

"마스크 말이에요." 리치가 재빨리 말한다.

"여긴 감시원 건물이에요. 이 안에선 마스크 하실 필요가 없어요."

"이런, 바보같이." 크라머가 뒷머리 끈을 풀며 말한다. "입구에 안내판이 있었는데 말이죠."

그는 마스크를 재킷 주머니에 집어넣는다. 그리고 긴 침묵이 흐른다. 그동안에 감시원 건물이란 무엇인가에 대해 브리핑을 해도 충분할 정도다. 입주자들이 특별히 신뢰할 만하다고 당국으로부터 인정받은 공동 주택의 경우, 위생적 질병 예방 조치를 스스로 알아서 하도록 위임받을 수 있다. 여기에는 정기적인 공기 수치 측정뿐 아니라 쓰레기 수거와 하수 점검 및 공중이 접근할 수 있는 모든 영역에 대한 소독 활동이 포함된다. 이렇게 자치가 이루어지는 건물에 대해서는 기념패를 수여하며 전기 요금과 수도 요금을 감면해 준다. 감시원 건물 운동은 모든 면에서 아주 큰 성과를 내고 있다. 국가는 질병 예방에 드는 돈을 절약하고 사람들은 공동체 의식을 발달시킬 수 있다. 먼 옛날, 민중이란 공공 생활에서 풀뿌리 민주주의를 실현하기에는 너무 게으르거나 너무 명청하다고 말했던 사람이 있지만 그가 누구든, 그건 틀린 말이다. 감시원 건물에서 사람들은 보편적 이익을 위해 너끈히 함께 일할 수 있다는 것을 증명해 낸다. 그들은 그것을 기쁘게 여긴다. 사람들은 서로 만나고 토의하며 결정을 내린다. 그야말로 서로 **관계**를 맺는다.

하인리히 크라머, 지금 염소 무리 속 의기양양한 말처럼 계단실에서 흰 가운을 입은 세 여인에게 둘러싸인 그는 이 감시원 건물 아이디어를 발전시키는 데 결정적으로 기여했다. 하지만 이미 그 전부터 그는 유명했다. 나라에서 그가 누군지 모르는 사람이 없다. 침묵이 지속되는 것도, 이제 갑자기 재잘거림이 터져 나오는 것도 바로 그런 이유다.

"얼마나 놀랐는지!"

"이분이 바로……."

"당신이 혹시 그……?"

"드리스, 그렇게 뚫어져라 보면 어떡하니. 내가 민망하다, 얘."

크라머는 한 손을 가슴에 얹고 몸을 숙여 인사한다.

"감사합니다, 숙녀분들. 이곳에 혹시 홀 씨라는 여자가 삽니까?"

"미아!" 드리스가 외치며 손뼉을 딱 친다. 수수께끼였다면 그녀는 하인리히 크라머가 모든 이웃 사람들 중에서 미아 홀을 찾으리란 걸 알아맞혔을 것이다. 이유는 스스로도 설명할 수 없지만, 미아는 드리스에게 뭔가 특별한 존재다.

"홀 씨는 맨 위층에 살아요. 뒤쪽으로 테라스가 나 있지요."

"멋진 집이에요."라고 폴셰가 말한다. "생물학 전공이 벌이가 괜찮잖아요."

"당연히 그래야지." 리치가 엄격하게 받는다.

"좋습니다."라고 크라머가 말한다. "그런데 홀 씨는 집에 있습니까?"

"항상요!" 드리스가 소리친다. "요즘에는 말이에요." 그녀는 무슨 비밀이라도 알려 주려는 듯 크라머 쪽으로 몸을 숙인다. "미아를 도통 볼 수가 없어요."

리치가 말을 바로잡는다. "미아 홀 씨는 요즈음 일하러 가지 않아요."

"그러면 휴가 중입니까?"

"휴가라니요!" 폴세 입에서 튀어나오는 말이다. "그렇게 예쁜 애가 항상 혼자라니까요! 제안 목록을 죽 훑어보겠죠."

"우리는요." 리치가 크라머에게만 살짝 알려 준다는 듯 말한다. "홀 씨가 파트너를 찾는다고 생각해요."

크라머는 고개를 끄덕인다. "그럼 저는 이만."

"미아는 건전한 여자예요."

"그야 말할 필요도 없지, 드리스."

"그럼, 이런 집에 사는 사람인데."

"고마워요." 크라머는 자신을 빙 둘러싼 이웃 여인들에게 고개를 까닥하며 그들 사이를 뚫고 나간다. "여러분은 제게 아주 큰 도움을 주셨습니다. 그리고 이 아름다운 건물에 행운을 기원합니다."

크라머 그리고 그의 다리와 아주 유연한 몸이 계단을 올라가는 모습을 지켜보며 여인들의 입은 벌어진 채 말도 없다.

이상적 애인

"삶이 이토록 무의미한데."라고 미아가 말한다. "그런데도 어떻게든 견뎌 내야 하니까 난 가끔 구리 대롱들을 멋대로 용접해 버리고 싶어. 어쩌면 학 같은 모양이 나올 때까지. 아니면 애벌레들로 만든 새 둥지처럼 그저 서로 뒤엉키게. 그러곤 그걸 받침대 위에 설치하고 이름을 붙이는 거야. 날아가는 건물이라고, 아니면 이상적 애인이라고."

미아가 방 안을 등지고 책상에 앉아 앞에 놓인 메모지에 가끔 무얼 적는 동안 이상적 애인은 소파에 누워 있다. 몸에는 머리칼과 오후 햇빛만 걸치고. 미아의 말을 알아듣는지 못 알아듣는지, 이 미인은 어떤 움직임도 드러내지 않는다. 우리는 그녀가 미아의 존재를 인식하기나 하는지 스스로 물을 수도 있을 것이다. 또는 그녀가 다른 차원에 존재하면서, 말하자면 여러 차원들의 교차점에서 허공을 보는데 순전히 우연히 미아가 그녀 눈앞에 자리하는 것은 아닌지 물을 수도 있다. 이상적 애인의 시선은 눈꺼풀 없는 수생 동물의 응시와 닮았다.

"다만, 뭔가 남도록." 하고 미아는 말한다. "그리고 뭔가 목적 없는 걸 만들 수 있게. 목적 있는 모든 건 언젠가는 목적을 이루고 그로써 소모돼. 신에게조차 인간을 위로한다는 목적이 있어. 그런데 봐. 신의 영원성도 그리 오래가지 못했지. 알겠어?"

집 안은 혼란스럽다. 몇 주 동안 정리 정돈도 환기도 걸레질도 안 한 모양이다.

"물론 넌 알지. 모리츠의 말이니까. 모리츠는 말했지. 영원을 원하는 자는 스스로 살아남겠다는 목적조차 좇아서는 안 된다고."

이상적 애인이 아무런 반응이 없자 미아는 회전의자에 앉은 채 몸을 돌린다.

"날 약 올리려 할 때면 모리츠는 내가 예술가가 됐어야 했다고 말했지. 그 애는 자연 과학적 사고방식이 나를 망쳤다고 생각했지. 눈앞에 보이는 대상뿐 아니라 보는 자신도 엄청난 원자 소용돌이의 일부분이고 그런 원자 소용돌이에서 만물이 생겨난다는 걸 항상 생각할 수밖에 없다면 어떻게 어떤 대상을 관찰하며, 심지어 어떻게 사랑하는 존재를 바라볼 수 있을지 모리츠는 물었어. 두뇌, 우리의 유일한 관찰 도구이자 이해 도구인 두뇌가 관찰 대상, 이해 대상과 같은 입자로 이루어졌다는 걸 어찌 견딜 수 있을까? 그러곤 모리츠는 소리쳤지. '스스로를 뚫어지게 바라보는 물질이라니, 뭐란 말이지?'"

이상적 애인은 물질이란 것과는 별 상관이 없다. 그녀와 얘기하면 미아의 기분이 나아지는 것도 그 때문이리라.

"자연 과학적 인식은 먼저 신적 세계상을 파괴하고 인간을 세계에서 진행되는 일들의 중심으로 밀어 넣었어. 그러곤 인간을 그곳에 답도 없이 내버려 두었어. 그저 가소로울 뿐인 위치지. 모리츠는 종종 이렇게 얘기했어. 그 점에서는 그 애가 옳았어. 나도 인정해. 우리 둘은 생각이 아주 달랐던 건 아니었어. 다만, 결론이 달랐지."

미아는 연필을 들고 이상적 애인을 겨눈다. 고발할 이유라도 있는 듯.

"그 애는 사랑을 위해 살고 싶어 했어. 그 애 말을 경청하다 보면 사랑이란 그저 그 애 마음에 드는 모든 것의 다른 이름일 뿐이란 걸 알 수 있었지. 사랑은 자연이었고 자유와 여성들이었으며 낚시였고 고요를 깨는 거였지. 다르게 존재하기. 더 많이 소란을 일으키기. 그 모든 걸 모리츠는 사랑이라 불렀지."

미아는 다시 책상으로 몸을 돌려 메모하며 계속 말한다.

"이걸 써 놓아야겠어. **그 애를** 써 놓아야겠어. 인간의 기억은 며칠 안 되어 모든 정보의 96퍼센트를 내버리니까. 4퍼센트의 모리츠는 충분치 않아. 4퍼센트의 모리츠 가지곤 난 살아갈 수 없어."

한동안 그녀는 이를 악물고 쓴다. 그런 후 고개를 든다.

"우리가 사랑에 대해 이야기했을 때 그 애는 내 마음을 아프게 했어. 그 앤 내게 말했지. 누나는 자연 과학자야. 누나는 친구와 적 들을 전자 현미경으로만 들여다봐. 누나가 **사랑**이란 말을 할 때는 꼭 입 속에 이물질이 든 것 같은 느낌일 거야. 누나 목소리는 이 단어에 이르면 달라져. **사랑**. 반 옥타브 높아져. 그리고 성대는 오그라들어, 누나. 날카로운 톤이 돼, **사랑**. 누나는 아이 때 거울 앞에서 연습까지 했지. **사랑**. 그러면서 자기 눈을 들여다보며 이 사랑이란 말이 그렇게 어려운 이유를 알아내려고 했지. 누나, 이유는 간단해. 누난 그냥 이 개념을 제대로 발음할 수가 없는 거야. 누나에게 이 말은 혀가 부자연스러운 곳에 있을 것을 요구하는 외국어에 속하는 거야. 말해 봐, 난 널 **사랑**해, 누나! 말해 봐, 인생에서 제일 중요한 건 **사랑**이다. 내 사랑, 내가 가장 사랑하는 당신. 날 사랑해? 벌써 고개를 돌리네, 누나! 누난 포기했어!"

그녀는 책상 회전의자에 앉아 다시 반대편으로 몸을 휙 돌린다. 이번에는 움직임이 격하다.

"그래 놓고 그 애가 마지막으로 뭐랬더라? '삶이란 하나의 제안이고 우리는 그걸 거부할 수도 있는 거야.' 그때 그 애의 사랑은 대체 어디 있었던 걸까? 천공기처럼 뇌에 각인을 찍어 이후 그 길로만 생각이 흐르도록 하는 문장들이 있어. 내가 어떻게 잊을 수 있겠어? 내가 어떻게 잊지 **않**을 수 있을까? 넌 그 애를 알았어. 아마도 나보다 더 잘 알았을 거야. 내가 자기를 얼마나 사랑했는지를 그 애가 알았는지 어쩐지도 난 몰라." 그녀는 소리친다. "난 내가 그 애를 제대로 그리워할 줄이나 아는지도 모르겠다고!"

"헛소리하지 마."라고 이상적 애인이 말한다. "우린 밤낮 그 일밖에 안 하잖아. 그를 그리워하는 일. 함께 말이야. 자, 이리 와 봐."

미아가 일어서서 이상적 애인이 내뻗은 팔로 향할 때 현관 벨이 울린다.

예쁜 몸짓

시간이 멈춰 서는 순간들이 있다. 두 사람이 서로의 눈을 들여다본다. 자기 자신을 쳐다보는 물질이다. 이렇게 형성된 시선의 축이 두 사람의 머리 뒤에서 끝도 없이 연장되며 이 축을 중심으로 몇 초 동안 온 세상이 돈다. 오해를 피하기 위해, 지금 첫눈에 반한 사랑 얘기를 하는 게 아니라는 것을 말해 두자. 이 순간 미아와 크라머 사이에서 벌어지는 일을 우리는 차라리 어떤 이야기가 시작하며 나는 소리 없는 굉음이라 해야 하리라.

미아는 그에게 문을 열어 주었다. 한동안 아무도 말이 없다. 크라머가 무슨 생각을 하는지는 알아맞히기 쉽지 않다. 미아가 손님 맞는 안주인의 태도를 보이기를 그저 기다렸을 수도 있다. 그는 참을성 있는 남자다. 어쩌면 배려하며 문지방에 멈춰서 그녀에게 시간을 주는 것이리라. 그녀가 얼마나 이상야릇한 상황에 처했는지 이해하니까. 어쨌든, 본인이 머릿속으로 수도 없이 갖가지 방법으로 죽어라 괴롭힌 어떤 인간이 갑자기 몸소 자기 앞에 나타나는 것이 흔한 일은 아니니까.

"희한하군요." 미아가 말문을 연다. "텔레비전을 켜지도 않았는데 당신이 보이네요."

이 말에 크라머가 마음을 터놓는 듯 매혹적으로 미소를 짓는다. 대중 매체를 통해서만 그를 아는 사람은 아무도 예상 못 했을 모습이다. 사적인 미소다. 유명해졌어도 옛 모습을 그대로 간직한 사람의 미소.

"상태." 크라머가 말하며 오른쪽 장갑을 벗어 맨손을 미아에게 내민다. 그녀는 그 손을 외래 곤충인 양 바라보다가 머뭇거리면서 자기 손가락을 거기에 댄다.

"옛날 영화에 나오는 것 같은 예쁜 몸짓이로군요." 하고 그녀가 말한다. "당신한테 딱 어울리는 것 같진 않네요. 나한테서 전염될 수도 있는데 전혀 두렵지 않으세요?"

"인생에서 가장 중요한 건 스타일이에요, 미아 홀. 그리고 히스테리는 좋은 스타일의 가장 나쁜 적이지요."

"당신 얼굴은." 미아가 생각에 잠겨 말한다. "일종의 상표 같아요. 가지가지 견해에 다 붙여도 되겠네요."

"들어가도 되겠습니까?"

"동생을 죽인 사람에게 내가 마실 거라도 주길 요구하시는 건가요?"

"천만의 말씀입니다. 그런 어설픈 짐작을 하기에 당신은 너무 지적이지요. 하지만 뭘 좀 마시고 싶기는 하군요. 따뜻한 물요."

크라머는 미아 옆을 지나 집 안으로 들어가 소파로 향하고, 소파 위에 있던 이상적 애인은 얼른 옆으로 비킨다. 크라머가 턱 앉자마자 벌써 소파는 그를 위한 맞춤 가구 같다. 그는 이상적 애인의 역겨워하는 눈길은 알아채지도 못한다. 이는 예외로, 그의 단단한 자신감 때문이라기보다는 그가 이상적 애인을 볼 수 없기 때문이다.

"그저 완벽을 기하고자 말하는 거지만, 난 당신 동생을 죽이지 않았어요. 그보다 정작 우리가 물어야 할 건 그가 감옥 안에서 목을 맬 낚싯줄을 어떻게 구했느냐는 거겠지요."

미아는 거실 한가운데에서 팔짱을 끼고 선 채 팔 위쪽 살을 움켜쥔다. 자기 몸에 팔을 꼭 붙여 놓으려는 듯. 어쩌면 두 손이 자동으로 움직여 하인리히 크라머를 목 졸라 죽이는 것을 방지하려는 듯.

"당신……." 미아는 말을 뱉어 낸다. "당신은 내 증오를 누그러뜨리는 것 따윈 안중에도 없군요."

크라머는 칭찬이라도 들은 듯 미소까지 짓는다. 그러면서 손으로 머리칼을 쓸어 넘긴다.

"미워할 테면 하세요." 하고 그가 말한다. "나는 당신과 얘기를 나누려고 여기 왔어요. 결혼해 달라는 건 아니니까요."

"그러기엔 우리 면역 체계가 서로 안 맞았으면 하네요."

"재미있게도 말이지." 이상적 애인이 코에 손가락 하나를 얹으며 말한다. "당신은 우리가 생각했던 것보다 훨씬 더 나쁜 사람이군."

"논리적으로 한번 보죠." 미아가 목소리를 다시 가다듬으며 말한다. "당신과 당신의 그 더럽게 컹컹 짖어 대는 무리가 모리츠를 적대시하는 운동을 벌이지 않았더라면 모리츠는 유죄 선고를 받지 않았겠죠. 선고가 없었다면 자살하지도 않았을 거예요."

"그렇게 말하니까 훨씬 듣기 낫잖아요." 크라머는 이상적 애인을 품에 안기라도 하려는 듯 오른쪽 팔꿈치를 소파 등받이에 올렸다. "논리적 사고 체질인 건 나랑 꼭 같군요. 그러니만큼 당신 사고의 결함을 식은 죽 먹기로 인식하시겠군요. 인과성은 책임과 절대 동일하지 않습니다. 그렇지 않다면 당신은 빅 뱅에도 동생의 죽음에 대한 책임을 씌워야겠죠."

"아마 난 그럴 거예요." 지구가 궤도를 돌다가 구덩이에 빠진다, 미아가 휘청거린다, 책상을 짚으려다가 헛짚는다. "빅 뱅도 유죄예요. 우주도요. 우리 부모님도 마찬가지고요. 모리츠와 나를 세상에 나오게 했으니까요. 모리츠가 죽게끔 원인을 제공한 모든 것에, 모든 사람에게 죄가 있어요!"

"자, 도와 드릴게요."

크라머가 일어나서, 바닥에 무릎을 대고 주저앉은 미아를 도와 일으키고 소파로 데려간다. 미아의 이마에 흐러진 머리칼을 조심스럽게 쓸어 넘긴다.

"그녀한테 손대지 마!" 이상적 애인이 나지막하게 말한다.

"따끈한 물 한 잔씩 준비하러 갈게요." 크라머는 부엌으로 사라진다.

유전적 지문

여기에서 이야기할 것은 오래되지 않은 사건이다. 사실 관계를 들여다보면 놀랄 만치 간단한 일이었음을 알 수 있다. 27세 모리츠 홀은 부드러우면서 동시에 고집 있는 남자로 부모는 그를 '몽상가'라고, 친구들은 '자유사상가'라고, 누나 미아는 대개 '헛소리꾼'이라고 부르곤 했는데 그런 그가 어느 평범한 토요일 밤에 끔찍한 것을 발견하고 경찰에 신고했다. 모리츠에 따르면 그와 쥐트 다리에서 소개팅을 하기로 했던 지빌레라는 젊은 여자는 그가 도착했을 때 그의 마음에 들지도 안 들지도 않았고 죽어 있었다. 경찰은 얼이 나간 모리츠에게서 증인 진술을 받아 기록하고 그를 집으로 보냈다. 이틀 후에 모리츠는 수사를 받기 위해 구속되었다. 그 강간당한 여성의 몸 안에서 그의 정액이 발견된 것이었다.

디엔에이 검사로 수사 과정은 끝났다. 유전적 지문의 독특함은 정상적 인간이라면 누구나 안다. 쌍둥이라 해도 유전자가 꼭 같지는 않다. 게다가 모리츠에겐 평범한 누나가 있을 뿐이었다.

그리고 그 누나 자신은 자연 과학자로서 유전자의 독특함이 무얼 뜻하는지 너무나 잘 알았다. 그러한 증거를 근거로 한 유죄 선고는 법정에서 다반사다. 살인자들은 그런 경우 자백한다. 좀 이르거나 늦거나 하는 차이는 있지만 어떻든 자백은 반드시 한다. 아마 그편이 양심의 부담을 덜어 주기 때문이리라. 어쩌면 그들은 그럼으로써 처벌이 경감되기를 여론에 부탁하는 것일 수도 있다. 그러나 모리츠는 그 사실들을 부인했다. 지뷜레를 강간하지도 죽이지도 않았다고 버텼다. 시청자들은 오후 프로그램을 보며 소송이 빨리 진행되기를 기대하는데 모리츠는 자신의 무죄를 강조했다. 푸른 눈을 크게 뜨고 창백한 얼굴은 자기 확신으로 굳은 채. 기회 있을 때마다 그는 유행가 후렴처럼 귓전에 맴돌 만큼 문장 하나를 되풀이했다. "당신들은 스스로가 빠진 미혹의 제단에 나를 희생시키고 있어."

최근의 사법 역사에서 모리츠처럼 행동한 살인자는 아무도 없었다. 잘 기능하는 국가의 시민들은 공공복리와 개인 복리의 일치에 익숙했다. 인간 존재의 어둠침침한 구석에서조차, 아니 특히 그런 곳에서. 법정에 등장한 모리츠의 모습은 언론에 스캔들을 일으켰다. 그의 한결같은 주장에 공감하며 형 집행 연기를 요구하는 목소리들이 커졌다. 또 어떤 사람들은 그럴수록 그를 더욱 혐오했다. 그가 손에 피를 묻혀서뿐 아니라 무엇보다 그에게 분별력이 없다는 생각에.

미아도 동생에 대해 누구나 떠드는 온갖 말들에 휩싸였다. 그녀와 모리츠의 혈연관계는 갑자기 사법 기관이 보호해야 할 어두운 비밀이 돼 버렸다. 낮에 그녀는 직장에 나가고 신체 단련 의무를 채웠으며 저녁에는 몰래 감옥으로 갔다. 밤이면 잠을 자는 대신 그릇에 토해 낸 것을 곧바로 거리 하수구에 쏟았다. 변기에 부착된 감지기가 하수 위산 함량이 높아진 것을 측정하지 못하도록 하기 위해서였다. 크라머의 보도는 물론 대중 매체 담론의 중요한, 어쩌면 가장 중요한 구성 요소였다. 그는 차분한 실증주의자이자 확신에 찬 **방법** 수호자가 말하고 쓸 수밖에 없는 것을 말하고 썼다. 바로 그것을 그는 지금 부엌에서 손을 놀리며 미아에게 반복한다.

무리한 이데올로기들은 필요 없다

"우리 사회는 목표에 도달했어요." 전기 주전자에 물을 채우며 크라머가 말한다. "과거 모든 체제에서와 달리 우리는 시장에도 종교에도 순종하지 않아요. 우리한테는 어떤 무리한 이데올로기도 필요 없어요. 우리 체제를 합법화하는 데는 심지어 인민의 지배라는 경건한 체하는 믿음조차 필요 없어요. 우리는 오직 이성에만 귀를 기울이지요. 생명체의 삶에서 직접 도출할 수 있는 한 가지 사실에 발을 딛고서 말이지요. 왜냐하면 살아 있는 존재라면 누구나 지니는 특징이 하나 있으니까요. 그건 모든 동물과 모든 식물, 특히 인간을 특징지어요. 바로 개체적이면서도 또 집단적이고 절대적인 생존 의지죠. 우리는 그것을 우리 사회가 발 딛고 선 대합의의 토대로서 높이 받들어요. 우리는 모든 개인에게 가능한 길고 막힘없는, 즉 건강하고 행복한 삶을 보장하는 것을 목표로 삼는 하나의 **방법**을 발전시켰어요. 고통과 괴로움에서 해방된 삶이죠. 이 목적을 위해 우리는 매우 복합적으로 국가를 조직했어요. 이전 어떤 국가보다 더 복합적이죠. 우리 법률은 유기체의 신경계에 비유되리만큼 섬세하게 미세 조정되며 기능해요. 우리 체제는 완벽하며, 놀라울 정도로 생명력 있고, 신체처럼 강하죠. 하지만 그렇기 때문에 질병에 걸릴 수도 있지요. 기본 규율 중 하나를 단순하게 위반하는 것만으로도 이 유기체에 중상을 입힐 수 있고 심지어 죽일 수도 있어요. 레몬 넣을까요?"

미아는 레몬즙 넣는 걸 좋아한다. 크라머가 건네주는 따뜻한 물을 마시니 기분이 나아진다. 크라머는 맞은편 안락의자에 앉아 자기 잔을 후후 분다.

"내가 말하려는 게 뭔지 아세요?"

"디엔에이 검사의 신빙성에 문제가 있을 합리적 가능성이 전혀 없다는 거요." 하고 미아가 나직이 대답한다.

크라머는 고개를 끄덕인다.

"디엔에이 검사는 틀릴 수가 없어요. 무오류성은 **방법**의 지주죠. 만약 어떤 규칙이 이성적이지 않고 모든 경우에 유효하지 않다면, 다시 말해서 오류가 전혀 없는 게 아니라면, 우리가 어떻게 이 나라 사람들에게 이 규칙의 존재를 설명할 수 있겠어요? 무오류성은 그에 마땅한 귀결을 요구해요. 건강한 인간 오성은 우리에게 이 귀결의 의무를 지우죠."

"미아."라고 이상적 애인이 말한다. "이 남자는 판에 박힌 말을 해. 이 남자는 기계야!"

"그럴지 모르지."

"건강한 인간 오성이란." 하고 이상적 애인이 말한다. "자기 말이 옳다고 주장하고 싶은데 왜 옳은지 근거를 댈 수가 없을 때

끌어오는 말이라고."

"잠깐 기다려 봐."

"뭐라 했어요?" 크라머가 묻는다.

미아가 그에게 몸을 돌리며 묻는다. "인간적인 것에 직면했을 때 무오류성이란 무얼 뜻하죠?"

"무슨 얘기를 하고 싶은 건지 알아요."

"어떻게." 미아는 묻는다. "규칙이며 조치, 소송 절차에 오류가 없을 수 있단 말이죠? 모두가 인간들이 생각해 낸 것일 뿐인 마당에요. 확신과 학문적 견해 그리고 모든 **진리**를 수십 년마다 교체하는 그런 인간들이요. 당신은 내 동생이 **그 모든 것에도 불구하고** 무죄일 수 있다는 생각은 단 한 번도 안 해 봤어요?"

"안 했어요."라고 크라머가 말한다.

"왜 안 했지?"라고 이상적 애인이 묻는다.

"왜 안 했죠?"라고 미아가 묻는다.

"그 물음이 어디로 귀결될까요?" 크라머는 찻잔을 내려놓고 몸을 앞으로 숙인다. "개별 사건마다 달리 결정을 내리는 거요? 마음 내키는 대로 은혜를 베풀거나 엄격해질 수 있는 왕이 행사하는 것 같은, 감정의 독재 통치요? 누구의 감정이 결정을 내려야 하죠? 내 감정, 당신 감정? 무슨 권리로? 초자연적인 정의의 힘인가요? 신을 믿나요, 홀 씨?"

"난 신을 믿지 않고, 신도 나를 믿지 않아요. 상호성에 근거하는 거죠."

"그러면 크라머 씨는 무엇을 근거로 하는 거지?" 이상적 애인이 묻는다. "합리적 객관성? 자기도 그걸 믿지 않고 그 합리적 객관성이란 놈도 그를 믿지 않는데?"

"어쨌든." 하고 미아가 말한다. "감정이란 좋은 충고자가 못 돼. 감정이란 **정의 자체부터가** 보편타당하지 않아."

"그리고 오성이란 착각이지." 이상적 애인이 재빨리 응수한다. "단지 인간이 자기 감정의 총합을 속에 욱여넣는 겉옷일 뿐이지."

"넌 낭만주의적 시대착오에 젖어 얘기하고 있어!" 미아가 외친다.

"너는 모리츠를 파멸시킨 지적 궤변에 빠져 얘기하는 거고!"

"홀 씨!" 크라머는 안개 덩어리를 몰아내기라도 하려는 듯 보기 좋은 손을 흔든다. "혼잣말 그만하세요. 당신은 한 사람을 잃었어요. 하지만 당신의 신념을 잃은 건 아니에요."

"모리츠가 평생 경멸한 신념이지."라고 이상적 애인이 말한다.

미아는 그녀에게 경고하는 눈길을 보내고 일어서서 창가로 향한다. 멋진 날씨다. 단백질이 든 건강 제품 광고에서처럼. 커튼을 치고 싶은 욕구를 미아는 애써 누른다. 반쯤 비운 음식 택배 상자가 햇빛에 드러나고 내던져 놓은 옷가지며 구석마다 앉은 먼지 덩어리도 보인다. 20세기 냄새가 난다. 밝은 빛이 시시각각 방 안의 무질서를 더 키우는 것 같다.

"교차로가 눈앞에 보여요."라고 미아가 말한다. "길 하나는 불행이고 다른 하나는 몰락이에요. 나는 그 **방법** 외엔 아무런 대안이 없는 체제를 저주하든지, 아니면 내 동생에 대한 사랑을 배반할 수밖에 없어요. 그 애의 무죄를 내 존재만큼 단단히 믿는데 말이에요. 알겠어요?" 그녀는 홱 돌아선다. "그 애가 그러지 않았다는 걸 나는 **알아요.** 내가 지금 뭘 해야 되죠? 어떻게 결정해야 하죠?

전복 아니면 추락? 지옥 아니면 연옥?"

"이도 저도 아니죠."라고 크라머가 말한다. "그런 상황들이 있지요. 이쪽이나 저쪽 가능성이 잘못이 아니라 결정하는 것 자체가 잘못인 상황이."

"그 말은…… 당신, 바로 당신이 체제의 빈틈을 인정하는 건가요?"

"물론이지요." 이제 그는 사람 마음을 무장 해제하는 미소를 짓는다. 안락의자에 앉은 채 그녀를 올려다본다. "체제는 인간적입니다. 방금 당신 스스로도 그렇다고 확언하셨죠. 인간적인 것이란 칠흑같이 어두운 공간으로, 우리는 눈멀고 귀먹은 채 신생아처럼 그 안을 기어다녀요. 이때 되도록이면 서로 머리를 부딪치는 일이 적게끔 신경 쓰는 것 이상으로 우리가 할 수 있는 일은 없어요. 그게 다예요."

"서로 머릴 부딪친다고요? 내 머리는 벌써 박살이 났어요."

"난 달리 봐요. 바로 내 눈으로요." 크라머는 한쪽 팔을 뻗어 정확히 미아의 이마 한가운데를 가리킨다. "그 모든 것 위로 일어설 필요가 있어요. 동생의 죽음을 슬퍼하세요. 힘껏 슬퍼하세요. 그러면서 정상적인 생활로 돌아오세요. 소홀히 한 일들 때문에 당신은 당국의 눈에 띄었어요."

"그런 상황들이 있지요……."라고 미아가 말하기 시작하는데 크라머가 제지한다.

"해명 안 하셔도 돼요. 그러실 필요 전혀 없어요. 당신은 나와서 해명하도록 호출될 거고, 그게 다예요. 그 제의를 받아들이세요. 정리하세요. 적어도 바깥으로 드러난 절망의 흔적만이라도 당신 삶에서 닦아 내세요. 그건 여전히 당신의 삶입니다. 그걸 손안에 넣으세요."

"바로 그러려고 해요." 미아가 나직이 말한다.

"아주 반가운 소리군요." 크라머는 안락의자에서 풀쩍 뛰듯이 일어난다. 손수 청소 작업을 하려는 것처럼. 미아는 미심쩍게 그를 바라본다.

"빗자루도 갖고 오셨나요? 절망을 함께 쓸어 내려고요?"

크라머는 즉시 태도를 바꾸며 바지 주머니에 두 손을 밀어 넣는다.

"보자니 재미있는 질문이 생각나는군요."라고 미아가 말한다. "당신은 아주 바쁜 사람이죠. 능력 있는 대화 상대가 부족하리라곤 생각하지 않는데요. 날 입양이라도 하시려고요?"

"달리 말하자면." 하고 이상적 애인이 말한다. "넌 대체 여기서 뭘 하려는 거야?"

"당신에게 제안을 하려고 왔어요."

크라머는 실내를 거닐기 시작한다. 그러면서도 미아의 가정용 운동 기구의 기준 미달 표시를 놓치지 않고 읽어 낸다.

"우리가 방금 이야기한 모든 것은 당신뿐만 아니라 온 나라와 관계 있어요. 오래지 않아 당신 동생의 사례에 관한 박사 논문들이 나올 거예요. 법학 분야 그리고 사회학, 심리학, 정치학 분야에서요. 모리츠 홀의 **사례**는 논문 각주에 가장 많이 나올 거예요. **방법이 의심할 여지 없이 유죄라고 확인했는데도 자신을 무죄로 여기는 그런 일이 어떻게 가능한가? 이런 경우에는 왜 보편적 복리와 개인적 복리 사이에 골이 생기는가?** 이런 것들이 우리가 함께

하는 삶의 근본 물음이에요. 동시에 **방법의** 근본 물음이며 항상 새로 제기되고 다뤄져야 하지요."

미아는 놀란 눈길로 그의 발걸음을 좇는다.

"제기된다? 다뤄진다? 나랑 비판적 인터뷰 같은 걸 하자는 건가요?"

"섬세하게 차별화된 대화지요. 나는 기꺼이 당신의 초상을 그리고 싶어요, 미아.《건강한 인간 오성》에 게재하려고요. 이미 한참 전부터 언론은 구경거리를 따라다니는 유랑 서커스가 아니었어요."

"웃음이 터지겠네."라고 이상적 애인이 말한다. "내가 그럴 수는 없지만."

"**방법**처럼 깨끗한 체제 뒤에조차도 어떤 비극과 모순 들이 숨었는지 우리가 보여 줄 수 있겠죠. 그럼에도 왜 항상 또다시 이성의 길을 신봉하는 일이 필요 불가결한지도요. 좋은 시민이란 양같이 무리와 함께 가는 자가 아니에요. 위기와 회의의 시간들을 겪어 낸 후에 그만큼 더욱 굳건히 공동의 일을 지지하는 사람이죠. 당신은 그걸 사람들에게 보여 줄 수 있겠지요, 미아 홀. 잘 생각해 보세요. 당신에게 손해가 되지 않을 거예요."

"네가 그런다면."하고 이상적 애인이 말한다. "난 네게서 떠날 거야."

"넌 그럴 수도 없어."라고 미아가 말한다. "모리츠가 널 내게 선물했으니까."

크라머는 잠시 묵묵히 있다.

"<u>으스스</u>하군요, 홀 씨."

플렉시 유리를 통해서

"우리가 적어도 그 일은 해냈으면 좋았을 텐데."라고 미아가 말한다.

마치 시간이라는 직조물이 영원이라는 몸에 걸친 반투명한 옷인 양, 우리가 시간을 투시하면 미아와 모리츠가 바로 사 주 전 구치소의 황량한 방에 있는 것이 보인다. 둘은 서로를 처음 보는 듯 유심히 관찰한다.

"뭘 해내?"

"널 위해 여자 하나 찾는 거."

둘 사이를 플렉시 유리판이 가르고 유리판 한중간에는 작은 구멍들이 뚫려 별 모양을 이룬다. 이 구멍들을 통해 그들은 서로의 소리를 들을 수 있고, 두 얼굴이 유리판 가까이 간다면, 안전 감시원이 즉각 경고할 정도로 가까워지면 서로의 냄새까지 맡을 수 있다.

"괜찮아." 이제는 죽은 모리츠가 말한다. "난 여자를 하나 만들어 냈어."

"무슨 여자를?"

"이상적 애인 말이야. 그녀는 약간 변덕스럽지만 전체적으로 봐서 우리는 잘 지내. 난 외롭지 않아."

모리츠가 몸을 움직이면 육 개월 전부터 의복 역할을 하는 흰색 종이옷이 부스럭거린다. 그가 두 손가락을 유리판에 대고, 미아는 자기 쪽에서 그 자리를 만진다. 그 정도는 허용해 준다. 미아가 안전 감시원을 기쁘게 하려고 실험실에서 작은 비닐봉지에 카페인 가루를 넣어 가져온 후로는. 미아와 모리츠는 서로 미소를 짓는다. 그들은 실은 소리 지르거나 무얼 때려 부수거나 그냥 울음을 터뜨리고 싶을 때 미소 짓는 법을 배웠다.

"있지."라고 모리츠가 말한다. "내가 그녀를 빌려줄게. 데려가."

"나보고 네 상상의 애인을 가지라고?"

"좋은 일이라고 생각해. 그러면 우리가 곧 다시 만나리라는 걸 믿기가 더 쉬워질 거야. 이상적 애인이 누날 다시 내게로 데려올 거야. 그녀가 누나 곁에서 오래 견딜 거라곤 상상할 수 없어."

"그런 놀이를 하기엔 난 상상력이 모자라는데."

모리츠는 평소 습관 그대로 이마를 찡그린다. 그럴 때면 그의 얼굴 전체가 마치 두 눈 사이 어느 지점에 모여 탑처럼 쌓일 것 같다.

"상상력이라면 나한텐 충분하고도 남을 만큼 있어."라고 그가 말한다. "우린 일평생 환상의 왕국에서 만났잖아."

"그건 너의 왕국이었지."

"그건 우리 왕국이었어. 우리 왕국이야. 그건 영원히 우리 둘의 집이 될 거야. 잊지 마."

한동안 그들은 적처럼 서로를 노려본다. 바람 때문에 머리칼이 한 방향으로 날리는 가운데 시골길에서 마주친 카우보이들처럼. 짧은 싸움. 미아는 자기가 수그러지는 것을 느낀다. 사실 그녀는 처음부터 전력을 다해 대항하지 않았다.

"좋아." 하고 그녀가 말한다. "네 공상의 여자를 데려갈게, 제기랄."

그의 이마는 단번에 판판해진다. 이마 뒤 그의 정신은 자기 의지를 관철하는 데 익숙하다.

"그녀는 누나 집에서 누날 기다릴 거야."라고 그가 말한다. "누나는 이 선물을 앞으로 귀하게 여길 거야. 그리고 이제…… 이제 나도 반대급부를 받아야겠지."

미아는 손가락 사이에 있는 투명한 줄을 구멍 안으로 밀어 넣는다. 모리츠는 엄지와 검지를 조금씩 움직여 자기 쪽으로 줄을 끌어당긴다. 시간이 좀 걸린다. 남자 안전 감시원은 손톱을 내려다보며 하품한다. 줄이 반대쪽으로 다 넘어가자 미아와 모리츠는 일어선다.

"삶이란." 하고 모리츠가 말한다. "하나의 제안이고 우리는 그걸 거부할 수도 있는 거야."

그들은 갈비뼈와 배가 서로 닿지 않을 만큼만 거리를 둔 채 포옹하는 상상을 한다.

"안녕." 하고 미아가 말한다.

고통에 대한 특별한 재능

　　그녀는 시도해 보았다. 찬장이며 선반에 있는 사용한 식기들과 빈 잔들을 모아서는 결국엔 책상 위에 쌓아 놓았다. 혈액을 채취하겠다고 포크 등을 준비해 놓고, 소변 채취를 위해 욕실에 컵을 나열해 놓고는 잊어버렸다. 양탄자 한구석을 청소하고는 진공청소기를 내던져 버렸다. 창문을 닦으려다가 대신 창에 입김을 호호 불고는 손가락으로 구멍을 여럿 찍어 별 모양을 만들었다. 두 손가락을 유리에 대고 미소를 지었다. 사실은 소리 지르고 뭔가를 부수고 그냥 울어 젖히고 싶었지만. 이제 집은 전보다 더 혼란스럽고 미아는 이상적 애인의 팔에 안겨 소파에 누웠다. 자는 듯 두 눈은 감은 채.

　　"이 집을 이제 못 알아보겠어."라고 미아가 말한다. "낯설게 느껴져. 같은 단어를 너무 오래 되뇌면 말이 뜻을 잃고 그저 소리의 연속으로만 들리는 것처럼. 하루하루가 지나가는 것도 낯설어졌어. 내 인생도 못 알아보겠어. 행동의 연속일 뿐이야. 모든 게 의미가 없어. 목적이 없어."

"그 크라머란 자는 광신자야." 이상적 애인은 엄마처럼 미아를 품에 안고 흔들어 준다.

"내겐 이 도시의 지붕들을 굽어보는 펜트하우스가 있고 난 고통에 대한 특별한 재능을 타고났어. 나는 사 주 동안 집을 나가지 않았어. 나에 대해 사람들이 아는 건 그게 전부야. 내가 시선을 나의 내부로 향하고 귀 기울이면, 혹 내 개성을 드러내 주는 바스락 소리나 속삭이는 소리가 나는지 귀를 기울이면, 아무것도 없어. 나는 너무 오래 반복해서 아무 의미도 없어진 단어야."

"그자는 무조건적인 복종에서 기쁨을 느껴."라고 이상적 애인이 말한다. "원칙에 대한 무조건적 헌신에서."

"그의 말은 사리에 맞았지."

"**능란한** 광신자야." 이상적 애인은 마치 목욕하는 새를 흉내 내려는 듯 두 손을 올려 아주 가까이 대고 공중에서 흔든다. 그녀 나름의 웃는 방식이다.

콩 통조림

회색 제복을 입은 안전 감시원 두 명이 그녀를 여기 데려왔고 불쾌하게 해서 죄송하다고 아주 예의 바르게 말했으며 방을 나갈 때는 조용히 문을 닫았다.

이제 미아는 상의를 벗은 채 공허한 눈빛으로 검진용 의자에 앉아 있다. 손목, 등, 옆머리에는 케이블이 달렸다. 그녀의 심장 박동 소리, 동맥에 피 흐르는 소리, 시냅스의 전기 자극 소리가 들린다. 광인들의 오케스트라가 악기를 조율하는 소리다. 공의는 손톱을 매끈히 손질한, 사람 좋은 신사다. 그는 미아가 슈퍼마켓 계산대 위에 놓인 콩 통조림인 양 위팔을 스캐너로 훑는다. 대형 영사막에 그녀의 사진이 나타나고 의학 정보들이 줄줄이 이어진다.

"보세요, 홀 씨. 아주 좋은데요, 홀 씨. 모든 게 지극히 정상이에요. 내가 즐겨 하는 말이지만, 그러실 이유가 없어요."

미아가 쳐다본다.

"내가 병이 났다고 믿으셨나 보군요? 뭔가 숨길 게 있어서 조사 결과를 제출하지 않았다고 생각하셨나요? 내가 범죄자처럼 보여요?"

의사는 그녀 몸에서 케이블을 떼기 시작한다.

"전부 있었던 일들이에요. 내가 즐겨 하는 말이지만, 진짜지만 슬픈 일이죠."

미아는 서둘러 머리에 풀오버를 끼운다.

"좋은 하루 보내세요, 홀 씨!" 의사가 외친다.

주스 압착기

조피의 여대생 포니테일은 의료 진단서를 훑어 내려가면서 끄덕이는 머리를 따라 아래위로 유쾌하게 폴짝거린다. 그녀는 별 이유 없이 기분이 좋다. 기분 좋은 것은 조피의 습관이다. 신경이 불안정한 사람들이 손톱을 물어뜯듯. 조피는 법을 좋아해서 법학을 공부했고 그럼으로써 뭔가 의미 있는 일을 할 수 있는 직업을 얻었다. 사람들은 그래서 그녀에게 고마워한다. 몇 안 되는 예외가 있지만. 미아 홀은 이 예외에 속하지 **않는**다고, 그녀는 확실히 느낀다. 피의자의 밝은색 눈과 지적인 얼굴은 들어설 때부터 그녀 마음에 들었다. 미아의 코가 너무 클 수도 있다. 너무 큰 코는 고집 센 성격을 드러낸다. 하지만 말없이도 끊임없이 평화를 구하는 부드러운 입매가 완벽히 균형을 잡아 준다. 조피는 사람을 아주 잘 알아본다고 자부한다.

"좋아요." 그녀는 진단 보고서를 덮고 옆으로 밀치며 말한다. "아주 좋습니다."

피의자가 이 사이로 아랫입술을 빨아들이는 모습이 조피의 마음을 움직인다. 미아는 그녀보다 몇 살 위지만 어쩔 줄 모르는 아이처럼 앉아 있다.

"만나서 반갑습니다, 홀 씨. 오시도록 불러야 했던 건 덜 반갑네요. 해명하러 자발적으로 오셨어야 했는데 말이죠. 지금 이건 청문이며 나는 당신의 권리를 알려 주어야 합니다. 건강 소송 법규 50조에 따라 당신에겐 묵비권이 있습니다. 하지만 난 우리가 얘기를 나눌 거라고 확신해요. 그렇지 않나요?"

조피도 아이 같은 눈빛으로 바라볼 줄 안다. 그것도 화해하려는 아이처럼. 이 눈빛 앞에서 피의자는 고개를 끄덕일 수밖에 달리 도리가 없다. 미아에게도 해당되는 일이다.

"좋습니다." 조피가 미소 짓는다. "그럼 얘기해 주세요, 홀 씨. 건강이라 하면 어떤 생각이 들죠?"

"인간이란." 미아가 손끝을 바라보며 말한다. "놀랍도록 비실용적으로 만들어졌어요. 인간과 달리 주스 압착기 같은 건 뜯어서 개별 부품으로 분해할 수 있어요. 세척하고 수리해서 다시 조립할 수 있어요."

"그러면 공공 예방 제도가 왜 주스 압착기가 아니라 사람을 위해 애쓰는가도 이해하시겠군요?"

"네, 판사님."

"그렇다면 어째서 몇 주째 필수적인 점검을 몽땅 빼먹었나요?"

"죄송해요."라고 미아가 말한다. "어떤 점에선."

"어떤 점에서라니요?" 조피는 몸을 뒤로 기대며 포니테일을 잡아당겨 정돈한다. "홀 씨, 당신은 나를 기억 못 하겠지만 난 당신을 알아요. 나는 보고서를 썼어요. 모리츠와 맞선…… 내 말은, 모리츠 홀에 대한 소송에서요. 그 일을 부분 부분 잘 알아요. 당신이 어떤 일을 겪어 내야 하는지도요."

미아는 판사의 눈을 한참 동안 응시하더니 눈길을 떨군다.

"이미 벌어진 일은 되돌릴 수가 없습니다."라고 조피가 말한다. "하지만 건강 법규는 여러 가지로 당신을 도울 수 있어요. 나는 당신에게 의료 후견인을 신청해 줄 수 있어요. 요양차 어디 떠나는 것도 생각해 볼 수 있고요. 아름다운 산속이나 바닷가를 골라도 돼요. 당신이 처한 상황을 극복할 수 있도록 도울 거예요. 그다음엔 직업과 일상에 복귀할 수 있도록……."

"아니에요, 고마워요."라고 미아가 말한다.

"무슨 말이죠? 아니에요, 고마워요라니요?"

미아는 침묵한다. 미아가 그녀를 기억하지 못하리라 여긴 것은 판사의 착각이었다. 미아의 기억 속에 조피는 유령 열차를 배경으로 검은 옷을 입은 수많은 인형들 중 하나로 자리한다. 배심 재판소 맨 뒤에, 재판장과 배석 판사들과 서기들에 반쯤은 가린 채 앉은 모습으로. 예쁘고 젊으며 금발 포니테일을 한 모습. 바로 그 때문에, 예전의 몸피를 잃고 푹 꺼진 얼굴로 검은 인형들 앞에 쭈그리고 앉은 피고인을 그녀가 눈을 크게 뜨고 충격을 받은 표정으로 내려다보던 모습은 완벽한 공포 영상이었다. 그 금발은 좋은 여자야, 하고 모리츠가 말했다. 그 여자한테는 나쁜 뜻이라곤 전혀 없어. 아마도 그들 모두한테 나쁜 뜻은 없겠지. 누나라면 어떻게 결정하겠어, 바로 **누나라면**, 누나가 저 위에 앉았고 내가 동생이 아니라면?

"홀 씨." 조피가 귀엽게 생긴 코를 찡그리며 부른다. "당신의 신체 기관은 완전히 건강합니다. 하지만 당신의 영혼은 고통받고 있습니다. 여기까지는 우리 의견이 일치하나요?"

"네."

"그렇다면 왜 도움을 받으려 하지 않죠?"

"내 고통은 사적인 일이라고 생각했어요."

"사적인 일이라고요?" 조피가 적이 놀라 묻는다.

"들어 보세요."

갑자기 미아가 판사의 손을 잡는다. 규칙 위반에 해당한다. 조피는 움찔하며 주위를 돌아보고는 머뭇거리며 피고에게 손가락을 맡긴다.

"아무도." 라고 미아가 말한다. "내가 겪는 일을 실감하며 이해할 수 없어요. 나 스스로도. 내가 만일 개라면 나란 사람이 다가오지 못하게 짖어 댈 거예요."

애당초 이해하라고 한 말이 아니다

미아의 목소리는 나지막했다. 짖어 대는 개 운운이 애당초 이해하라고 한 말이 아님을 알기 때문이다. 정작 그녀가 표현하고 싶은 것은 말로 하기가 어렵고 더 이상은 판사 앞에서 하지 않는 게 좋은 일일 듯싶었다. 우리가 미아 입장이 되어 그것을 표현해 보려 한다면, 그녀가 밤에 발버둥 치며 이불을 차 내고 일어나는 모습을 머릿속에 그려야 하리라. 밖에서는 첫 아침 빛이 새까만 밤하늘을 묽히는 중이다. 어제가 아침으로 넘어가며 잠깐 동안 오늘이라곤 없는 바로 그 순간이다. 불면증 앓는 모든 사람들이 두려워하는 그 순간. 미아는 그물에 잡힌 듯 자기 살갗 속에 갇혔다. 얼굴 또한 답답하기는 마찬가지다. 그녀는 자기 것이라 인식하지 못하는 얼굴을 손끝으로 더듬는다. 보기 싫게 절반만 웃음 지으며 한쪽 입꼬리만 올라갔다. 그녀의 표정이 아니다.

침실을 나오면서 그녀는 잠시 문틀에 어깨를 기댄다. 우리는 그녀가 복도를 지나 거실로 들어서서 리모컨으로 오디오를 켜고 음량을 한껏 높이는 것을 본다. 우리는 미아가 내지르는 소리는 못 듣고, 다만 벌린 입과 비틀거리는 모습을 볼 뿐이며 그녀가 쓰러지겠다고 생각한다. 쓰러지는 대신 그녀는 창문으로 달려가서 쳐든 두 손을 힘껏 창에 부딪친다. 손이 튕겨 나오자 다시 한번 양 손바닥으로 유리를 친다. 음악 소리가 하도 커서 우리는 창문이 산산조각 나는 소리를 듣지 못한다. 미아는 추진력 탓에 두 팔로 부서지는 창문을 뚫고 허공을 짚으며 앞으로 기울었다가는 창문틀에 남은 삐죽삐죽한 유리가 가슴에 닿기 전에 중심을 잡는다. 그녀는 유리 조각들을 잡고 주먹을 꼭 쥔다. 그녀의 입술이 떨리고 감은 눈꺼풀 아래에서 눈동자가 위로 향하는 것을 우리는 감지한다. 그녀의 손가락 관절이 하얘지고 피가 손가락 사이로 흘러나오는 것을 우리는 본다. 부드럽고 빨간 무엇을 주먹 안에서 짓뭉개는 듯하다. 이어서 그녀가 두 손을 펴고 양팔을 흔들자 유리 조각 몇 개가 바닥에 떨어진다. 두 손을 나란히 붙이고 쳐들자 피가 팔꿈치로 흘러내린다. "내게서 가져가." 우리는 그녀 입술에서 이 말을 읽어 낸다. "내게서 가져가란 말이야." 하고는 가져가라는 것이 엄청나게 무거운 짐인 듯 신음한다. 그녀는 자꾸만 간청하듯 두 손을 쳐들고, 우리는 경악으로 얼어붙어 한순간 그녀가 정말 우리를 향해 말한다고 믿는다.

미아가 이 밤과 그 밖의 모든 비슷한 밤에 이불을 차 내지 **않고**, 일어서서 창가로 가지 **않고**, 유리를 부수지도 않으며, 잠들지 않은 채, 자는 자세로 그냥 누웠다고 이제 또 상상해 본다면, 그녀가 겪어 나가는 일이 어떤 것인지 우리는 대강 알 수 있다.

사적인 일

"홀 씨." 조피는 손등으로 눈을 한 번 문지르고는 묻는다. "사적인 일이라니 무슨 뜻으로 하는 말씀인지 설명해 달라고 부탁할 수밖에 없네요."

미아는 벌떡 일어나 실내를 끝까지 가로질러 걷는다. 여기에는 없는 창문을 찾는 듯.

"난 안식을 원할 뿐이에요."라고 마침내 그녀가 말한다.

"자리에 앉아 주세요."

"난 학생이 아니에요. 시간이 필요한 일들이 있어요. 판사님께 부탁하는 건 단지 이뿐이에요. 안식과 시간."

"내가 당신에게 부탁하는 건 검찰이 전화할 수밖에 없게끔 하지 말라는 겁니다."라고 조피가 날카롭게 말한다. "앉으세요."

미아가 지시를 따르자 판사의 엄격한 표정은 즉각 사라졌다. 착각한 것처럼 화난 표정은 단 한순간만 볼 수 있었다.

"자, 잘 들으세요."라고 조피가 말한다. "당신이 병난다면 어떤 일이 벌어지겠어요?"

"의사가 나를 보살피겠죠."

"누가 그 비용을 대죠?"

"내가…… 스스로 지불할 수 있을 거예요."

"당신한테 아무 재산도 없다면요? 당신이 죽어 가도록 공동체가 내버려 둬야 할까요?"

미아가 침묵한다.

"이성적으로 생각한다면." 하고 조피가 말한다. "공동체에겐 곤궁에 처한 당신을 돌볼 책무가 있어요. 그렇다면 당신은 공동체를 위해 마땅히 그런 곤궁을 피하려고 노력해야 해요. 여기까지 동의할 수 있겠어요?"

"난 병을 견뎌 낼 수 있을 거예요."라고 미아가 고집스럽게 말한다.

"홀 씨."라고 조피가 말한다. "지금 스스로 무슨 말을 하는지 아세요? 당신의 사고력을 앗아 갈 만큼 심한 육체적 고통을 아시나요? 이전 시대 사람들이 겪어 내야 했던 게 어떤 건지 아시느냐고요? 삶이란 서서히 죽어 가는 자기를 관찰하는 것을 뜻했어요. 세상으로 들어가는 한 걸음 한 걸음이 사멸로 들어가는 걸음일 수 있었어요. 가슴이 한 번 찌릿하거나 팔이 근지러운 게 종말의 시작일 수 있었어요. 자기 몸 때문에 파멸하는 것에 대한 두려움이 항상 인간들을 따라다녔어요. 이 인간들의 **본질**은 두려움이었어요. 그 상태를 극복한 건 큰 행운 아닐까요?"

미아는 말이 없다.

"동의하시는군요. 알 수 있어요. 어떤 형태의 병이라도 피하는 게 당신에게 이롭죠. 이 점에서 당신의 이해관계와 **방법**의 이해 관계가 겹치며 이 일치 위에 우리 체제 전체가 서 있어요. 개인 복리와 보편적 복리는 밀접히 연결되며, 이런 경우라면 여기에는 사적인 일이란 게 끼어들 공간이 전혀 없죠."

"나도 그건 알아요." 미아가 나직이 말한다.

"그렇다면 **방법**의 기본 원칙들에 의문을 제기하려는 게 당신 의도는 아니군요?"

"나는 자연 과학자예요, 판사님. 어떤 생명체라도 안락함을 얻고 고통을 피하는 걸 목표로 한다는 걸 나보다 잘 아는 사람은 없어요. 그 목표에 봉사하는 체제만이 정당해요." 미아는 바지에 손바닥을 문지른다. "내 심신 상태를 맨날 소송이나 거는 불평불만꾼 기질과 혼동하지 마시기를 간곡히 부탁드려요. 내 얘기가 두서없게 들릴지도 몰라요. 하지만 나는 반(反)방법주의자가 아니에요."

조피는 다시 부드러운 표정을 짓는다.

"나도 당신을 그렇게는 보지 않았어요. 원하는 것을 말씀하시죠."

"그저 조용히 있고 싶어요."

"정말 확실합니까?"

조피는 한숨을 내쉬며 서류를 펴고 연필을 든다. "난 당신을 돕는 조치를 포기할 수 있어요."

"그래 주신다면 가장 큰 도움이 될 거예요."

"한 가지 조건 아래서만요." 조피가 종이에 연필을 댄 채 올려다본다. "이 시각부터 아무 잘못도 저지르지 말아야 합니다."

"노력할게요."

"아니에요, 홀 씨. **노력**만 해서는 안 돼요. 지금 이건 공식적 경고입니다. 최종 구속력이 있는 거예요."

미아는 먼저 한쪽 눈썹을 치키고, 그다음엔 서약을 위해 두 손가락을 올린다.

"잘 지낼 거예요."라고 그녀가 말한다.

털가죽과 뿔 1부

몇 분간 과거형을 써 보자. 미아와 달리 우리는 과거형으로 그녀의 동생을 생각해도 고통스럽지 않다.

"잘 지낼 거야."라고 모리츠가 말했다.

"너한테서 이상한 냄새가 나."라고 미아가 말했다.

"**좋은 냄새야. 사람 냄새.**"

"미래의 네 애인 맘에 들까 모르겠어."

"누나한테 비밀 하나 털어놓을까? 과거의 예비 애인들은 모두 꽤나 맘에 들어 했어."그가 그녀 팔을 잡았다. "이리 와!"

"모리츠! 길은 여기서 끝이야."

"그거야 늘 그랬지. 어서 오라니까!"

미아가 저항하며 발꿈치를 떼지 않고 버텼기 때문에 모리츠는 다른 팔까지 동원해 얼마간 누나를 끌고 갔다. 그녀가 스스로 걷기 시작할 때까지. 나뭇가지가 낮게 드리운 곳에서 둘은 상체를 숙여 수풀 속으로 들어갔다. 다니다 보니 생겨난 그 길은 오로지 그들만의 것이었다. 강가에 이르자 나무 우듬지 그늘이 드리운 자그만 빈터가 나타났다. 모리츠는 그곳을 '우리의 대성당'이라 불렀다. 여기는 기도하는 곳이야, 그는 즐겨 주장하곤 했다. 그에게 기도란 이야기하고 침묵하고 낚시하는 것을 뜻했다. 미아는 그렇듯 개념을 남용하는 일이 불필요하다고 생각했다. 그녀는 그냥 그와 이야기할 수 있었고 무슨 거창한 종교적 개념을 끌어들일 필요가 있다고는 생각하지 않았다.

모리츠는 가방에서 낚싯줄을 꺼내고 수풀에서 나뭇가지를 하나 분질렀다. 앉을 자리를 만드느라고 미아가 손수건을 펼칠 때, 그는 벌써 풀 위에 쪼그리고 앉아서 가는 줄을 던졌다. 강에 조그만 변화도 일으키지 않고 끊임없이 흘러가는 물을 그들은 한동안 들여다보았다.

"클라우디아?"라고 미아가 물었다.

"이름이 그랬어."

"그리고?"

"멋졌어. 그녀는 **딥 스로트**(deep throat)를 할 줄 알았어. 그게 뭔지 알아?"

"알고 싶지 않아!" 미아는 방어적으로 손을 저었다. "그런데 네 면역 그룹에 아직 몇 명이나 더 있어?"

"340만. 중앙 파트너 중개소는 세계 최대 갈봇집의 여주인이야. 천국의 문을 지키는 부패한 수위지."

원시적인 낚싯대를 손에 든 채 모리츠는 두 팔을 넓게 벌리고 설탕같이 달콤한 여자 목소리를 내며 계속했다.

"더 가까이 오세요! 주요 조직 적합성 집단 B-11등급. 좁은 엉덩이, 다갈색 머리칼. 24세. 아주 건강해요. 최상품이죠."

"그다음 여자 이름은 뭐였어?"

"크리스티네. 진짜 매력덩어리였어."

"약속해 줘. 진지하게 만나 볼 거라고."

"그야 물론이지." 모리츠는 씩 웃었다. "진지함은 즐거움의 이름이지. 그런데 팔이 열여섯 개인 누나 미생물들은 어떻게 지내?"

"미생물은 팔이 없어." 미아가 그의 옆구리를 찔렀다. "그 프로젝트는 잘돼 가. 내가 이제……."

"조심!"

미아는 깜짝 놀랐다. 그가 낚싯대를 떨어뜨리고 그녀 어깨를 움켜쥐었기 때문이다. 반대편 물가의 낮은 풀숲에서 부스럭 소리가 났다.

"저기!" 모리츠가 소스라치게 놀란 척 장난하며 외쳤다. "거대한 박테리아야! 털가죽에다 뿔도 있어!"

"바보." 미아는 웃고 이마의 땀을 닦았다. "노루였어."

"내 말이."

"삶에서 네가 원하는 게 뭔지 난 아마 끝내 이해 못 할 거야."

"마침 생각나게 해 주니 잘됐네. 새로운 게 있어. 특별히 누나를 위한 거야. 잘 들어 봐."

모리츠는 목에서 흔들거리던 입마개를 머리띠처럼 머리에 두르고 다시 낚싯대를 집어 들었다.

"꿈속에서 난 삶을 위한 도시를 보네."라고 그가 인용했다. "그곳에선 집들이 녹슨 안테나로 머리를 장식하지. 깨져 나간 지붕 아래에 부엉이들이 사는 곳. 낡아 빠진 공업 시설의 높은 층들에선 큰 음악 소리와 조각상 같은 담배 연기들, 당구공 진하게 부딪치는 소리 흘러나오는 곳. 감옥 뜰을 비추듯 가로등마다 환한 곳. 자전거를 수풀 속에 들이밀어 세워 놓고 더러운 잔으로 포도주를 마시는 곳. 어린 소녀들이 똑같은 청재킷을 입고 늘 서로 손잡고 다니는 곳. 불안하다는 듯. 타인에 대해. 도시에 대해. 삶에 대해. 그곳에서 나는 맨발로 공사장을 지나가며 지켜보네. 진창이 내 발가락 사이사이로 삐져나오는 걸."

"유치하고 끔찍해."라고 미아가 말했다. "시인은 가둬 버려야 해."

"벌써 그러잖아."라고 모리츠가 말했다. "대중 선동죄로 팔개월."

그는 셔츠 앞 주머니를 뒤져 담배 한 개비를 꺼내 입에 물었다. 미아의 손이 잽싸게 앞으로 나가 담배를 낚아챘다.

"이거 어디서 났어?"

"아, 그러지 말고, 어디서 나기는." 하고 모리츠가 말했다. "불 있어?"

연기

어릴 적 드리스는 나중에 크면 미아처럼 되고 싶었다. 이제 그녀는 컸고 계단실 맨 위 계단에 앉아 있다. 미아의 집 현관문에서 두 발짝 떨어진 곳에. 현관문 앞에는 순전히 노스탤지어 때문에 발 매트가 놓였다. 계단실 맨 위 창문을 통해 밖을 내다보려면 어떻게 앉아야 하는지 드리스는 안다. 건물은 비탈에 있어서 그녀는 발밑으로 도시를 굽어볼 수 있다. 여기 높은 데에서는 꿈꾸기 좋다. 어쩌다 누가 이렇게 높은 곳까지 올라올 경우를 대비해 그녀는 양동이와 소독제 한 병을 옆에 놓아뒀다.

드리스의 꿈들은 색채를 띠고 옛날 영화처럼 이차원이다. 대부분 미아가 주인공이다. 예를 들어 오늘 드리스는 미아와 크라머가 이 문 뒤쪽에서 처음으로 만나는 것을 본다. 먼저 그들은, 폴세가 《건강한 인간 오성》에서 자주 읽어 주는데도 드리스는 아는 게 별로 없는 일들에 대해 얘기를 나눈다. 크라머는 미아에게 '병날권'과의 투쟁에서 자기가 거둔 성공에 대해 이야기한다. 신문이 '병날 권리'[02]의 테러리스트들에 대해 보도할 때마다 리치의 목소리는 반 옥타브 높아진다. 그와 달리 미아는 평온을 유지하면서 가끔씩 질문할 뿐이다. 그러면 크라머는 미아가 그를 얼마나 잘 이해하는지 알 수 있다.

이어서 둘은 조용해진다. 드리스는 그 순간을 되풀이해 눈앞에 그린다. 미아와 크라머가 소파 위에서 천천히 서로를 향해 얼굴을 돌리는 모습을 클로즈업과 슬로 모션으로 본다. 그들은 서로의 눈이 아니라 입을 본다. 크라머가 한 팔을 미아 몸에 두른다. 드리스가 팔을 뻗는다면 미아 집의 흰 문을 건드릴 수 있을 것이다. 그녀는 가는 목덜미에서 머리칼이 곤두서는 것을 느끼며 눈을 감고 숨을 멈춘다. 이제 곧 크라머가 미아에게 입맞춤하리라. 사람들이 아직 구강 미생물군 감염에 대해 아무것도 모르던 시절을 그린 영화에서 늘 그러듯.

뭔가 그녀의 콧속을 간질인다. 드리스는 눈을 뜨고 냄새를 맡는다. 이상한 냄새다. 그녀는 계단실을 둘러보고 숨을 두 번 힘껏 들이마신다. 틀림없다, 연기다. 일 초도 지체 않고 그녀는 쿵쾅대며 계단을 뛰어 내려간다.

"불이야!"라고 그녀가 외친다. "불이야!"

흰 문 안쪽 복도 끝에는 미아가 이상적 애인과 소파 위에 누워 있다. 담배를 입에 물고 다 타 버린 성냥을 허벅지에 놓은 채.

"이런." 미아는 말하며 한 번 깊이 빨아들인다. "이런 냄새가

---

02   Recht auf Krankheit. 약자 RAK. 1970년대 독일의 적군파(Rote Armee Fraktion, RAF)와 약자가 유사하다.

모리츠한테서 났어."

　"꼭 그가 여기 있는 것 같아." 하고 이상적 애인이 말하며 담배를 향해 두 손가락을 뻗는다.

조정 심리가 아니다

검은 법복을 입은 조피는 베일 안 쓴 수녀를 조금 생각나게 한다. 달리 도리가 없어 그녀는 거기에 적응했다. 법령집을 엉덩이 밑에 깔면 적어도 의자에 비해 너무 키가 작은 수녀처럼은 보이지 않았다. 법정 집기들은 아직도 체구 큰 동료들 몸에 맞게 만들어졌다. 근무 장소에서 건강을 지키기 위한 인체 공학적 지침도 그리 일관되게 지켜지지 않는다. 드물긴 하지만 조피가 자기 직업을 싫어하는 날들도 가끔 있다.

벨은 오늘 법복 아래 뼈만 한 무더기를 숨긴 것처럼 수척한 데다 신경이 예민하다. 사익의 대변자는 방청석의 유일한 손님으로 사복 차림을 하고 의자에 앉아 이 모든 게 자기와는 아무 상관 없다는 듯 창밖을 내다본다. 법정 기록인은 머리 모양 때문에 자기 할머니처럼 보인다. 그녀는 미아의 위팔을 잡고 칩을 읽는다. 어느 시민이든지 이두박근의 중앙, 피부 밑에 지니는 칩이다. 조피는 목구멍 스프레이를 쓰고 나서 모든 소송 당사자들이 참석했는지 확인하고는 다음과 같이 심리를 시작한다.

"나를 조롱하겠다는 건가요?"

"아닙니다, 판사님." 미아는 동요 없는 얼굴로 말한다.

"이틀 전에 당신은 내게 약속했어요. 기억할 수 있나요?"

"예, 판사님."

"왜 당신이 **오늘** 여기 있는지 아세요?"

"독성 물질 남용." 벨 검사가 끼어들며 말한다. "건강 법령 124조에 의거, 처벌 가능합니다."

조피는 재판관 책상에 양손을 대고 앞으로 몸을 기울이며 분노에 차 미아를 응시한다.

"여기 이 자리는 더 이상 조정 심리가 아니에요." 그녀가 날카롭게 말한다. "해명하는 자리도 아니고 청문회도 아닙니다. 홀 씨, 이건 형사 소송이에요."

이제 사람들은 조피의 화난 얼굴을 한순간이 아니라 더 오래 본다. 금발 포니테일과 어울리지 않는 얼굴이다. 미아는 잠자코 있다.

"그저께 우리가 무슨 얘기 했죠?"

미아는 말이 없다.

"나를 바보로 아나요? 나하고 장난칠 수 있다고 믿어요? 홀 씨! 대답하세요!"

미아는 대답하려고 한다. 고개를 들고 쳐다보며 폐에 공기를 채우고 입을 벌린다. 착한 조피를 위해서라도 옳은 대답을 하고 싶다. 그러나 옳은 대답을 모른다. 그녀 인생에서 무언가 근본적인 것이 변했다는 생각이 지금 이 순간 처음으로 든 듯, 그녀는 이

상황에 너무나 경악한다. 왜냐하면 미아의 세계에서는 모든 물음에 답이 있었기 때문이다. 정확히 말하자면 각각의 물음마다 하나의 옳은 답이 있었다. 하지만 그녀 머릿속 생각이 따뜻한 물처럼 변해 버리는 상황은 여태 없었다.

"모리츠가." 하고 말하는데 자기 목소리가 방 안 다른 구석에서 들려오는 것 같다. "내게 말한 적 있어요. 담배를 피우는 것은 시간 여행 같다고. 자기를 다른 공간으로 옮겨 준다고. 스스로…… 자유롭다고 느끼는 공간으로요."

"신청합니다!"라고 벨이 외친다. "이 진술을 개인 기록에 기재해 주십시오."

"기각합니다."라고 조피가 말한다. "피고가 끝까지 말하도록 해 주세요."

"판사님." 벨이 입을 비죽이며 자만에 찬 웃음을 짓는다. 법학과에서 토론하던 시절부터 조피에게 짓곤 했던 바로 그 웃음이다. "우리가 지금 형사 소송법에 따른 소송 절차를 함께 밟고 있는 건가요?"

"물론이죠." 하고 조피가 말한다. "피고인 신문을 한 번만 더 중단한다면 형사 소송법 12조에 따라 법정 모독으로 경고하겠어요."

벨은 뭔가 쓴 것을 씹고도 예의상 뱉어 내지 못하는 사람처럼 입술을 꽉 다문다. 조피는 목덜미를 문지르고 계속 말하도록 미아에게 고개를 까닥인다.

"나는 그 애에게 다가가고 싶어요." 하고 미아가 말한다. "죽음이란 게 그저 사람들 사이에 놓인 울타리에 불과해서 몇몇 속임수로 극복할 수 있는 것처럼요. 나는 모리츠를 볼 수 있어요. 그 애는 죽었지만, 그 애 소리를 들을 수 있고 그 애와 얘기할 수 있어요. 나는 전보다 더 많은 시간을 그 애와 보내요. 줄곧 그 애 생각을 할 수밖에 없고 그 애 없이는 아무것도 못 해요. 담배에서는 그 애 맛이 났어요. 그 애 웃음, 삶을 향유하던 그 맛요. 자유를 향한 그 애의 충동 맛도요. 이젠 내가 여기 당신 앞에 앉아 있네요. 마치 그때의 그 애처럼요." 미아가 웃는다. "그 애한테 이 정도로 가까이 갈 줄은 나도 물론 기대하지 않았어요."

"홀 씨." 하고 조피가 훨씬 평온해진 목소리로 부른다. "심리를 중단하고 당신에게 국선 변호인을 신청해 주겠어요. 지금 당신 태도를 보니 이대로 계속하도록 두는 것은 완전 미친 짓이에요. 그리고 제 경고를 무시했기 때문에 이전에 저지른 질서 위반은 시효가 끝났어요. 검사님, 당신의 구형량은요?"

벨은 깜짝 놀라 서류철을 넘기는데, 얼른 찾지 못하는 게 확실하다.

"오십 일 치 소득에 해당하는 벌금형입니다."라고 마침내 그가 말한다.

"이십 일로 하죠." 하고 조피가 수정한다. "심리를 마칩니다."

검은 옷을 입은 인형 둘이 법정을 나간 후 미아는 피고석에 혼자 남는다. 그녀 뒤 방청석에서는 사익의 대변자가 일어나 걸어 나와서 미아가 자신을 볼 때까지 기다린다.

"로젠트레터입니다." 하고 그가 말한다. "당신의 새 변호인이에요."

착한 젊은이

그가 착한 젊은이인 것은 분명하다. 키가 멀쑥하고 너무 긴 머리칼을 연방 이마 뒤로 쓸어 넘긴다. 무엇보다 손가락부터가 잠시도 가만있지 않고 움직인다. 손가락들은 주변 사물들을 조사하고, 옷매무새가 단정한지 확인하며, 잠깐 동안 바지 호주머니로 사라졌다가는 대화 상대의 어깨를 두드리려고 다시 나온다. 하지만 정말 어깨를 건드리는 것도 아니다. 로젠트레터의 손가락은 건강 검진 지원대 같다. 항상 어딘가 문제를 해결하러 가는 중이다. 지금은 책상 모서리를 만지는 중이고 그 때문에 로젠트레터는 속이 메스꺼운 사람처럼 윗몸을 숙인 채다.

"이 일을 맡게 되어 영광입니다. 그냥 하는 말이 아니에요."

"이런 변호를 맡는 게 뭐가 영광이라는 건지 잘 모르겠군요." 미아는 그의 허리띠를 보지 않으려고 옆으로 시선을 돌린다. 로젠트레터는 왼쪽으로 한 걸음, 오른쪽으로 두 걸음 옮기더니 의자에 앉기로 결정하고 의자 하나를 끌어와 피고석에 앉은 미아와 마주 앉는다.

"먼저 삼가 조의를 표합니다, 홀 씨. 당신의 굳건한 태도가 경
탄스럽네요. 지난 몇 달간은 분명 지옥 같은 시간이었을 텐데요."

"내 태도가 그렇게 경탄할 만하다면 우리가 여기 앉아 있지
않겠죠."

"모든 것에는 장점이 있죠!" 로젠트레터가 웃다가 다시 조용
해진다. 미아에게는 이런 관점을 공유하지 않을 이유가 있다는 걸
깨달은 것이다.

"여기 이걸." 그는 다시 말을 시작하면서 실내를 안듯 팔을 넓
게 벌린다. "너무 심각하게 여기시면 안 됩니다. 흘러가는 과정이
죠. 절차예요. 단추 하나 누른 듯 특정한 행동 방식으로 진행되는 관
료주의적 사무 절차입니다. 당신 개인하고는 크게 관련이 없어요."

미아는 그가 서명을 받기 위해 서류 가방을 열고 변호사 전권
위임장을 꺼내는 모습을 지켜본다. 그 과정에서 연필 몇 자루가
바닥에 떨어지자 그녀 얼굴에 미소가 스친다.

"이봐요." 하고 로젠트레터가 말하며 붉어진 얼굴로 다시 윗
몸을 편다. "나 같은 사람이 일하는 법정이 그렇게 지독할 수는 없
지요. 여담이지만 당신 동생을 알았어요."

미아는 막 서명하려다 멈춘다.

"검은 옷 인형 군단의 일원이기라도 하셨어요?"

"저는 변호사입니다!" 로젠트레터의 두 손은 놀란 새들처럼
공중에서 푸드덕거린다. "사적 이익의 대변자죠. 매달 나오는, 이
사법 관할 지역의 방법 보호 보고서를 검토하지요. 그런데 뭐라
할까요?"

한동안 그는 미아를 바라본다. 미아가 그에게 무슨 말을 할지 알려 주기를 정말 기다리기라도 하듯. 이마의 머리카락이 간지러워서 그는 눈을 찡긋한다.

보통 상황이라면 미아는 그를 미워했을 것이다. 이른바 사랑스러운 얼뜨기라 불리는 유형은 그녀를 짜증 나게 한다. 로젠트레터 같은 사람들은 자기 아이들 사진을 지갑에 넣어 다니며 슈퍼마켓 계산대 앞에 줄을 서서도 주위 사람들에게 그것을 보여 준다. 그들은 길 잃은 행인이 약속에 늦지 않도록 도와주느라 자기 약속에 늦는다. 인생의 의미를 물으면 '의미'가 옛날 중국 화폐 단위 아니냐고 되묻는다. 그들은 그게 유머라 생각한다. 원래 미아는 이해력이 있고 또 그것을 가능한 한 효율적으로 쓰려는 의지가 있는 사람들만 좋아한다. 그녀는 인류를 두 그룹으로 나눈다. 전문가와 비전문가. 로젠트레터는 분명 두 번째 범주에 속한다. 그럼에도 이런 로젠트레터가 곁에 있는 게 싫기는커녕 좋다는 사실은 미아가 얼마나 울부짖고 소리 지르고 악몽을 꾸었는가 하는 것보다도 그녀의 심리 상태를 더 잘 알려 준다. 그녀는 숨 한 번 쉴 때마다 긴장이 조금씩 가라앉는 것을 느낀다.

"모리츠를 개인적으로 알지는 않았어요." 로젠트레터가 마침내 말한다. "그를 잠재적 존재로만 안 거죠. 아시겠어요?"

"한마디도 모르겠어요. 나는 당신 분야 사람이 아니에요. 분명히 말해 주세요."

"물론이죠. 맞아요. 아주 간단해요. 동생분이 블랙리스트에 있었어요."

"그게 무슨 말이죠?"

"여기하고 여기." 로젠트레터가 손가락으로 전권 위임장을 가리키자 미아가 드디어 서명한다. "방법안기부가 그를 관찰 대상 명단에 올렸어요."

"말도 안 돼요. 잘못 아셨을 거예요. 모리츠가 방법의 적이라고요? 그건……." 미아가 웃는다. "숲속 노루를 털가죽과 뿔이 있는 거대 박테리아로 여기는 거나 마찬가지예요."

"뭐라고요?"

"아무것도 아니에요. 모리츠는 어린애 같은 바보였다는 게 아마 맞을 거예요. 자유로운 정신의 소유자였던 건 확실하고요. 하지만 그 애는 절대 어떤 집단에도 들어가지 않았을 거예요. 뭔가 불결한 저항 패당이라면 더 말할 것도 없고요."

"불결한, 맞아요." 하고 로젠트레터는 상대를 누그러뜨리며 말한다. "우리가 왜 이 말을 하죠? 이 말을 하지 말아야 할 거예요. 몇 마디만 더 하죠. 당신에게 완벽하게 설명하는 게 제 의무의 일부니까요. 우리의 법체계는 몇몇 지점에서는 조금 과민하죠. 어떤 사건에 방법 적대적인 요소가 있다면, 그 사건은 말하자면 다른 길로 접어들지요." 갑자기 로젠트레터는 키만 너무 커 버린 소년이 아니라 걱정에 잠긴 성인 남성처럼 보인다. "제 말 여기까지 이해하셨나요? **그 때문에 판사가 심리를 중지했어요.**"

"터무니없는 소리 하지 마세요."

"그래 보도록 하죠." 하고 로젠트레터가 말하고는 벌써 또다시 개구쟁이 소년 같은 표정을 짓는다.

"그렇다면 무엇보다도 우선 정상적인 변호인같이 행동해 보세요. 어떤 소송 전략을 제안하실 건가요?"

"우선 우리는 이십 일 치 벌금액에 이의를 제기할 거예요."

"왜요? 벌금형은 감당할 수 있어요. 그 액수는 아마 당신의 충고에 대한 사례비보다 별로 더 많지 않을 거예요. 그렇다면 차라리 법원에 돈을 내고 말죠, 뭐. 질서를 위반했으니까요. 그러니 지불하고 끝내죠."

"그렇게 생각하시다니 존경스럽군요. 하지만 그렇게는 안 돼요. 법은 모두가 참여해야 하는 게임이에요. 나는 당신 변호인이고 그런 만큼 당신을 변호할 겁니다."

"누구에게, 아니면 무엇에 대항해서 변호한단 말씀이죠, 로젠트레터 씨?"

"당신에 대한 검찰의 비난 그리고 특히 어려운 삶의 상황을 당신에게 책임 지우려는 법원의 생각에 대항하는 거죠."

"그렇다면 차라리 내가 스스로를 변호하겠어요."

"어떻게요? 물어봐도 될까요?"

"아무것도 안 하고 침묵하는 거죠."

"제정신이 아니군요. 지금 누구를 상대하는지 전혀 모르시는 겁니다. 사람들은 당신이 **방법**에 대항한다고 비난할 거예요."

미아는 머리를 젓고 집게손가락으로 로젠트레터의 턱을 가리킨다. "열여섯 살짜리처럼 얘기하는군요. **방법**, 그건 우리 자신이에요. 당신, 나, 모두요. **방법**은 이성이에요. 건강한 인간 오성이고요. 나는 **방법**에 반대하는 게 아니에요. 판사에게 이미 한 말이지만 당신한테도 말할게요. 난 조용히 쉬고 싶어요. 그게 다예요. 난 다시 일어설 거예요."

"언제요? 내일 아침 일찍까지요?"

"아마 꼭 그렇지는 않을 거예요."

"그럼 당신에겐 제가 필요합니다."

"다른 의뢰인이 없나요?"

"많죠."

"그렇다면 나한테 원하시는 게 뭐죠?"

"당신을 돕는 거요. 나는 자기 일을 진지하게 여기는 사람이에요. 당신에게 닥쳤던 일은 배려가 필요한 **예외 건**에 충분히 해당해요. 첫 학기째 법학을 공부하는 어떤 학생이라도 당신에게 확인해 줄 수 있어요. 우리 어쨌든 한 가지는 확실히 합시다." 그는 몸을 앞으로 숙여 미아의 어깨가 아니라 그 위 허공을 톡톡 두드린다. "당신은 아무 죄도 없어요. 담배에 대해서도요. 나는 사람들이 당신을 난도질하는 걸 더 이상 두고 보지 않을 거예요."

그의 말이 더럽게도 맞기 때문에, 아니면 그 말이 정말 맞기를 원하기 때문에, 미아는 갑자기 울고 싶어진다.

"고마워요."라고 그녀는 말하고 헛기침하며 목을 가다듬는다. "난도질한다는 말은 정곡을 찔렀어요. 그러니까 우린 그 점에서는 의견이 일치하는군요. 나는 어떤 스트레스도 싫어요. 내겐 곰곰이 생각할 시간이 필요해요. 그게 다예요."

"맞습니다. 아주 정확해요." 로젠트레터의 얼굴이 환해진다. "그래서 당신에게 제가 있는 거죠. 추잡한 일을 할 탄탄한 녀석요." 그러곤 미아가 웃지 않으니까 덧붙인다. "농담이었어요. 한 번 더 서명해 주세요. 여기하고 여기요. 항소에 필요한 서류입니다."

감시원

"미아!"라고 드리스가 부른다.

"홀 씨."라고 폴셰가 말한다. "우리 잠깐…….'

"이제 적어도 가만히 서기라도 하세요!" 리치가 분노해서 말한다.

미아는 자기 집에 들어가느라 급하다. 두 손에는 장 본 쇼핑백이 들렸다. 청소용 양동이로 이루어진 장애물을 뚫고 막 계단을 오르려 하는데 리치가 팔을 붙든다.

"여기서 그냥 도망칠 수 없어요!"

"미아."라고 드리스가 말한다. "정말 너무 미안해요. 그러려던 게 아니었어요. 나는 뭔가 타고 있다고 생각했어요."

"여기서 누가 밀고한다고 생각하지는 말아 주세요." 폴셰가 덧붙인다.

"우리는 그저 도우려는 것뿐이에요."라고 리치가 말한다. "그러니 홀 씨, 우리가 어떻게든 도와 드릴 수 있다면……."

미아는 한 발짝 비켜서 이웃 여자들 옆을 지나려고 한다. "고마워요. 아주 친절하시군요. 그러실 필요 없어요."

"필요한 일이에요."라고 폴셰가 말한다.

"필수적이에요, 홀 씨." 하고 리치가 말한다. "이곳처럼 좋은 건물에서는 서로서로 걱정해 줘요. 특히나 공동체의 어느 누가 잘 지내지 못할 때는요."

"미아."라고 드리스가 말한다. "모두 오해일 뿐이에요."

드리스는 마음 같아서는 미아 집으로 장 본 것을 들여 주고 뜨거운 물을 끓여 주며 모든 걸 설명하고 싶다. 미아 홀과 하인리히 크라머를 누구보다 많이 찬미한다고. 화재에서 미아를 구하고 싶었을 뿐이라고. 자기 눈은 절망으로 거울처럼 반짝거린다고.

"오해가 아닌 것 같군요." 미아가 드리스에게 말한다. 그러고 다른 사람들에게 말한다. "고마워요, 여러분. 이제 집으로 가고 싶어요."

"당신 집도 이 건물에 속해요."

"이 감시원 건물에요."

"감시원 건물로 계속 유지돼야 할 건물이죠."

"우리가 그 점에 대해 생각이 같다면 말이죠."

미아가 소매를 떨치려 하자 리치가 다시 한번 그녀를 붙잡는다. 미아는 쇼핑백들을 몸으로 당기고 어깨로 리치를 툭 민다. 미는 게 약간 과했던지 리치는 두 발을 각기 다른 층계에 디뎠다. 그녀가 요란한 소리와 함께 넘어지자 주변을 둘러싸고 있던 양동이에서 물이 쏟아져 작은 폭포들을 이루며 밑으로 흘러내린다. 그사이 미아는 위로 달아난다.

넌 대가를 치를 거야, 넌 대가를 치를 거야, 미아의 머릿속에서 목소리가 저렁저렁 울린다. 아무도 그녀에게 비슷한 말을 하지 않았지만.

지휘 본부에서

미아는 자기 몸을 사랑하는 건 말할 것도 없고 존중한 적조차 없다. 몸은 기계이자 이동 수단이고 영양 섭취 및 의사소통 기구이며 몸의 과제는 탈 없이 기능을 수행하는 것이다. 미아 스스로는 저 위 지휘 본부에 있으면서 눈이란 창을 통해 밖을 내다보고 귓구멍을 통해 주위에 귀 기울인다. 날이면 날마다 그녀는 명령을 내리고 몸은 무조건 이를 수행해야 한다. 예를 들면 운동하라는 명령을.

가정용 운동 기구에는 지난 몇 주 동안 뒤처진 거리가 600킬로미터에 달했다. 미아는 페달을 밟으며 생각한다. 무엇을? 편의상 모리츠를 생각한다고 가정해 보자. 우리 생각이 맞을 가능성은 아주 높다. 미아 스스로 느끼기에는 모리츠가 죽은 지금처럼 그를 많이 생각한 적이 없었던 것 같다. 이게 정상인가 하고 그녀는 스스로에게 묻는다. 아니면 정신력을 동원해 죽은 동생을 계속 살아 있게 하려고 안간힘을 쓰는 중인 건가. 어쩌면 동생을 살려 놓으려고 애쓰는 게 아닐지도 모른다. 동생이 아니라 나머지 세계를 살리려고 애쓰는지도 모른다. 모리츠가 세계 안에서 숨 쉬고 말하고 먹고 웃는 동안에만 세계가 계속 존재한다고, 이제 미아는 믿으니까.

한 가지는 미아가 이해했다. 지휘 본부는 몸에 명령을 내릴 수 있지만 스스로에게는 명령하지 못한다는 것을. 머리는 머리에게 생각을 금지시킬 수 없다. 그럼에도 그녀는 로젠트레터와 만난 이후로 자기에게 기회가 있다고 확신한다. 새 변호사 같은 커다란 젖먹이가 삶을 잘 다루며 산다면 그녀에게도 물론 그럴 능력이 있으리라는 생각이 든다. 미아는 더 속도를 내 페달을 밟는다. 가상의 20킬로미터를 벌써 지나왔다. 그녀는 일상생활을 하는 대신이 아니라 하는 동안 모리츠를 생각하는 법을 배우기만 하면 되는 것이다.

"단백질 일곱 단위." 이상적 애인이 소파에 누운 채 장 봐 온 쇼핑백을 뒤지며 말한다. "탄수화물 열 단위. 과일과 채소 셋. 완벽해. 우리 이제 회복 중인 거지?"

"여기 이거 끝내면." 미아가 숨을 몰아쉰다. "집을 치우고 닦을 거야. 두고 봐. 며칠 지나면 다시 출근할 거야."

"좋은 결심이란." 하고 이상적 애인이 말한다. "희한한 현상이지. 그게 존재한다는 사실 자체가 그것이 무효라는 걸 증명해 주거든."

"조금이라도 낙관적으로 생각하는 편이 더 유용할 거야. 법이란 누구나 참여해야 하는 게임이다. 모리츠가 한 말일지도 모르는데, 그렇게 생각하지 않니?"

"아니. 모리츠의 관심은 항상 자기 게임의 주인이 되는 거였어."

"그럴 수도 있겠지." 미아는 소매로 이마의 땀을 훔친다. "하지만 그 애는 뒤에 남은 사람들이 자기를 새로 해석하는 걸 감수해야 할 거야. '더는 게임에 참여하지 않는' 대가지."

"우린 그 은유를 바꿔야 해." 이상적 애인이 말하고는 단백질 튜브를 손에 들고 읽는 시늉을 한다. "착각 하나는 성인 한 사람의 일일 필요 자기기만량으로 충분합니다." 그녀는 미아를 바라본다. "진실은 이래. 이건 게임이 아냐."

"무슨 말이야?"

"설마 그 로젠트레터하고 운동 조금이 네 내부 깊은 곳을 관통하는 균열을 메울 수 있다고 진지하게 믿는 건 아니겠지? 균열은 그보다 깊어, 미아. 심지어 너 개인의 문제도 아니야. 그 문제는 이 나라가 개인별 병력이란 사치를 더 이상 감당할 수 없다고 생각한 날 생겨났어. 네 내부로부터 독을 퍼뜨리는 건 이 체제 한가운데의 썩은 자리야."

"네가 모리츠를 대변하고 그 애의 추억을 보존하는 건 존중해."라고 미아가 말한다. "그건 네가 할 일이야. 하지만 나한테 내 마음에 대해 설명하지는 마. 그건 모리츠도 이해하지 못했어. 그 애는 나를 약하고 순응적이라고 봤어."

"그럼 실제로는 어떤데?"

"저항 세력의 자기도취에 빠지기에는 너무 영리하지."

"인간적인 것이란 컴컴한 공간으로, 너희 죽을 운명인 존재들은 서로 머리를 계속 부딪치지 않도록 주의해 지켜봐야 할 아이들처럼 그 안에서 이리저리 기어 다니니까?"

"말하자면 그렇지. 너 그건 어디서 들은 말이야? 익숙한 느낌인데."

"네 새 친구, 하인리히 크라머한테서지."

"어쩌면 우리가 그를 잘못 본 것 같아."라고 미아가 말한다. "그는 언론인이야. 아마도 속에는 아주 다른 사람이 숨어 있을 거야."

"이젠 내 앞에서 겉모습과 진짜 모습 얘기를 하는 거야? 죄 없는 사람의 유죄 선고를 추진한 **겉보기**의 크라머 뒤에는 완전 다르게 사고하는 **진짜** 크라머가 숨었다고 얘기하려는 거냐고? 아니면 그 모든 게 그의 본의는 아니었다고?"

"너 왜 그러니?" 미아는 격렬하게 페달을 밟다가 멈춘다. "나는 싸우려는 게 아니야."

"모리츠에게 일어난 일은 옳든가 그르든가 둘 중 **하나야**." 이상적 애인이 날카롭게 말한다. "그 사이는 없어. 넌 결정해야만 할 거야, 미아, 이 어린애야. 이리 와 봐."

"아직 안 끝났어."

"이리 오라니까!"

미아가 머뭇거리며 운동 기구에서 내려 소파로 다가간다. 이상적 애인은 한 팔로 장 봐 온 물건들을 바닥으로 쓸어 내고 텔레비전을 켠다.

병날 권리

"이 말은 한번 혀 위에 올려서 사르르 녹여 맛을 봐야 합니다. 병날권은 병날 권리란 뜻입니다. 건강한 인간 오성에 가장 근본적으로 모순되는 요구죠."

사회자는 크라머보다 절반쯤 나이를 먹었고 절반쯤 유명하며 이름은 뷔르머다. 이런 모든 점은 그의 모습에서 드러난다. 크라머 옆에 있는 그는 긴장한 학생 신문 편집장 같다. 여태까지 그는 자신의 경력 전부를 오늘 저녁 게스트의 발자취를 그대로 따라간다는 과제에 바쳤다. 얼마 전부터 그는 자기 토크 쇼를 진행한다. 「모두가 생각하는 것」. 그가 크라머를 초대했고 크라머가 승낙했다. 오늘은 뷔르머의 이제까지 인생에서 최고의 날이다.

"반방법주의 전문가로서." 뷔르머가 계속한다. "한 무리 정신 이상자들과 늘 부대끼며 산다는 느낌에 시달리실 것 같은데요, 그러다 보면 스스로도 미칠 것 같지는 않습니까?"

"전혀요." 크라머의 왼팔은 팔걸이에 편안하게 걸쳐져 있다.

오른손으로는 물컵을 쥐고 돌리며 가끔씩 그 안을 들여다본다. 마치 크리스털처럼 맑은 액체 속에서 미래를 읽어 낼 수 있다는 듯. "병날권 구성원들은 정신병자가 아닙니다. 아웃사이더나 좌절한 사람들 혹은 혜택을 덜 받은 계층도 아닙니다. 정상적이고 꽤나 지성적인 사람들이죠. 병날권은 조직적인 범죄 집단이 아니라 네트워크입니다. 방법의 적들은 서로 느슨하게 연결되어 있습니다. 그래서 위험이 더욱 증대하죠. 그 구조가 우연적이고 극히 복잡하기 때문에 운동 전체가 거의 공격 불가능합니다."

"무시무시하군요." 하고 뷔르머가 말한다. "합리적인 사회에서 어떻게 그런 비합리적인 흐름들이 생겨날 수 있을까요? 정말이지 20세기 생각이 나는데요. 크라머 씨, 말해 주십시오. 이들은 대체 어떤 자들입니까?"

"20세기를 언급하신 게 전혀 틀린 말은 아닙니다." 크라머가 물을 한 모금 마시고 예쁘장한 제작 보조 요원에게 고개를 까닥이자 그녀가 다시 잔을 채워 주러 즉시 다가온다.

"꺼 버려."라고 미아가 말한다. "병날권 히스테리가 나랑 무슨 상관이야."

"지금 히스테리가 문제가 아냐." 이상적 애인이 말한다. "네 새 친구에 관한 거란 말이야."

이때 크라머가 말한다. "반방법주의자들의 특징은 자유에 대한 반동적인 신념입니다. 그 신념은 실제로 20세기에 뿌리를 두고 있습니다. 병날권의 모든 생각은 계몽주의에 대한 오해에 근거합니다."

"하지만 **방법** 자체는 계몽주의의 논리적 귀결로 간주되지 않습니까!"

"그래서 일이 그렇게 복잡해지는 거죠. 반방법주의자들 중 많은 사람이 원래는 확신에 찬 **방법** 추종자였다고 생각해 보십시오."

"그 사람들이 그러니까 우리 사회 한복판에서 생긴단 말씀인가요?"

"그렇습니다." 크라머의 시선이 카메라를 직시하면서 미아의 얼굴에 직접 달라붙는 것 같다. "그들은 당신과 나 같은 사람들입니다. 그들 또한 자유란 게 무책임과 동의어는 아니라는 건 이해했죠. 하지만 병날권의 오류는, 날마다 죽어 가는 자기 모습을 지켜보는 암 환자를 두고 **자유롭다**고 하는 데 있습니다. 마지막에는 침대를 벗어날 형편도 못 되는 인간을 말입니다."

"그건 순전한 냉소주의입니다." 뷔르머는 거부하듯 두 손을 들고 말한다.

"방법의 적은 냉소주의자들입니다. 다만 그들은, 세부적으로는 이 점이 제겐 중요합니다만, 악의가 아니라 무지 탓에 그렇게 된 것입니다. 방법법상 건강할 권리는 인류의 가장 큰 성취 중 하나입니다. 하지만 이는 예컨대 삼십사 년 전에 태어난 한 여자에게 신체의 고통에 대한 기억이 없음을 뜻하기도 합니다. 오늘에 와서 이 여자는 2009년의 사망 통계가 무얼 뜻하는지 상상할 수도 없습니다. 그녀에게 병이란 역사적 현상입니다."

"**내가** 삼십사 년 전에 태어났어." 하고 미아가 말한다.

"이런 우연이라니." 하고 이상적 애인이 말한다.

"말씀하시고자 하는 점을 이해합니다." 사회자는 이렇게 말하고 고개를 끄덕이기 시작하더니 그칠 생각을 하지 않는다. "다른 게 아니라 **방법**이 완벽하게 기능한다는 바로 그 점 때문에 결국 그 의미가 잊힌다는 말씀이지요?"

"이제 이 서른네 살 여자가 갑자기 감정적으로 어려운 상황에 빠진다고 상상해 봅시다. 그녀 개인의 욕구는 돌연 **방법**이 요구하는 것들과 모순되는 듯 보입니다. 우리 모두는 이기주의자예요. 그러니 우리의 바람들이 때때로 보편적 합의와 충돌하는 것은 일상적인 일로 칠 수 있습니다. 그런데 오히려 지적인 사람은 자기가 흔해 빠진 갈등 상황에 처했다는 것, 그리고 이는 자기의 일시적 혼란을 꼭 같이 흔해 빠진 방식으로 극복함으로써만 해결할 수 있다는 걸 인정하고 싶어 하지 않습니다. 그 대신 자기 처지를 기본 원칙의 문제로 끌어올립니다. 자신에 대해 회의하는 대신 체제에 대해 회의하는 겁니다."

"비슷한 말로 내가 늘 모리츠를 비난했는데." 하고 미아가 괴로워하며 말한다.

"바로 그러니까 이제 저걸 잘 봐." 이상적 애인은 리모컨을 두 손으로 움켜쥔다. "이제 어느 한편을 선택할 때가 됐어."

"나한테서 무슨 소리가 듣고 싶은 거니? 크라머가 선동가라고? 그래, 맞아! 그는 선동가야! 악마는 크라머 안에 사는 게 아냐. 크라머가 자기 반대자들과 똑같이 옳거나 혹은 그르다는 사실 안에 악마가 사는 거야!"

"쉿." 이상적 애인이 소리 낸다.

"예시로 드신 회의하는 여자가 잘못된 길로 빠집니까?" 뷔르머가 묻는다.

"그녀는 악순환에 빠집니다. **방법**에 반대해 내적으로나 외적으로 움직일 때마다, 회의가 맞는다고 말하는 듯한 반응이 일어나는 걸 봅니다. 인생이란 그런 거죠. 손가락 한 번 튕겼을 뿐인데 벌써 정상에서 벗어나지요. 보편적 복리와 개인적 복리의 연관성에 대해서는 광범위한 연구들이 있는데…….”

“그중에 선생님 저서도 있죠.” 사회자가 말을 끊으며 책 한 권을 카메라로 향한다. 하인리히 크라머, 『국가 공인 원칙으로서의 건강』(베를린, 뮌헨, 슈투트가르트), 25판. 게스트의 못 참겠다는 손짓에 사회자는 다시 옆에다 책을 내려놓는다. 저자가 겸양해도 좋을 만큼 발행 부수가 높은 것이다.

“**방법은.**” 크라머가 계속한다. “보편적 복리와 개인적 복리의 일치를 ‘정상적’이라고 정의합니다. 이런 의미에서 스스로를 정상적이라고 보지 않는 사람은 사회의 눈에도 정상적으로 보이지 않을 겁니다. 정상성을 벗어나면 외롭습니다. 우리의 신참 반(反)정상주의자 여성은 새 연합 세력을 원합니다. 그녀는 반방법주의자들을 발견하죠.”

“고도로 복잡한 대상을 어쩌면 그렇게 간단한 인식으로 정리하시는지 참으로 놀랍습니다.” 뷔르머는 크라머에게 열광해 하마터면 의자에서 일어날 뻔한다. “한 가지만 더 말씀해 주십시오. 우리가 역사의 초창기에서 멀어질수록 반방법주의자가 급속히 불어난다고 예상해야 할까요?”

“실제 그렇습니다. 그렇게 예상하고 또 그에 대비하고 있습니다. 위협의 정도를 과소평가한다면 완전히 멍청한 짓일 겁니다. **방법**을 발전시킨 동인이 어떤 상황들이었는지를 잊어선 안 됩니다.”

크라머는 엄지손가락으로 뒤쪽을 가리킨다. 거기에 과거가 있다고 짐작하는 모양이다. 그러면서 의미심장하게 천천히 고개를 끄덕인다. 몇 가지 유쾌하지 않은 사실들을 상기시키려는 의도이다.

"20세기의 큰 전쟁들 이후 계몽의 파도가 일어나며 사회가 광범위하게 탈이데올로기화되었습니다. 국민, 종교, 가족이란 개념은 급속히 의미를 잃었습니다. 대대적인 폐지의 시기가 시작됐습니다. 하지만 새로운 천 년이 올 무렵 사람들은 놀랍게도 더 높은 문명 단계에 올라선 게 아니라 고립되고 방향 감각을 잃었다고, 한마디로 자연 상태에 가까워졌다고 느꼈습니다. 사람들은 끊임없이 가치들의 몰락을 얘기했습니다. 사람들은 자신감을 전부 잃고 서로를 두려워하기 시작했습니다. 불안감이 개개인의 삶과 거시 정치를 지배했습니다. 뭔가 하나를 폐지할 때마다 새로운 뭔가를 만들어 내야 한다는 점을 간과한 거였죠. 그래서 구체적으로 어떤 결과들을 낳았습니까? 출산율 저하, 스트레스성 질병 증가, 묻지 마 군중 살상, 테러리즘이었습니다. 게다가 개인의 이기주의가 도를 넘고 충성심이 사라져 버리고 사회 안전 체계가 붕괴했습니다. 혼란. 질병. 불안."

이런 일들을 상기하느라 크라머의 표정에도 그늘이 지나간다. 부모의 이야기를 통해서만 그 시절을 아는데도.

"**방법**은 이 문제들을 붙잡고 해결했습니다." 하고 그는 계속 말한다. "여기서 논리적으로 도출되는 결론은 이겁니다. **방법**을 공격하는 사람은 반동분자입니다. 그자는 해체된 상태의 사회로 돌아가려는 것입니다. 추상적으로 어느 생각에 대적하는 게 아니라 아주 구체적으로 우리 한 사람 한 사람의 건강과 안전에 대적하는 것입니다. 반방법주의는 전쟁이나 다름없는 공격이며 우리는 전쟁으로 맞설 것입니다."

스튜디오 관객들이 열광적으로 손뼉을 치고 두 남자가 의자에서 몸을 일으키는 동안 미아는 드디어 리모컨을 손에 넣고 텔레비전을 꺼 버린다.

"알아들었어?" 이상적 애인이 묻는다.

"뭘?"

"네 새 친구가 너에 대해 말하잖아."

물고기 끝

그들은 자주 다퉜다. 하지만 미아가 돌이켜 볼 때 비운이 시작됐다고 짚어 낼 수 있는 그날에는 싸움이 심각했다. 매주 그랬듯 그들은 산책했고 매주 그랬듯 금지 구역과의 경계선에서 자기들의 의식을 치렀다. 모리츠는 길이 끝나는 곳 경고판 앞에 멈춰 서서는 두 팔을 벌리고 소리 내 문구를 읽었다.

"소독법 17조에 따라 관리하는 구역은 여기에서 끝납니다. 위생 구역 이탈은 소독법 18조에 따라 2급 질서 위반으로 처벌됩니다." 그러고는 덧붙였다. "그러나 위생 구역 불이탈은 1급 천치로서 외적 화석화와 내적 전면 우둔화로 처벌됩니다. 전진, 미아 홀."

그녀가 도망치려 하자 그는 격렬히 몸부림치는 그녀를 붙들어 공중에 들어 올렸다. 모리츠는 그녀를 팔에 안은 채 자기가 자유라 부르던 곳, 즉 비위생적인 숲으로 들어갔다.

모리츠는 마지못해 의무 운동량을 채우기는 했어도 육체적 노력에 대한 반감은 전혀 없었다. 다만 자기 위팔 속 칩이 길가 감지기와 신호를 주고받는 것을 싫어했다. 모리츠는 숲에서 산책할 동안은 이동 거리 적립을 포기해도 괜찮았다. 그는 낚시하고 불 피우고 직접 잡은 것을 먹으려 했다. 또한 비늘이 있고 까맣게 탔으며 내장도 깨끗이 다듬지 않은 물고기가 슈퍼마켓의 어떤 단백질 통조림보다도 맛있다고 생각했다. 매번 미아는 쐐기풀을 뜯어 그에게 반찬으로 내놓고는 동생이 스스로 잡은, 못 먹을 것 같아 보이는 걸 뜯어 먹는 모습을 가만히 지켜보았다. 그러면서 속으로 생각했다. 모리츠가 완전 제정신은 아니겠지만 그래도 그에겐 저항할 수 없는 매력이 있다고.

그날도 그는 직접 만든 낚싯대를 물속에 드리우고 도발적으로 풀 줄기를 씹으며 전염성 높을 게 뻔한 물에 맨발을 씻고 앉아 있었다. 날은 따뜻했고 미아는 하늘을 향해 머리를 젖히지 않을 수 없었다. 피부암 위험을 무릅쓰고 햇빛이 얼굴에 쏟아지도록 내버려 두었다. 햇빛은 '대성당'을 특히 아름답게 장식했다. 모리츠가 크리스티네와의 소개팅에 대해, 이른바 **도기 스타일**(Doggy Style)에서 그녀가 보이는 솜씨에 대해 얘기하기 시작했을 때 미아는 귀를 막았다. 마침내 그가 조용해지자 미아는 중앙 파트너 중개소의 의미와 목적에 대해 짧게 강연했다. 맨 끝에 그녀는 동생을 쾌락에 중독된 이기주의자라 부르며 그 같은 남자는 도대체가 한 여자를 정말 사랑할 줄 모른다고 주장했다.

미아의 어조가 평상시의 놀리는 투에서 벗어났을 수도 있다. 모리츠가 소개팅 경험을 얘기할 때 미아는 때로 찌르는 듯한 질투를 느끼곤 했다. 그럴 때면 그녀의 말은 의도했던 것보다 더 비난조가 되었지만, 그래도 모리츠의 반응을 정당화해 줄 정도는 아니었다. 그는 화를 냈다. 숲은 평화로이 찌르륵거리고 모든 것이 좋았는데도. 적어도 그들 둘만 있을 수 있을 때 늘 그랬던 만큼은 좋았는데도.

"누난 구역질 나." 하고 모리츠가 말했다. "하필 누나가 내 연애 능력을 의심하다니. 나는 인간이지만 누난 아닌 주제에."

모리츠는 평소보다 훨씬 강하게 말했다. 그의 눈은 빛났고 목소리는 낭송하는 서정시인 같았다.

"짐승들과 달리 나는 자연의 구속 위로 고양될 수 있어. 나는 번식할 의도 없이 섹스할 수 있어. 노예처럼 육체에 사슬로 묶인 날 잠시 풀어 주는 물질을 소비할 수 있어. 오로지 도전에 매력을 느껴 생존 본능을 무시하고 위험에 뛰어들 수 있어. 그냥 여기 있음에 불과한 현존재는 진짜 인간에게는 충분하지 않아. 인간은 자기 현존재를 **경험**해야 해. 고통 속에서. 도취 속에서. 좌절 속에서. 비상 속에서. 스스로의 존재에 대해 온전히 결정할 수 있는 충만한 힘을 느끼면서. 자기 삶과 자기 죽음에 대해 말이야. 그게, 가련하고 말라빠진 미아 홀, 사랑이야."

물론 그들은 이런 토론을 벌써 백번은 했다. 그러나 진실은 표면에 있는 법이고 사물의 핵심은 비어 있었다. 혹은 달리 표현하자면, 포장하기에 달려 있었다. 모리츠는 남매가 어릴 때부터 훈련했던, 도를 넘지 않는 조소에서 훌쩍 벗어났다. 그의 말은 상처를 주었고 미아는 항복할 기분이 전혀 아니었다.

"그러는 너는, 불쌍하고 길 잃은 모리츠 홀, 가식꾼일 뿐이야. 너의 그 유명한 충만한 힘은 몸이 네게 봉사할 수 없는 바로 그 시점에 사라져. 넌 단단한 안전의 토대 위에서 이른바 자유를 누리면서 전투적 말을 내뱉지. 남들이 네 계산서를 지불하는데 말이야. 그건 자유가 아니고 비겁함이라 하는 거야."

"안전의 토대라니!" 모리츠가 웃었다. "정말 누나가 그렇게 말한 거 맞아? 누나도 그 속물들 구호를 역겨워할 거라 생각했는데. 언제 결국 우리 세계가 안전해질지 알아? 모든 인간이 시험관 안에 드러누워 영양액에 잠겨서 서로 만지지도 못할 때야! 그럼 그 안전의 목표가 뭐냐 말이야. 잘못 이해한 정상성 속에서 식물 인간처럼 꾸역꾸역 사는 거? 단 하나의 관념이라도 안전이란 관념을 넘어설 때에야, 정신이 자신의 물리적 조건들을 잊고 개인적인 걸 넘어서는 영역으로 향할 때에야 비로소 유일하게 인간의 존엄에 걸맞은, 따라서 더 고차원적 의미에서 정상적인 상태가 시작돼! 실제로는 내 말을 이해할 수 있을 만큼 똑똑하다는 게, 미아 홀, 누나한테 내린 저주야."

"착각이야." 미아는 땅바닥에서 돌들을 긁어모아 물속으로 던졌다. 어릴 때부터 그녀는 모리츠가 자신보다 더 아는 체할 때 화가 나곤 했다. "나는 뭣보다 네가 말도 안 되는 소릴 한다는 걸 알 만큼은 똑똑해. 무슨 환상적이고 더 고차원인 관념에 대해 얘기하는 거야? 신에 대해 얘기해 보시지 그래? 민족은? 평등은? 인권은? 아니면 예전에 있던 관념들을 두드려 뭉쳐 만든, 다른 소름 끼치는 멍청이 장난은?"

"누나 그거 알아?" 모리츠는 턱을 길게 내밀고 앉은 채로 누나를 내려다봤다. "누나는 사람들을 사랑해서 그들의 안전을 바라는 게 아니야. 그들을 경멸해서야."

"그럴지도 모르지."라고 미아가 말했다. "하지만 네가 자유와 더 고차원적인 것에 대해 말하는 건 스스로를 증오하기 때문이야. 넌 자신을 신화적인 외투로 감싸지 않고는 이 세상에 존재한다는 걸 못 견뎌. 이 증오를 자신에게 감추기 위해 너는 체제를 증오해. 넌 스스로를 너무 미워해서 심지어 자신을 죽인다는 생각조차도 재미나는 거야."

"그건 증오와도 재미와도 아무 상관 없어." 모리츠는 화가 치밀어 소리쳤다. "그래, 난 자살할 수 있어. 내가 죽음 또한 결정할 수 있을 때에만 삶을 선택한 결정은 가치 있어!"

"인간이 자유롭게 사고하기 위해서는 죽음을 외면해야 해. 인간에겐 삶에 대한 의무가 있어."

"인간이 자유롭기 위해서는 죽음을 삶의 반대로 파악해서는 안 돼. 낚싯줄 끝이 낚싯줄의 반대겠어?"

"아니지. 하지만 물고기 끝이겠지." 미아는 농담해 보았다.

그러나 모리츠는 웃지 않았고 그녀를 보지도, 그녀에게 한 손을 내밀지도 않았다. "누나한테 없는 건." 하고 그가 말했다. "자신이 죽을 존재라는 경험이야."

"너무 그러지 마." 미아는 얼굴을 찡그렸다. "넌 다섯 살이었어. 비극적이지만 결국은 평범한 그런 일 때문에 네가 더 고차원적인 존재로 선택됐다는 거니?"

"난 **여섯 살**이었어. 그럼에도 인간이 **한 번**밖에 못 산다는 것, 그것도 짧게 산다는 사실과 정면 대결하지 않을 수 없었어."

"널 구해 준 건 재미있게도 네가 오늘날 경멸하는 그 속물들이었지. **방법**이 아니었으면 너는 기증자를 찾을 수 없었을 거야. 조금은 감사하게 여기는 건 어때?"

"난 그 속물들이 아니라 자연에 감사해." 모리츠는 고집스레 말했다. "뭐에 대해서냐면, 내가 누나처럼 고루해지는 걸 막아 준 그 경험에 대해서 말이야. 내겐 느낌이 있어. **진짜** 느낌이."

미아는 그를 자세히 살펴보았다. 마침내 그의 어깨를 어루만졌다.

"너 무슨 일 있어? 오늘따라 너무 달라. 어쩐지……."

"진지하다고?"

"너 같지 않게 너무 진지해."

"연습 중이야." 모리츠는 간단히 말했다.

"새로운 자아를 위해?"

"지빌레를 위해."

"수수께끼 같은 말이네."

"누나 충고를 따르고 있어."

갑자기 그는 얼굴을 돌려 미아를 바라보았는데, 그 시선은 이제까지의 다툼을 절로 무너져 내리게 했다. 남은 것은 맑은 공기, 따뜻한 흙냄새 그리고 수없는 빛 조각이 수면에서 그네 뛰는 강이었다.

"내가 상대방을 사랑에 빠뜨리는 작업 방식은 이거지." 하고 모리츠가 말했다. "플라스틱 장미를 살 수도, 국가가 검증한 향수나 초콜릿 없는 초콜릿 봉봉을 살 수도 있겠지. 다만 그녀 마음에 안 들 테지. 난 밀회를 위해 말로 된 꽃다발을 가져갈 거야. 자유의 향내와 혁명의 달콤함을 말이야."

"날 갖고 노는군."

"이번만은 아냐. 누나한테 얘기한 모든 걸 오늘 저녁 그녀에게도 얘기할 거야. 하지만 그녀는 누나처럼 성질 까다롭게 쳐다보고 먼지가 풀풀 날리게 얘기하지 않을 거야. 지뷜레는 나를 비단 같은 큰 눈으로 바라보고 한 마디 한 마디를 다 이해할 거야. 겨우 사흘 만에 우리는 감방에 삼 년은 처박힐 수도 있을 글줄들을 주고받았어. 중요한 건 같은 감방에 들어간다는 거겠지. 이게 그녀야, 미아. 난 그걸 느껴."

"딥 스로트, 도기 스타일은 없고?"

"어쩌면 그것도 있겠지." 모리츠가 웃었다. "저기 좀 봐!"

그는 두 손으로 움찔하는 낚싯대를 꽉 잡았고 물에서 물고기 한 마리를 건져 올렸다. 물고기는 낚싯줄 끝에서 목숨을 건지려 사투했다.

"누난 틀림없이 그녀를 좋아할 거야." 그는 고개를 옆으로 기울이고 미아의 이마에 스치듯 입 맞추었다. 그러고는 굵은 나뭇가지를 땅에서 집어 물고기 머리에 내리쳤다. "지뷜레가 글로 쓴 그대로 정말 생각한다면 그녀는 나하고 똑같이 미쳤어. 앞으로 누나 일이 갑절이 될 거야."

재판봉

"홀 씨! 홀 씨! 눈을 뜨고 주무시나요? 의사 불러 달랄까요?"

조피는 시대착오적 행태는 질색이라 재판봉 쓰는 것을 별로 좋아하지 않았다. 그런 그녀가 지금 책상에 재판봉을 세 번 두드렸다. 그리고 두드릴 때마다 그녀의 분노가 커진다. 변호인 원편에 앉은 피고인 여성은 혼란스러운 듯 고개를 든다. 판사 책상을 슬쩍 본다. 책상 모서리에 두 손을 얹고 눈썹을 이마로 치킨 검사 벨을 본다. 그러고 마침내 자기 얼굴을 본다. 기둥 위 신상처럼 벗은 몸 위에 군림하는 그녀 얼굴이 영사막에서 그녀를 바라본다. 조피에게 재판봉을 쓰는 것보다 더 어려운 건 사람을 잘못 봤다는 생각이다. 미아의 부드러운 입술은 평화에 대한 욕구를 드러냈고 밝은 눈동자는 맑은 정신을 알려 주었다. 그런데 지금 피고인은 법정에 앉아 꿈속을 헤맨다. 그녀는 밥 주는 손을 두 번이나 깨물었다. 조피의 손을. 이는 두 가지 의미일 수 있다. 인간성이 좋지 않거나 우울 증상이 있거나. 판사는 어느 것이 더 나쁘다고 판단해야 할지 모른다. 인간성 나쁜 사람들은 근심거리이고 그래서 자주 그녀의 손님이 된다. 우울증 앓는 사람들은 해로운 작용을 한다. 그들은 주변 사람들의 도우려는 마음을 끌어당기는 한편, 자기 연민을 개인적인 종교로까지 받든다. 그들이 가장 바라지 않는 건 슬픈 처지에서 벗어나는 것이다. 그들은 불행의 선교사다. 그리고 전염시킨다. 정신적 질병은 적어도 육체적 질병만큼 위험하다고, 그리고 육체적 질병보다 더 증명하기 어렵다고, 모든 법 전공자는 건강법 강의 시간에 배운다.

"죄송합니다, 판사님." 하고 미아는 말한다.

조피는 로젠트레터가 몇 마디 말을 속삭이며 자기 의뢰인을 진정시키는 것을 듣는다. 그에게 동정심을 느낄 지경이다. 그는 올곧고 겸손하다. 그에게는 미아 홀 같은 고집 센 사람을 대하는 데 필수적인 능력이 전혀 없다.

"여기 이건 항소장입니다." 조피가 종이를 공중에 대고 흔든다. "당신 손으로 서명한 거예요."

미아가 로젠트레터에게 불안한 눈길을 보내자 그가 그녀를 가볍게 옆으로 민다.

"네, 판사님." 하고 그녀가 말한다.

"내가 질서 위반에 대해 내린 벌금형은 지극히 관대했어요." 조피는 자기 목소리가 히스테릭하게 들린다는 것을 알아채고는 목소리를 가다듬어 더 전문가답게 말하려 애쓴다. "그건 평화 제의였어요."

"무죄 선고에 아주 가까웠지요." 벨이 보충한다.

"실제로 그랬죠." 조피가 검사에게 조소하듯 고개를 끄덕인다. "옳은 길을 되찾아 갈 수 있게 당신을, 홀 씨, 도와주려는 것이었습니다. 아시겠어요?"

"어쩐지 알 것 같아요, 판사님." 하고 미아는 턱에 줄을 꿰어 움직이는 인형처럼 말한다.

"더는 못 봐주겠군요!" 조피가 소리치고 갑자기 극히 만족스럽게 재판봉을 두드린다. "당신의 항소장에 응답하겠습니다. 이로써 처벌을 오십 일 치 벌금으로 올립니다. 그리고 독성 물질 남용에 대해서는……."

"하지만." 판사의 말을 갈수록 놀라며 듣던 미아가 말한다. "하지만 저는 옳은 길로 돌아갔는데요. 빠뜨렸던 수면 보고서와 영양 섭취 보고서를 당국에 내려고 썼습니다. 의학 검사, 위생 검사용 시료도 모두 제출했습니다. 집 안 박테리아 밀집도는 정상 범위고요. 운동량 뒤진 것은 앞으로 며칠 안에……."

"나는 더 이상 당신한테 말려들고 싶지 않아요. 아니면 당신이 판결에 이의를 제기하는 이유가 뭔지 설명할 수 있어요? 나는 너무 관대한 판결을 내렸다고 법원에서 책임까지 져야 했는데 말이죠."

"이의 있습니다, 판사님." 하고 로젠트레터가 말한다. "피고 인에게는 자신이 소송에서 하는 행동에 대해 답변할 의무가 없습니다."

"하지만……." 하고 미아가 말한다.

"허락합니다. 변호인이 청문을 거절하는군요. 그러면 이 골치 아픈 건을 처리하는 시간이 단축되겠네요."

"아주 기분 좋군요. 이렇게 해서 내 일이 덜어진다니." 하고 벨이 말한다.

"언급 자제하시죠." 조피가 날카롭게 말하고 로젠트레터를 향해 이야기한다. "독성 물질 남용 건을 심리하겠습니다. 당신의 변론은요?"

"인정합니다."라고 로젠트레터가 말한다.

"하지만 난 이해할 수가 없어요……."라고 미아가 말한다.

"담배를 피우신 것 맞잖아요?" 로젠트레터가 나지막하게 말한다. "그건 지난주에 이미 인정하셨습니다."

"물론이죠."라고 미아가 말한다. "당신이 내게 설명하시길……."

"혼자 조용히 있고 싶다고 고집하셨기 때문에 제가 설명드렸지요. 소송에서 벗어나려면 한 가지 가능성밖에 없다고요." 변호인은 조피에게 양해를 구하는 눈길을 던진다. "홀 씨는 형사 소송법 28조에 의거해 **예외 건** 신청서를 제출합니다."

"**예외 건** 신청서라!" 벨은 만족감에 젖어 손바닥으로 책상을 친다. "그러지 않도록 그녀를 설득할 수 없었나, 로젠트레터?"

조피의 건강한 뺨에서는 핏기가 사라졌다. 그녀는 흥분하는 것을 스스로 못 견딘다. 흥분은 건강에 해롭고 그녀의 성정에도 맞지 않는다. 그것을 아니까 분이 더 치솟는다.

"피고는 그러니까 법정이 어떤 결정을 내릴 권리가 아예 없다고 생각하는군요." 하고 그녀가 차갑게 말한다. "그리고 여기 이 재판장에게, 피고 개인의 처지를 배려하려고 최선을 다한 이 사람에게, 본인의 상황을 옳게 평가할 능력이 없다고 생각하는군요."

입이 반쯤 벌어진 미아는 평화를 바라는 성격처럼 보이는 게 전혀 아니라 그냥 상황을 감당 못 하는 것처럼 보인다. 그리고 멍청하게, 미련스러울 정도로 멍청하게 보인다. 그녀는 이 사람 저 사람을 번갈아 바라본다. 자기 주인이 누군지 기억하지 못하는 개처럼. 그러다가 로젠트레터를 가리킨다.

"제 변호인은 말하기를……."

"제 의뢰인은." 로젠트레터가 쪽지를 손에 쥔다. "스트레스를 받고 싶어 하지 않습니다. 그녀에게는 곰곰이 생각할 시간이 필요합니다. 당국이 개입하지 않을 때 자기 상황을 가장 잘 헤쳐 나갈 수 있다는 게 그녀의 견해입니다."

"재판장님!" 벨이 몸을 앞으로 기울인다. "다시 한번 요청합니다. 이 발언이 피고인의 개인 자료에 공식적으로 기록되게 해 주시기 바랍니다."

"이번에는 허락합니다." 조피는 녹음기를 켜서 책상 위에 올려놓는다. "신청 이유를 말해 주십시오. 로젠트레터 씨."

로젠트레터가 말하는 동안 그의 말이 문자가 되어 영사막에 나타난다.

"피고인은 체제로부터 견딜 수 없는 가혹한 일을 겪었습니다. **방법**의 법 집행을 통해 육친을 잃었습니다. 그녀는 이에 따른 충격을 극복하는 과정에서 **방법**의 기관들이 자신을 가만히 놔두기 바라며 이런 의미에서 **예외 건** 법규에 의거하는 바입니다."

"그렇습니까?" 조피가 판사 책상 위로 몸을 기울이며 묻는다. "당신 동생이 **방법**의 법 집행에 희생되었다는 의견인가요?"

"인과적인 관점으로 보면 그렇습니다." 하고 미아가 말한다. "하지만 그렇다고 해서……."

"뭣보다도 그렇다고 해서 당신이 **방법**의 기관들을 벗어나도 되는 건 아니죠! 당신 변호사가 이미 설명해 줬길 바라지만, **예외 건** 신청서는 예컨대 재판에서 생긴 심각한 오류의 희생자들을 위해 만들어진 것이고……."

"재판장님." 벨의 불만 섞인 목소리가 들린다. "법정의 과제는 변호인을 할 일 없게 만드는 게 아닙니다."

조피가 발끈한다.

"당신 훈계는 이제 더 못 받아 주겠군요." 하고 조피가 소리 지른다. "여기 이곳은 당신이 남보다 잘 아는 체나 하고 놀아도 되는 대학교 학생 식당이 아니에요. 형사 소송법 12조에 의거해 법정 경시로 경고합니다."

또다시 재판봉이 책상을 내려친다. 그러고 나서 조피는 그 도구를 역겨운 듯 내려놓는다.

"**예외 건** 신청을 기각합니다." 그녀는 애써 감정을 누르고 말한다. "서커스 같은 익살은 웬만큼 해 두죠. 독성 물질 남용으로 집행 유예 이 년에 처합니다. 원하시는 바라고 짐작하는데요, 검사님?"

"완벽하게요." 벨이 아래윗니 사이로 뱉듯이 말한다.

"아주 좋습니다. **예외 건** 신청서가 제출되면 통상적으로 방법안 기부에 통보된다는 걸 피고인에게 알려 둡니다. 심리를 마칩니다."

너는 어느 편이냐

"옛날 좋은 시절에 나온 노래가 있어."라고 이상적 애인이 말한다. 「너는 어느 편이냐」,[03] 이게 네 찬가가 돼야 해."

낮 12시쯤 됐거나 조금 더 늦은 시간일 수도 있지만, 지금 이 자리의 누구도 몇 시인가에는 관심이 없다. 어떻든 봄처럼 따뜻한 날이다. 지붕 테라스로 나가는 문이 열려 따스한 공기가 들어온다. 길쭉한 사각형 화분에서는 벌 한 마리가 만족스럽게 붕붕거리는 소리가 들린다. 로젠트레터는 테라스 문에 기대 벌이 '앵초꽃' 향을 내는 조화에 취해 이리저리 날아다니는 모습을 지켜본다.

미아가 집에 변호사를 초대했다고 말하기는 어렵다. 그가 미아를 집에 데려다줬다고 하는 편이 맞을 것이다. 미아는 법원 건물을 떠날 때 출입문에 멈춰 서서 주위를 둘러보았다. 이 도시를

---

03 Which side are you on. 미국 광부 노조 조직자인 샘 리스의 아내 플로렌스 리스가 1931년에 작곡한 노래.

생전 처음 보는 것처럼. 그러면서 중얼거렸다. 자기가 평소의 십분의 일로 느려졌다고. 그래서 하루하루가 열 배나 빨리 지나가고 자전거들이 열 배나 빨리 달리고 사람들은 열 배나 빨리 말하고 자기는 도대체 아무것도 이해 못 하겠다고. 그러고는 주장했다. 뇌도 하나의 근육일 뿐이라고. 로젠트레터는 미아가 사람 많은 공공장소에서 계단에 앉으려 하는 것을 말리고 서류에 적힌 주소를 찾아서 그녀가 안전하게 귀가하도록 해 주었다.

이제 미아는 눈을 감은 채 알록달록한 알약 두 알을 물도 없이 억지로 삼킨다. 현대 의학에는 모든 실존적 물음에 대한 답이 있다. 그러고도 불명확한 게 남으면 단 한 사람, 로젠트레터만이 없앨 수 있다. 그의 껑충한 몸이 키를 낮추려는 듯 약간 앞으로 수그러졌다. 그는 자꾸만 손가락을 넣어 가닥진 머리칼을 뒤로 넘긴다.

"재미있어요?"

"아, 전망이 아름답네요." 로젠트레터는 머리칼 몇 올을 바닥으로 날려 떨어뜨리고는 돌아선다.

"우습기 그지없군요." 미아가 대꾸한다. "내가 알고 싶은 건 고문 조수 노릇 하시는 게 재미가 좋으냔 말이에요."

"고문 얘길 하시니 흥미롭군요. 고문을 도입한 게 현대적 형사 소송으로 발전하는 길에서 중요한 단계였다는 걸 아셨어요?"

"이자도 날 엿 먹이려고 해." 미아가 이상적 애인에게 말한다. "모두처럼."

"전의 그자보다 맘에 드는걸." 하고 이상적 애인이 말한다. "그의 눈엔 뭔가 있어. 장난감 가게에 들어간 남자애의 눈빛 같은 거."

"저 사람이." 미아가 큰 소리로 말하며 로젠트레터를 가리킨다. "오늘 법정에서 날 사지로 몰아넣었어!"

"얼핏 보면 아까 고문 얘기는 모순되는 거 같죠." 로젠트레터는 아랑곳하지 않고 턱에 한 손을 대며 말한다. 젊은 형법학 전공자들을 위한 대화식 수업이라도 하는 듯. "하지만 정말입니다. 그건 신의 심판과 작별하는 문제였습니다. 인간이 판결을 내려야 한다는 거죠. 하지만 어떻게 한 인간이 신의 도움 없이 진실을 알 수 있느냐? 피고가 자백할 때만 가능했습니다. 유감스럽게도 아무도 그러겠다고 하지 않았지요. 그래서 가능성을 고안해 낸 겁니다……." 로젠트레터는 저 혼자 웃었다. "양심 탐구의 가능성을요."

"이제 내 소송 얘기로 돌아왔으면 좋겠군요." 미아가 말한다. "그것만 해도 내겐 고문으로 충분하니까요."

"고문 또한 시간이 흘러 인본주의적 사고에 희생됐죠." 로젠트레터는 동요하지 않고 계속 말한다. "남은 것은 다만, 고집스럽게 자기의 무죄를 주장하는 사람에게 유죄 판결을 내리는 게 뒷맛이 개운치 않다는 느낌뿐이죠."

"나는 당신을 몰라요." 미아가 로젠트레터 앞으로 다가서며 말한다. "당신이 누군지 짐작도 안 가요. 또 누굴 위해 이 연극을 하는지도요."

"난 당신의 이익 대변자입니다. 의미론의 규칙에 따르면, 내가 당신 이익을 대변한다는 뜻이죠."

"당신." 하고 미아가 말하며 고소인처럼 집게손가락으로 그를 가리킨다. "당신은 내게 약속했어요. 이 개똥 같은 걸 끝내겠다고. 그래 놓고선 뭘 하는 거죠? 날 똥통 속으로 더 깊이 몰아넣었어요.

조언해 보세요, 로젠트레터 씨. 이에 대해 당신에게 책임을 지울 방법이 있나요?"

"물론 있지요. 수완을 조금 발휘하면 오늘 법정에서 제가 한 역할을 이유로 변호 허락을 취소할 수 있습니다."

"하, 그렇군요!" 미아가 비웃는다. "그럼 이로써 당신에게 스스로에 대해 법적 수단을 취할 것을 위임하죠."

"하지만 그 전에 당신의 이익이 어디 있는지 잘 고려하셔야 할 겁니다. 어떻게 그걸 지킬지도요."

"내가 발언하겠어!" 이상적 애인이 외친다. "너는 어느 편이지?"

"당신 동생이 가사형(暇死刑)을 받은 원인이 됐던 그 강간 살인을 저질렀다고 믿으십니까?"

"그 일에 대해서는 당신과 토론하지 않겠어요."

"당신은 믿지 않아요." 그는 테라스 문을 닫는다. "그를 알았기 때문이에요. **그를**, 즉 그의 정신을요. 그의 영혼을. 그의 마음을. **방법**이 이해하기로는 인간을 다루는 데 전혀 중요하지 않은 것들이죠."

미아는 손으로 머리를 누른다. 머리 속에서는 알약이 신경성 발열을 가라앉히느라 씨름한다. "나를 대상으로 자기의 정치적 견해를 시험해 보려 하지 **않는** 사람이 이 행성 어딘가에 있긴 한 거야?"

"아니." 이상적 애인이 간결히 말한다. "너의 시간이 왔어." 그녀는 모리츠가 있었다면 그랬을 법하게 팔을 넓게 벌리고 말한다. "조심해, 여기서부터 진짜 세계가 시작해! 작은 부분들을 삼키지 않도록 하라고."

"넌 이제 입 다물어." 미아가 소리친다.

"우리 서로 말 놓는 거 좋아요." 로젠트레터가 기뻐하며 말한다. "오늘 오전부터 우린 서로 밀접하게 연결됐잖아요."

"이제 말 좀 해 보세요. 법정에서 어떻게 된 건지!"

"서투른 짓거리죠." 로젠트레터는 두 손을 올린다. "애들이 서로 눈에 모래를 뿌리는 짓만큼이나 의미 없을 거예요. 우리는 상급심으로 갈 겁니다. 이 일을 전문가들에게 맡길 거예요."

"우리가요, 아니면 당신이요?"

"그게 무슨 말이죠?"

"난 포기할게요. 아니, 오래전부터 포기했어요. 다시 한번 말하죠, 안 해요. 내가 지금 포기할 수 있을 만한 건 처음부터 아예 없었어요!"

"아주 정확한 말입니다. 당신은 포기할 **수가** 없어요. 오늘 무슨 협박을 받았는지 모르겠어요? 방법안기부에 신고라! 그자들은 이걸 국가 차원의 일로 만들려고 해요."

"그리고 그건." 하고 미아가 말한다. "순전히 당신 탓이에요."

"당신은 자신을 방어해야 합니다!" 로젠트레터는 공중에서 이리저리 손을 놀린다. "먼저 당신 동생을 죽여 놓고 당신이 몇 주 조용히 물러나 있겠다는 것도 금지하는 이게 대체 무슨 체제죠?"

"지금 법률가로서 물으시는 건가요?"

"인간으로서요."

"귀엽네요, 로젠트레터 씨! 인간을 찾는 건 빈방에 노크하는 일과 같아요. 조심스레 문을 밀고는 형식상 빈방에 대고 불러 보는 거죠. 여기 누구 있어요? 그러곤 돌아가죠."

"하지만 바로 **방법**이 인간을 끝장냈어." 하고 이상적 애인이 말한다. "남은 건 개인이지. 복수로는 사람들이고. 하지만 너, 내보배는 줄에서 벗어나 춤을 추지. 넌 인간이야. 그래서 나는 너를 사랑해."

"너야 말하기 좋지."라고 미아가 말한다. "여기 누워서 빈둥거리고 혈액형도 없잖아. 넌 건강 텔레매틱스의 대상도 아니야. 면역 체계조차 없잖아!"

"허공과 그만 얘기하세요, 미아 홀." 로젠트레터가 간청하듯 말한다. "나를 보고, 나랑 얘기하세요. **방법**은 **인간**의 복리에 봉사한다. 헌법 전문 1조예요. 다음 심급에서는 우리 모두 함께 몇 가지 기본 조항에 대해 깊이 생각해 볼 거예요."

"당신 눈이."

"눈이 어떤데요?" 로젠트레터가 얼굴을 만진다.

"빛나요."

"햇빛 때문이에요."

"당신이 지금 계획하는 건 변호가 아니에요. 진군이에요."

"그렇다면 진군이 꼭 필요해서겠지요."

"누굴 위해서요?"

"우리 모두를 위해서요."

"마지막으로 묻겠어요." 미아가 날카롭게 말한다. "당신 누구예요? 미친 사람? 서류 가방을 들고 법복을 입고 돌아다니는 병날권 신봉자인가요? 아니면 그냥 사디스트인가요? 형편없이 깨부서진 한 존재의 잔해 위에서 춤추는 게 재미있나요?"

로젠트레터가 헛기침한다.

"불행한 사람이죠." 로젠트레터가 말한다.

"왜 그런지 설명하라고 해."라고 이상적 애인이 말한다.

"왜 그런지 설명해 보세요."라고 미아가 말한다.

"그건 기꺼이 포기하고 싶군요."라고 로젠트레터가 말한다.

"당신은 내 인생을 당신의 전쟁터로 만들 수 있어요." 미아가 소리 지른다. "당신의 소송 전략은 나를 야생 동물처럼 밧줄에 묶어 전장으로 내몰 수도 있어요. 하지만 내겐 들을 권리가 있어요. 왜 그러는지!"

"알겠습니다."라고 변호사가 말하고 소파 위 이상적 애인 옆에 털썩 앉는다.

허락되지 않는 것

미아는 책상 의자에 앉아서 한 손으로 머리를 받친다. 마치 목 근육으로 지탱하기에는 머리가 너무 무거워졌다는 듯. 잠깐 동안 조용하다. 세상 다른 쪽에서는 아마존강이 일 초마다 물 2억 리터를 대서양으로 쏟아 낸다. 미아의 거실에서 느낄 수 있을 것만 같다. 로젠트레터는 손톱 끝을 씹는다. 패혈증 위험 때문에 금지된 행동이다.

"우리는 되도록이면 안 만나요." 마침내 그가 말한다. "우린 관계 없는 원거리 관계를 유지해요. 네, 거리를 유지하죠. 종이와 연필 없이 배 여러 척을 침몰시키는 것[04]과 같아요. 자기 머리로만."

"믿을 수가 없어요."라고 미아가 말한다.

"공공 기관들도 마찬가지로 보죠. 학문적으로 입증된 견해에

---

04 독일에서 종이와 연필 등 간단한 도구로 하는 '배 침몰시키기 게임'을 비유로 들고 있다.

따르면 내 사랑 같은 경우는 면역학적 이유로 있을 수가 없다는 거예요. 나는 주요 조직 적합성 진단 B-11등급이에요. 따라서 A-2와 A-4, A-6 범주와 파트너가 될 자격이 있죠. 내가 일생일대의 여인을 만났을 때, 그 불난 데 찬물 같은 여인은 B-13이었어요. 우리는 예외 허락을 받아 내려고 애써 보지도 않았어요. 가망이 아예 없었으니까요."

"당신이 그런 면역학 따위를 내게 들이대다니 도저히 믿을 수가 없어요."

"사소한 일이 아냐."라고 이상적 애인이 말한다.

"그러니까 당신은 허락되지 않는 사랑을 한다는 거죠?" 미아가 소리친다. "그게 당신의 개인적 파국인가요? 당신을 전사로 만드는 드라마예요?"

"그렇게 직설적으로 물으신다면, 네, 맞아요."

"우리의 바람들이 때때로 보편적 합의와 충돌하는 것." 이상적 애인이 인용한다. "크라머라면 그렇게 표현했을 거야."

"당신은 자신을 누구라고 생각하시나요? 수천 년 전부터 공주들은 왕과 결혼하고 궁내 대신과 그걸 했어요."

"내 말을 이해 못 하시는군요."라고 로젠트레터가 말한다. "그걸 하는 문제가 아니에요. 나는 그 여자를 사랑해요. 그녀와 살고 싶어요. 공개적으로요. 아이들을 갖고 싶어요."

"**바로 그** 일이 늘 있어 왔다고요. 농부의 딸들은 자기네 영주를 사랑했어요. 수녀들은 수도원 정원사를요. 남자들은 자기 누이를요. 여학생들은 남선생을 사랑했고요. 성인 남성들은 절친한 남자 친구를요. 그리고 오늘날엔 수천 명이 다른 면역 체계를 사랑하는 거고요. 모두 행복해지고 싶어 하는 거죠. 그리고 이 모두가 허락되지 않는 것들이고요. 모두 똑같아요, 로젠트레터 씨. 모든 게 정상이에요!"

"**방법**에 의하면 허락되지 않는 사랑은 죽을죄예요. 내 사랑을 이룬다면 고의로 전염병을 퍼뜨리는 거나 다름없어요."

"당신에게 어려운 문제가 있다고 믿죠? 고통이란 게 뭔지 안다고 생각하죠? 당신이, 하필 당신이 자신보다 수천 년 더 오래된 방식에 저항하려는 건가요?"

"그 방식은 무의미해요."

"그렇다면 거기에 저항하는 건 더더욱 무의미해요. 당신은 망상에 빠진 천치예요, 로젠트레터 씨. 비밀스럽게 하세요, 다른 사람들이 다 그러듯이. 그것에 관해 말하지 마세요. 당신 개인의 일로 세상에 부담을 주지 마세요."

"홀 씨, 이 시점에서 우리가 서로 말을 놓을 수 있다면 정말 기쁘겠어요. 그러면 지금 내가 말하는 데 정말 도움이 될 거예요."

미아는 그를 의심스러운 눈으로 보다가 한 손을 내민다.

"미아."라고 그녀가 말한다.

"루츠."라고 로젠트레터가 말한다.

그들은 손을 내밀어 악수하고는 바로 거둬들인다.

"네게 말하려는 건 이거야."로젠트레터가 소리 지른다. "넌 불만에 찬 외로운 합리주의자야! 넌 행복이 뭔지 도통 몰라! 그래서 너를 보면 마음이 짠해!"

"말 잘했어!"라고 이상적 애인이 말한다.

"합리주의자? 맞아." 미아가 분노에 차서 말한다. "불만에 찼다? 아마도. 하지만 넌 이것 때문에 날 보고 마음이 짠해야 해!"

그녀는 튀어 오르듯 일어나 책상에서 사진 한 장을 꺼내 로젠트레터의 무릎에 던진다. 사진에는 줄에 목이 걸려 자기 몸을 축으로 도는 모리츠가 있다. 목매 죽은 사람을 아직 한 번도 보지 못한 이라면 아연실색할 모습이다. 얼굴은 인간다운 모습을 다 잃었다. 혀는 세 배로 부풀어 입 밖으로 튀어나왔다. 눈알도 곧 두개골을 빠져나올 것 같다. 피부는 전체적으로 푸르다. 로젠트레터는 사진과 미아를 번갈아 본다. 어느 쪽이 가장 큰 불행을 겪었나 하는 싸움에서 그가 졌다.

"견디기 힘들군." 하고 그가 나지막이 말한다.

"모리츠가 죽은 뒤로."라고 미아가 말한다. "창가로 가도 달이 안 보여. 달이 지구를 버리고 먼 우주로 떠나 버린 걸까? 차라리 그쪽이 내겐 더 잘 이해됐을 거야."

로젠트레터도 일어났다. 미아에게 다가간다. 마치 미아가 조금만 잘못 움직여도 도망쳐 버릴 야생 동물인 것처럼 조심스럽게.

"우리 모두가 함께 우주로 가기 전에." 하고 그가 말한다. "난 서류 열람을 요구할 수 있을 거야. 사건을 다시 추적해 보고 재심을 얻어 낼 수 있을 거야."

이상적 애인이 몸을 똑바로 세운다. "모리츠의 무죄를 증명한다고?"

"어쩌면 모리츠의 무죄를 증명할 수도 있을 거야, 미아! 난 너를 위해 이 일을 하는 게 아냐. 몇 년 전부터 **방법**을 걸고넘어질 기회를 기다려 왔어. 내게 필요한 건……."

"만일 그가 그 일을 한다면." 이상적 애인이 흥분해서 말한다.

"우린 그보다 더한 어떤 일도 할 각오가 돼 있지."

"⋯⋯기회야."

초인종이 울리자 로젠트레터가 몸을 움찔한다. 미아는 서둘러 서랍에 사진을 다시 넣는다.

달팽이들

경악이 로젠트레터의 몸을 떠나 거실 전체에 다 퍼지고 비현실적인 고요함이 찾아든다. 이 변호인이 조금만 깊이 생각해 본다면 아마 내무부 장관보다도 먼저 미아의 **예외 건**에 대해 들었을 남자와 이 집에서 마주친다는 것이 그리 놀랄 일은 아니라는 데 생각이 미쳤으리라. 그러나 지금 로젠트레터에게는 깊이 생각할 시간이 없다. 더욱이 민첩하게 생각하는 것은 그의 장기가 아니다. 사람이 좋으려면 어느 정도 느리고 용기가 없어야 한다.

"상태, 모두들." 하고 크라머가 말한다.

"안녕하세요."라고 미아가 말한다.

"상태." 로젠트레터가 우물거린다.

"또 저자로군." 하고 이상적 애인이 말한다.

크라머는 눈부신 모습이다. 산책하다 우연히 들른 사람처럼 보이기 위해 갖춘 지팡이와 모자 외에 활짝 핀 듯 기분이 좋아 보여 오늘 특별히 인상적이다. 자세는 어느 때보다 꼿꼿하고, 매끈하게 면도한 뺨은 배불리 젖을 먹고 난 젖먹이 아이처럼 무조건적인 확신으로 빛난다. 소리 없는 환호 나팔 연주를 끌고 다니는 듯 그가 집 안으로 걸어 들어온다.

"이것 좀 보게, 이것 좀 보게." 크라머는 흥미로운 예술 작품이라도 되는 듯 로젠트레터를 가리키며 말하기 시작한다. "우리 충실한 정의의 옹호자도 벌써 왔군요. 사적 이익이 있는 곳으로부터 당신은 멀리 있지 않다, 이건가요, 로젠트레터 씨?"

로젠트레터가 크라머 앞에서 두려움을 느끼는 것이 누구 눈에도 훤히 보인다. 그는 전염병 환자 앞에서처럼 뒷걸음질을 치다 무릎 안쪽이 소파에 닿자 의도한 것은 아니지만 다행스러워하며 앉는다. 로젠트레터는 몇 년 전부터 크라머를 알고 그가 꿰뚫어 보는 눈빛 덕에 식은 죽 먹기로 **방법**의 친구와 적을 알아낼 수 있다는 것을 안다. 물론 면역 체계가 맞지 않는 여인을 사랑한다는 게 금지된 일은 아니다. 멀리 떨어져서 사랑하는 한. 그러나 의심을 산다. '사랑'이란 특정 면역 체계들이 서로 잘 맞는다는 말과 동의어일 뿐이라는 점을 누구나 안다. 다른 모든 결합은 질병이다. 로젠트레터의 사랑은 사회를 위험에 빠뜨리는 바이러스다. 그는 진짜 외로움이 뭔지 배울 수밖에 없었다. 진짜 외로움이란 사랑하는 사람으로부터 떨어져 지낸다는 게 아니라 채워질 수 없는 그리움을 꼭꼭 숨겨야만 한다는 것이다. 유감스럽게도 크라머의 귀는 그의 눈만큼이나 밝다. 로젠트레터는 이 언론인을 볼수록 이자가 한참 전부터 계단실에서 문가에 귀를 대고 서 있었을 것이라는 상상으로 더욱 괴로워진다.

다행히도 크라머는 로젠트레터에게 더 이상 관심이 없는 듯하다. 그는 미아에게로 몸을 돌린다.

"홀 씨."라고 그가 말한다. "사과드리려고 왔어요."

"충격받지 않게 살살 해 주세요."라고 미아가 말한다.

그녀에게 다가갈 때 그는 꼭 그녀 뺨에 키스해서 위생법 44조를 위반하려는 것처럼 보인다. 그는 마지막 순간에 방향을 돌리고 장갑을 벗어 모자, 지팡이와 함께 책상 위에 놓는다.

"제가 당신께 부탁한 인터뷰 말이에요. 성사될 수 없게 됐어요. 사태가 반대 방향으로 나아가는군요."

그는 너무나 당연하다는 듯 걸음을 계속 옮겨 뜨거운 물을 준비하러 부엌으로 간다.

"이렇게든 저렇게든 당신을 보는 건 기뻐요." 그가 부엌에서 외친다. "나같이 오래된, 이야기 사냥꾼에겐 당신이 일으키는 회오리가 가장 순수한 즐거움이지요."

"이쪽이 회오리를 일으키지요." 하고 미아는 시선을 로젠트레터에게 둔 채 말한다.

"아?" 크라머가 문 사이로 머리를 내밀며 눈썹을 활 모양으로 우아하게 올린다. 곧바로 이상적 애인도 눈썹을 올리며 그의 놀란 눈빛을 따라 한다.

"무슨 인터뷰요?"라고 로젠트레터가 재빨리 묻는다.

"예외 건 신청은 그의 생각이었어요."라고 미아가 말한다.

"뜨거운 물 필요하신 분?" 하고 크라머가 묻는다.

"저요."라고 미아가 말한다.

"저는 괜찮아요."라고 로젠트레터가 말한다.

"그가 당신에게 부담을 준다면." 더운 김이 오르는 찻잔 두 개를 들고 거실로 오며 크라머가 말한다. "힘 안 들이고 해방시켜 드릴 수 있어요. 지난 삼십 분 동안 그가 한 말을 얘기해 주시기만 하면 돼요."

로젠트레터는 점점 몸이 더워지는 모양이다. 두 손가락을 셔츠 옷깃에 넣으며 동시에 진지하게 보이려고 애쓴다. 크라머는 책상에 기대서 자기 찻잔 너머로 기대에 차 미아를 바라본다. 미아는 구제 불능으로 당황한 표정을 드러낸 자기 변호사를 관찰한다. 한순간, 로젠트레터를 떼어 낸다는 생각이 그녀에게는 전혀 불쾌하지 않다.

"미아!" 이상적 애인이 경고하자 미아는 경악하며 머리를 흔든다. 자신에게 놀란 듯하다.

"로젠트레터 씨는 자신에 대해 아무 말도 하지 않았어요."라고 마침내 그녀가 말한다. "우리는 자백의 법적 성격에 대해 얘기했어요."

"그럼 모리츠 홀 사건에 관한 얘기였겠군요?" 하고 크라머가 묻는다. "어쨌든 당신 동생은 **고문당하지** 않았어요. 기뻐할 일 아닌가요?" 그는 웃고 미아가 뭐라 대응하기도 전에 계속 말한다. "다행스럽게도 오늘날엔 고문을 대체할 수 있는 현대적인 인식 획득 형식들이 있지요. 간단히 말해 정보들을 아주 세밀하게 모으는 거예요. 많으면 많을수록 좋죠. 반박하고 싶으세요, 로젠트레터 씨? 아니라고요? 그거 놀랍군요. 보통 당신 같은 사람들은 시민들이 자기 착오 탓에 피해를 입지 않도록 **방법**이 엄청나게 일한다는 걸 도통 이해 못 하지요. 정보 상태가 정확할수록 더 공정하게 다룰 수 있어요. 내 말에 동의하시나요, 미아 홀?"

"그런 것 같군요." 하고 미아가 말한다.

"좋아요." 크라머가 책상에 잔을 놓는다. "그러면 당신 동생에 대해 좀 들려주시죠."

이상적 애인은 말 그대로 숨을 들이쉬기가 바쁘다. 그녀 옆에 있는 로젠트레터는 소파에서 일어나 양복을 매만진다.

"내 의뢰인에겐 얘기하려는 마음이 없……."

"내가 왜 그래야 하죠?" 미아가 차분하게 묻는다.

"정보 상태를 개선하기 위해서죠." 하고 크라머가 말하고는 이를 드러내며 씽긋 웃는다. "아니면 그냥, 왜 당신이 동생에 대해 얘기하지 **않으려 하는지** 내가 궁금해하지 않도록요."

로젠트레터가 다가와 어깨가 벌어져 보이게 자세를 잡으려 한다.

"당신이 여기서 청문회를 열 권리는 눈곱만큼도 없어요." 하고 그는 부자연스럽게 낮은 목소리로 말한다.

"왜 그렇게 경직되었나요, 로젠트레터 씨?" 크라머는 기분 좋게 책상 끝에서 휙 몸을 떼어 거실 안을 거닐기 시작한다. "당신도 모리츠 홀에게 관심 있는 건 마찬가지잖아요."

"나는 내 의뢰인에게 관심 있어요."

"그래요?" 크라머는 가정용 운동 기구를 한 바퀴 돌며 미달 상태 표시를 읽는다. "어제 법정에서 모리츠 홀 소송 서류를 자세히 열람하셨더군요."

"예외 건 신청서를 내기 위해 불가피했어요."

"그보다는 이 싸움을 더 진흙탕으로 만들기 위해 뭔가 알아내려 한 거 아닌가요?"

"진흙탕이라면 당신 영역이죠. 다른 누구 일도 아니에요."

"그렇게 볼 수도 있죠." 크라머는 태연스레 응수하고 책장으로 계속 걸어가 책 제목들을 읽기 시작한다.

"이봐요." 미아는 이제껏 주고받는 말을 따라 테니스 경기 관중처럼 고개를 이쪽저쪽으로 돌려 왔다. "지금 무슨 얘기들을 하시는 거예요?"

"**그 이상의 것**에 대해서지요." 하고 크라머가 말한다. "모리츠 홀 사건의 의미에 대해서요. 안 그래요, 로젠트레터 씨? 당신은 명성을 열망하지요." 갑자기 그가 몸을 돌리더니 거울처럼 매끄러운 눈으로 변호사의 얼굴을 들여다본다. "자, 시작하세요. 그 반대라고 주장해 보세요."

로젠트레터가 고개를 숙이자 크라머는 머리를 끄덕이고는 다시 책상으로 돌아간다.

"홀 씨." 하고 그가 상냥한 말투로 부른다. "법정에서조차 진실이란 주관적인 문제예요. 믿음과 진실은 혼동할 만큼 비슷해 보이지요. 그 둘이 같은 게 아닌가 하는 물음은 정당해요. 그래서 똑똑한 사람들은 그 경계선에 걸친 문제를 타당성이 아니라 유용성에 따라 판단하죠."

"그게 무슨 소리죠?" 하고 미아가 묻는다.

"당신 동생은 설득력이 대단했어요." 하고 크라머가 대답한다. "그렇기 때문에 우리 셋 다 그에게서 벗어나질 못하는 거죠. 물론 이유는 각자 완전히 다르지만."

"금방이라도 상조회를 만들자고 제안할 기세네." 하고 이상적 애인이 말한다.

"모리츠 홀 건에 대해서 당신의 변호사는 **방법**에 반대하는 방향에서 조사하고 나는 **방법**에 찬성하는 방향에서 조사하지요. 정반대 경우들이 같은 지점에서 만나는 일은 드물지 않지요. 예를 들면 오늘 당신 집 거실에서처럼요."

"내 동생의 무덤에서란 말이겠죠."

"아마 그럴 거예요. 우리 모두 그곳에 서서 진실을 발견하고자 해요. 당신이 거기 기여해야 하지 않을까 싶네요, 홀 씨. 모리츠가 실제로 어땠는지 내게 말하고 싶지 않나요."

"모리츠는 자연을 사랑했어요."라고 미아가 말한다.

"네가 이 괴물에게 모리츠에 대해 얘기하다니!" 하고 이상적 애인이 외친다.

미아는 그녀 쪽으로 몸을 돌린다.

"그 애에 대해서 얘기하는 것 말고 그럼 내가 이 세상에서 해야 할 일이 또 뭐 있겠어?"

"하지만 저자한테는 아니야."라고 이상적 애인은 말한다. "저자는 모리츠가 국가의 적이었다는 걸 증명하려고 해."

"그렇다면 그 반대였다는 걸 우리가 증명해 보자고."라고 미아가 말한다. "인간은 회상을 싼 그럴듯한 포장지에 불과하지. 우리의 경우 그 애를 싼 포장지고."

이상적 애인은 말이 없다. 로젠트레터가 불편한 마음에 흠흠 목을 가다듬고 뭔가 말하려 하자, 크라머가 미아의 등을 가리키며 기다려 보라고 눈짓한다. 한순간 두 적수는 서로 동의하는 눈빛을 교환한다. 미아는 튕기듯 일어나 창가로 가서 밖을 내다본다.

"모리츠는 자연을 사랑했어요. 어릴 적부터 그 애는 나뭇잎

한 개, 딱정벌레 한 마리를 관찰하면서 몇 시간을 보내곤 했어요. 수풀 한 곳에 얼마나 많은 딱정벌레 종류가 사는지 아세요?"

"자연에 대한 사랑은 인간애의 서막이죠." 하고 크라머가 화제를 제시하듯 말한다.

"모리츠는 살아 있는 모든 걸 사랑했어요. 침실용 탁자 위에는 식용 달팽이를 기르는 나무 상자가 있었어요. 그 애는 달팽이마다 이름을 지어 주었어요. 밤이면 달팽이들이 등에 달린 집으로 상자 뚜껑을 들어 올렸어요. 모리츠는 늘 말했죠. 애들은 느리기 때문에 엄청 강하다고요."

"모리츠한테도 그런 조그만 집이 있었으면 좋았을 텐데."라고 이상적 애인이 꿈속으로 빠져들듯 말한다. "항상 몸에 지고 돌아다닐 수 있는 집 말이야."

"그 애가 자는 동안 달팽이들이 나와서 방 안을 돌아다녔어요. 어떨 땐 아침에 잠을 깨면 한 마리가 그 애 뺨에 붙어 있었죠. 그럼 그 앤 행복해했어요. 난 구역질 날 지경이었죠. 우리는 한방을 썼거든요."

"생명을 사랑하는 일인데 구역질 날 게 없죠." 크라머는 귀 기울여 듣는 한편 미아의 책상 위에 있는 서류를 살펴본다. 이제는 조심스레 서랍을 연다. "내가 알기론 기어 다니는 동물은 인간과 달리 전쟁도 하지 않고 대량 살상 무기도 만들지 않아요."

"그 애도 비슷하게 표현했어요. 그 애는 사람들이 자기를 이해하지 못한다고 생각했죠. 부모님도 친구들도 나도. 어릴 적 그 애는 우리들보다는 동식물하고 더 많이 얘기했어요."

"그런데도 넌 그가 아주 좋아하는 동물이었지."라고 이상적 애인이 말한다. "그는 무려 정원의 절반쯤에 네 이름을 붙여 줬어. 그거 알았어? 나무, 관목, 꽃, 새, 벌레. 온통 미아였지."

미아는 고개를 끄덕이고는 손바닥의 도톰한 부분을 두 눈에 대고 누른다.

"그 애가 병났을 때."라고 미아가 말한다, "달팽이들은 물론 사라져야 했죠. 의사들이 집에 드나들었고 부모님은 말썽을 원치 않으셨거든요. 나는 모리츠가 그 일에 대해 부모님을 끝내 용서하지 않았다고 생각해요."

"병이 났다고?"라고 로젠트레터가 놀라 묻는다. "소송 서류에는 아무 말도 없었는데."

크라머는 어깨를 올린다. 자기도 미아가 무슨 얘기를 하는지 모르겠다는 표시로.

"그 애는 완쾌됐어요." 하고 미아가 말한다. "별로 건강에 부담이 될 만한 게 없었어요. 그래서 기록 말소 신청이 받아들여졌죠."

"빌어먹을 무질서군." 하고 크라머가 말한다. "내 동료들이 그걸 재구성했어야 했는데. 환자를 아주 딴판으로 보여 줄 수 있는데."

"그 앤 **완쾌**됐어요."라고 미아가 반복한다.

"한번 병은 영원히 병이죠."라고 크라머가 반박한다. "각인되니까요."

"**방법**이 모리츠의 목숨을 구했어요. 난 그렇게 봐요. **내게는** 그렇게 각인됐어요."

"뭐였어? 무슨 병이었는데?"라고 로젠트레터가 묻는다.

"백혈병."이라고 말하고는 미아가 돌아선다. 그녀 시선이 목매단 모리츠의 사진을 막 보는 크라머에 가닿는다.

"소개 끝났어요." 하고 그녀가 말한다. "만족하시나요, 염탐 꾼 씨?"

"대단히요." 크라머가 말하고는 소매에서 먼지 몇 개를 쓸어 낸다.

로젠트레터는 손가락 하나를 턱 밑에 받치고 멍하니 앞을 본 다. 이상적 애인도 이런 그를 옆에서 보며 생각에 빠져드는 것 같 다. 백-혈-병, 이 낯선 세 음절이 방 안 분위기를 바꿔 놓았다. 하 필이면 크라머, 영민한 크라머가 전혀 눈치를 못 챈다. 그는 모자 와 지팡이를 집어 들고 새 목표를 향해 나선다.

"당신은 시인처럼 말하셨어요. 내가 인용해도 되는 거죠?" 한 손은 이미 문손잡이에 얹어 놓고 그가 묻는다.

그러곤 사라진다.

상반된 감정의 양립

표현이 곤란한 경우에 봉착한 사람이 잘 쓰는 말로 하자면, 미아가 크라머와 맺는 관계에는 상반된 감정이 양립한다. 그녀가 그를 좋아하지 않는다고는 말할 수 없다. 그가 그녀에게 뜨거운 물한 잔을 가져다줬을 때, 그러면서 그녀 위로 몸을 숙여 그 의례에 온통 정신을 집중하는 듯하고 자칫 우스꽝스러울 수도 있는 몸짓으로 마무리를 지었을 때, 순간 그녀는 그를 사랑할 수도 있겠다고까지 생각했다. 그가 예의 발라서가 아니다. 예의가 바르다는 것은, 기분 좋은 방식이긴 해도 결국 그의 생각을 감추는 데 기여할 테니까. 잘생겨서도 아니다. 다른 모든 아름다운 것들처럼 잘생긴 외모도 익숙해지면서 닳는 것이라서 미아는 그를 두 번째 보았을 때부터 벌써 그가 아름답다거나 추하다고 느낄 수 없었고 그냥 그 자리에 부인할 수 없도록 존재한다고만 생각했다. 반면 미아가 뼈저리게 느낀 것은 찻잔 하나를 건네면서도 신성한 행위처럼 하는 그의 능력이었다. 그런 대수롭지 않은 대상에 그토록 전

넘한다는 것은 세상을 대하는 그의 절대적 태도를 나타냈고, 그 점이 미아에게는 솔직히 말해 경탄스러웠다. 크라머는 모든 것을 **온전히** 한다. 걷기, 서기, 말하기, 옷 입기를 온전히. 그는 가차 없이 생각하고 말한다. 인간의 속성인 영원히 결정되지 않은 상태를 변증법적으로 정당화해 볼까 하는 시도는 아예 포기한 단호한 태도다. 인간같이 제한된 존재에게 믿음과 앎은 동일하다고 탁 터놓고 인정하는 사람이라면, 그렇기 때문에 진실은 유용성에 항복해야 한다고 요구하는 사람이라면 순수한 허무주의자가 틀림없다.

미아는 그가 집 안을 이리저리 걸어 다닌 것을 그의 입장에서 다시 체험하고 살림살이며 책 들을 이야기 사냥꾼의 눈으로 관찰해 본다. 그녀 또한 허무주의자다. 다만 객관적 진실이 존재하지 않는다는 사실은 그녀를 절대성으로 이끌어 간 것이 아니라 붙잡을 게 없다는 고통스러운 느낌을 주었다. 미아는 온갖 일에 대해 그것이 맞다는 근거뿐 아니라 각각에 대한 반대 근거도 댈 수 있다. 그녀는 모든 생각, 모든 이념을 정당화하거나 공격할 수 있다. 어느 편을 위해 싸울 수도, 어느 편에 반대해 싸울 수도 있다. 그녀가 체스를 둔다면 상대가 있든 없든 전략이 바닥나는 일은 없을 것이다. 오래전에 미아는 한 사람의 개성이란 무엇보다도 수사법에 있다는 인식에 도달했다. 하지만 크라머와 달리 거기에서 다음 결론을 이끌어 낼 필요가 있다고는 생각하지 않았다. 기본적으로 그녀는 크라머가 자신과 기질이 비슷하며 단지 그녀가 멈춘 곳에서 크라머는 더 나아간 것뿐이라고 오판했다. 목표란 게 있기라도 한 듯. 얻으려는 뭔가가 존재하기라도 하는 듯 더 나아간 거라고. 크라머가 원하는 게 무엇이며, 인간이 대체 뭘 **원할 수 있는가** 하는 절박한 물음은 물 잔을 솜씨 있게 건네는 행동에서 신비하게 대답되는 듯 보이는 것이다. 미아는 크라머에게 몇 초 동안 강하게 끌렸다.

이 몇 초 외에는, 여기에서 상반된 감정의 양립 얘기로 넘어가는데, 미아는 그에게 무엇보다도 반감을 느낀다. 방금 미아가 말하고 생각한 모든 것이 다른 말로 표현될 수도 있을 테니까. 꼭 같은 출발점에서 시작해서 다른 논거를 쌓아 가고 바둑에서처럼 돌색깔을 바꿀 수도 있을 것이다. 그렇게 되면 크라머는 절대성의 아이콘이기는커녕 중심이 텅 비었으면서 한길로 거침없이 나아가는 사람에 불과할 것이다. 쿵쿵 냄새 맡는 자. 가소로운 인물.

미아가 방 안을 이리저리 거니는 동안 이상적 애인은 항의한다.

"물 잔에 대답이 있다고? 네 동생의 살인자에게 강하게 끌린다고? 넌 여자도 아니야!"

"루소."라고 미아가 책장 앞에서 말한다. "모리츠가 쓴 헌사가 있어. 도스토옙스키. 오웰. 무질. 크라머. 아감벤, 여기도 헌사가 있지. 한 번도 안 읽었지만."

"너 같은 여자가 자기 성별이 뭔지 알려면 틀림없이 머리를 두 다리 사이에 집어넣고 들여다봐야 할 거야."

"120킬로미터도 안 남았어." 미아가 가정용 운동 기구를 보며 말한다. "이틀이면 충분해."

"네 머리가 둥근 건 순전히 생각이 쳇바퀴 돌듯 끝없이 돌기 위해서라고. 네 최악의 원수와 기질이 같다? 그렇다면 넌 인간도 아냐."

"여자도 아니고, 인간도 아니고." 미아는 책상에 앉아 크라머가 읽었던 서류를 한 장 한 장 넘긴다. "하지만 테러리스트도 아니지." 다시 한번 그녀는 모리츠의 사진을 들어 빛에 비춘다. 어스름이 오자 저 뒤 이상적 애인은 윤곽이 흐려지고 너무 조용해서 마치 그 자리에 없는 것 같다. "유족일 뿐이지."라고 미아는 나지막이 말한다. 추억으로 창밖에서는 해가 진다.

울지 않고

초인종이 울렸을 때 미아는 아직 책상에 앉아 있었다. 그녀는 놀라서 시계를 봤다. 자정이 갓 넘은 시간이었다. 평범한 초인종 소리가 아니라 붕괴 소음에 가까웠다. 날카롭게 쩨르르, 쩨르르, 쩨르르, 일정한 간격을 두고 인정사정없이, 영원히 그치지 않을 것처럼 울렸다. 미아는 문으로 쫓아갔다. 밖에서는 모리츠가 서서 초인종 단추를 누르는 자기 집게손가락을 바라보고 있었다. 자꾸자꾸, 미아가 그의 손을 떼어 낼 때까지. 드디어 고요. 누가 진짜 문 앞에 서 있었는지 파악할 틈이 우리에겐 있다. 그건 살인의 밤. 과거다.

"이게 무슨 소동이니? 안 들어올 거야?"

그는 대답이 없었다. 실내로 한 발짝만 들어와서는 다시 멈춰 서서 주위를 둘러보았다. 모든 것을 처음 보는 듯, 혹은 마지막으로 보는 듯. 실은 두 번째가 결국 맞지만. 미아가 모리츠의 팔을 잡고 소파로 끌고 간다.

"얘기해 줘. 어땠어? **그 여자** 어땠어? 그, 그 여자 이름이 뭐였더라?"

"지뷜레."

"착했어? 호감이 가든?"

"죽었어."

미아와 모리츠는 서로를 바라보았다. 한순간 언어가 모든 의미를 잃은 듯했고 모리츠가 방금 입 밖에 낸 단어들은 미아에게 털끝만큼도 의미가 없는 것 같았다. 몇 초가 지나갔고, 지구가 조금 더 돌아갔으며, 이 행성 위 여러 곳에서 몇 사람이 더 죽었고 또 몇 사람이 태어났다. 마침내 미아가 동생을 툭 밀었고 모리츠는 그야말로 몸이 착 접혀 버렸다.

"그게…… 뭔 소리야?"

"말도 안 되는 일 아냐? 그 여자가 그때 살아 있었다면 내가 지금 소설 한 권만큼은 얘기했겠지. 하지만 죽었으니 얘기할 게 거의 없을 수밖에."

"모리츠, 정신 차려 봐! 얘기해!"

"좋아." 모리츠가 슬픔이 밴 목소리로 말했다. "하지만 울지 않고 얘기할 거야, 알았지? 그러려고 해 봤지만 잘 안 됐어. 경찰서에서도 안 되더군. 그래도 내 말 믿을 거지?"

"물론이지." 미아는 안심시키며 말했다.

"눈이 비단 같은 여자. 내가 같이 감옥에 들어가려던 여자. 둘의 자유. 그 여자는 아직 있어." 그는 손을 머리에 댔다. "이 안에. 나머지 얘긴 아주 간단해."

그러고는 또다시 말이 없었다. 미아는 침을 세 번 삼키며 점점 커지는 경악을 이겨 냈다. 모리츠는 미아를 냉혈한 이성론자라며 수도 없이 비난해 왔다. 미아는 하필이면 지금 그 반대라는 것을 보여 줄 생각은 없었다. 꿋꿋한 태도를 유지하고 싶었다. 아무리 거센 파도가 덮쳐 와도 끄떡없는 단단한 바위이고자 했다.

"너희들은 만나기로 약속했지."

"쉬트 다리 밑에서. 난 항상 거기서 여자를 만났어. 위로 기차가 지나가면 지진이 난 것 같았지. 깜짝 놀라서 서로를 꼭 붙들 수 있었어. 나는 흥분했고 너무 일찍 도착하지 않으려고 일부러 길을 둘러 갔어. 처음에는 그녀가 거기 없다고 생각했어. 아니면 벌써 가 버렸나 보다 싶었어. 하지만 그녀는 땅에 누워 있었어. 아랫도리는…… 벗은 채로. 나는 그녀 어깨를 잡고 흔들다가 들어 올렸다가 다시 내려놓았어. 그녀는 아주 따뜻하고 부드러웠어. 한참 지나고서야 맥박을 짚어 봐야겠다는 생각이 들었어. 손목과 목에. 사람이라면 맥박이 뛴다는 걸 잊어버렸던 것처럼."

"악몽 같군."

"경찰은 한참이 지나서야 왔어. 나는 그녀 옆에 앉아 함께 기다렸어. 우리는 서로 말이 잘 통했지. 그녀는 사진보다 예뻤어."

모리츠는 너무 피곤해서 말하기도 힘겨운 듯 눈을 비비고 뺨과 두피를 문질렀다. 그러고는 미아를 바라보았다.

"시체 옆에 앉아 있으면서 나는 이제껏 한 인간을 그처럼 가깝게 느껴 본 적이 없다고 생각했어. 우리가 너무나 많은 걸 나누는 것 같았어. 사랑 이상을. 우리는 그녀의 죽음을 함께 나눴어."

그는 한 손을 뻗었고 미아는 곧바로 그 손을 잡았다.

"내가 미쳤다고 생각해?"

"세상이 미친 거지."라고 미아가 말했다. "네가 아니라."

한동안 그들은 자기들을 둘러싼 적막에 귀를 기울였다. 그러고는 미아가 깊게 숨을 들이마셨다.

"경찰들은 너한테 뭐랬어?"

그는 대답하려다가 갑자기 우뚝 멈췄다. 눈이 둥그레지도록 놀라서 이마에 주름이 생겼다. 뻗었던 손을 다시 뺐다.

"그걸 왜 물어?"

"중요하니까."

"누나 생각에는 경찰이 나한테 뭐랬을 거 같아?"

"그러지 말고, 그 얘기가 아니잖아."

"미아 홀, 내 얘기 귀담아들었어?"

"경찰이 너한테 뭐랬는지 말해 봐."

"난 그녀를 **발견했어.** 알겠어? 난 **목격자야.** 그러니까 경찰이 내게 **목격자 진술을** 해 달라고 했지. 논리적인 거 같아, 미아 홀? 누나한테 충분히 논리적이야?"

"모리츠!"

"누나잖아. 내 말을 믿겠다고 약속했잖아."

그들은 둘 다 벌떡 일어났다. 그가 갑자기 문으로 가자 미아도 뒤따랐다. 모리츠의 등은 절망과 분노로 조각된 상 같았다.

"미안해."라고 미아가 외쳤다. "난 네가 걱정돼. 넌 그게 뭔지 몰라. 항상 걱정한다는 게! 우리 얘기하자. 여기서 자도 되잖아!"

그러나 모리츠는 벌써 가고 없었다.

"네 집이잖아, 모리츠." 미아가 닫힌 문에 대고 말했다. "내가 네 집이잖아."

우리들의 집

미아는 아직도 현관문 나무 부분에 뺨을 대고 중얼거린다. 모리츠니, 집이니, 이 모든 게 정말일 리가 없다느니. 이때 다시 초인종이 울린다. 날카롭게, 째르르. 째르르. 미아가 문을 열자 밤이 아니라 대낮이다. 밖에 선 것도 모리츠가 아니라 현재다. 즉 세 사람이다. 모두 마스크를 썼다. 두 사람이 한 걸음 물러난다. 미아에게서 거리를 두기 위해서다.

"미아."라고 그대로 선 여자가 말한다. "난 올 생각이 없었어요!"

"그렇게 나가서는 안 돼, 드리스."라고 폴셰가 소리를 지른다. "약속한 대로 함께하는 거야."

"난 아냐." 드리스가 말하고 미아를 향해 "내게 강요했어요."라고 한다.

"얘들아, 내가 말할게."라며 리치가 나선다. "먼저 인사부터 드리죠. 안녕하세요, 홀 씨."

"안녕하세요." 미아가 피곤의 나락에 떨어진 목소리로 말한다. 그녀는 대표로 온 이웃 여자들이 원하는 게 뭔지를 예감한다. 그녀가 문을 닫아 버리지 않은 것은 오로지 드리스의 눈빛 때문이다. 흰 마스크 위 그 눈에는 바라보면 중독될 만큼 애정이 드러났다. 그게 아니라도 미아는 이 갑작스러운 방문의 이유를 구체적으로 알고 싶다.

"사진이 아주 멋져요." 하고 드리스가 말한다. "너무 멋있어 보여요, 미아. 그것도 바로 첫눈에요!" 그녀가 몸을 돌려 미아에게 《건강한 인간 오성》 한 부를 보여 주려고 손을 뻗자 폴셰가 신문을 치워 버린다.

"내 사진이 《건강한 인간 오성》에 나왔다고요?" 미아 역시 손을 뻗는다. 리치와 폴셰는 한 걸음 뒤로 물러난다.

"그나저나 오늘 여기 이게 왔어요." 라며 리치는 가운 주머니에서 편지를 꺼내 두 손으로 받쳐 든다. 신이 죽지만 않았다면 그녀가 지금 신의 말씀을 낭독할 참이라고 생각할 만도 하다. "날짜, 용건, 상기 건 등등. 여기. '이에 따라 여러분 건물에 거주하는 한 여성은 전과자입니다. 따라서 여러분 건물이 내년에 감시원 건물 기념판을 받는 데 지장이 있을 수 있다는 점을 알려 드립니다.'"

"난 그 편지는 아무래도 좋아요." 하고 드리스가 말한다. "하지만 이 기사는 멋져요. 당신 남자 친구가 쓴 거예요. 그가 언제 다시 오나요?"

"그 편지가 아무래도 좋은 건 **아냐**." 하고 폴셰가 리치의 등 뒤에서 말한다. "이 건물은 **당신** 집이기만 한 게 아니에요, 홀 씨."

"여긴 **우리** 집이에요." 하고 리치가 말한다. "노력을 많이 들였어요."

"신경도요. 청결도 그렇고요."

"당신이라서 하는 말이 아니에요. 누구한테라도 우리가 양해를 구해야 하는 부분일 뿐이에요."

"신문 줘 보세요." 하고 미아가 말한다.

"누구한테라도 그 편이 나을 거고 당신 개인한테도 아마 마찬가지일 텐데요. 제 말은, 당신이 거주지를 옮기신다면요." 하고 리치가 말한다.

"뭐라고요?"라고 미아가 묻는다. 거실에서는 이상적 애인이 웃기 시작한다.

"나는 당신이 여기 있었으면 좋겠어요, 미아." 하고 드리스가 말한다. "난 당신이 모리츠 홀 같은 유명인의 누나란 게 멋지다고 생각해요."

"너 지금 돌았어, 드리스?"라고 폴셰가 묻는다. "너까지 거기 끼려는 거야?"

"너 같은 사람이 다음 차례로 신문에 날 거야."라고 리치가 말한다.

"나가세요." 하고 미아가 말한다.

"거꾸로 됐네요." 폴셰가 외친다. "**당신**이 나가야죠."

"날 좀 조용히 내버려 둬요."라고 미아가 소리 지른다.

미아가 계단실로 나가자 이웃 여자들이 도망친다. 폴셰는 놀라서 《건강한 인간 오성》을 떨어뜨린다. 신문이 층계참에 놓인 채다.

위협은 주의를 요구한다

《건강한 인간 오성》, 7월 14일 월요일

"위협은 주의를 요구한다."
— 하인리히 크라머의 논평

낙관주의는 미덕이다. 그러나 어제저녁 당국은 또다시 테러 위협을 접수했다. 그 테러 위협은 현시점의 문제들을 미덕만으로는 통제할 수 없다는 것을 분명히 알려 주었다.

우리 나라에 대한 극단적 저항 그룹의 위협은 날이 갈수록 커진다. 정치권과 공중이 사실을 직시해야 할 때가 왔다. 일견 평범해 보이는 삶의 길을 걸으면서도 폭력적 방식으로 **방법**에 대적해 투쟁할, 이로써 우리 개개인에 대적해 투쟁할 마음의 준비가 된 사람들이 우리 가운데 산다. 해롭잖아 보이는 이웃들, 지인들, 동료들 혹은 같은 대학 친구들이 어느 때라도 공격에 가담할 수 있다. 범죄자로서 테러리스트들의 특징은 일상적인 생활 세계와 직업 세계에서의 위장 탓에 파악하기 어렵다. 방법안기부가 병날권 핵심부의 작전 자금, 선동 계획과 의사소통 구조에 대한 포괄적 정보를 확보하기는 했다. 그러나 동조자들, 광신적인 개별 투쟁자들과 독립적 저항 그룹들의 네트워크가 광범위하다 보니 극히 세

심하게 공안 활동을 하더라도 전모를 파악하기가 어렵다.

최근 위협의 세부 정보에 대한 접근은 방법안기부법에 근거해 차단되었다. 신뢰할 만한 출처에 의하면 생물학 무기 공격이 예고되었다고 간주된다. 누구나 알다시피, 우리의 공기 정화 설비나 식수 공급 체계는 박테리아와 바이러스를 동원한 공격에 여전히 취약하다.

또한 지난 주말 위협의 장본인이나 배후 용의자에 대해서도 아직 어떤 정확한 정보도 발표할 수 없다. 하지만 전문가들은 이 사건이 27세 대학생 모리츠 홀의 죽음과 관련되었다고 짐작하는 쪽으로 기운다. 그는 얼마 전에 방법안기부의 주목을 받은 적 있다. 의심할 여지 없이 한 젊은 여성의 살인자로 입증되었음에도 그는 끊임없이 자신의 무죄를 강조했으며 이로써 언론 매체에 큰 소란을 일으켰다.(《건강한 인간 오성》이 보도한 적 있다.) 올해 5월, 모리츠 홀은 자살함으로써 당국의 손에서 벗어났다. 그가 말한 "당신들은 스스로가 빠진 미혹의 제단에 나를 희생시키고 있어."라는 악명 높은 문구는 방법 비판권에서는 구호가 되었다.

최근 알려진 바에 따르면 모리츠 홀은 어릴 적 심각한 질병을 앓았다. "사람들이 자기를 이해하지 못한다고 생각했죠."라고 그의 누나 미아 홀은 말한다. "부모님도 친구들도 나도. 어릴 적 그 애는 우리들보다는 동식물하고 더 많이 얘기했어요." 이 점과 다른 여러 정황 증거를 볼 때 모리츠 홀은 위험인물로 분류되어야 하고, 병날권은 향후에도 그의 죽음을 조직 행동의 계기로 삼을 것이다.

"문제는 불결한 폭탄이 터지느냐가 아니라 언제 터지느냐다."

하고 안전부 장관이 오늘 아침 기자 회견에서 말했다. 유관 기관들은 시민 한 사람 한 사람을 보호하기 위해 최선을 다한다. 그러나 그들에게는 우리의 지원이 필요하다. 시민들의 주의가 요구되는 시점이다. 방법 안보는 모두에게 중요하며 선의를 품고 평화를 사랑하는 우리 체제의 무력한 자기기만으로 타락해서는 안 된다. 시민들이여! 계속 눈 뜨라!

울타리에 올라탄 여자

이상적 애인은 부드러운 목소리로 읽었다. 크라머의 장광설이 그녀 입에서 서사시 시구들처럼 흘러나온다. 그녀가 다 읽자 또다시 가정용 운동 기구 위에 앉아 뒤처진 거리를 따라잡느라 열심히 움직이던 미아가 멈추고 박수를 친다.

"브라보! 걸작이야. '그 애는 항상 사람들이 자기를 이해하지 못한다고 생각했죠라고 그의 누나 미아 홀은 말한다.' 이건 고도의 예술이야."

"세상은 이런 뻔뻔스러운 짓을 일찍이 본 적 없어." 하고 이상적 애인이 말한다. 그녀 뺨은 분노로 얼룩졌다.

"세상은 그런 뻔뻔스러운 짓을 날마다 봐." 미아의 말이다. "시중에서 쉽게 구할 수 있는 신문 하나만 봐도 알 수 있지."

"내가 방금 읽어 준 게 뭔지 알기나 해?"

"반방법주의에 대한 전쟁에서 나온 선동 기사지."

"아냐. 너 개인에 대한 고소장이야."

"과장이야." 미아는 다시 자전거 페달을 밟기 시작하면서 격하게 힘을 준다. "망상도 다른 망상 때문에 고통받을 수 있다는 걸 난 몰랐어."

"넌 아무것도 몰라, 미아 홀. 그자는 만천하에 모리츠를 테러리스트라 딱지 붙이고 네 이름을 통째로 말했어. 이걸로 네가 누군지 모두 다 알아. 이제 어떻게 할 생각이야?"

"한다고?" 미아가 소리 내 웃는다. "어째서 뭘 한다는 거야? 나야 여기 앉아 의무 운동량을 채우는 거지. 그사이 세상이 나를 둘러싸고 나사처럼 빙빙 돌면서 알 수 없는 목표를 향해 가든 말든. 너도 보다시피 이 모든 게 벌써 지랄맞고도 남잖아. 내가 뭘 하지 않아도 말이야."

"넌 항상 모든 게 별것 아니라고 생각하고 싶어 하지. 모리츠는 어린애 같은 바보였어, 안 그래? 크라머는 아마 정치적 광신자겠지? 그리고 너는, 넌 자전거를 타는 나무랄 데 없는 시민이지? 네가 누군지 말해 줄게. 비겁한 사람. 너의 모든 합리적인 생각, 너의 찬성과 반대, 네가 남보다 더 잘 알고 제일 잘 아는 체하는 건 모두 단 한 가지 목적을 위해서야. 평생 동안 '난들 어쩌겠어?' 하며 어깨나 으쓱해 버리고 살려는 목적."

"누가 어깨 좀 으쓱했다고 죽은 사람은 아직 없어. 하지만 영웅적 행동과 **이념** 그리고 자기희생 탓에 세상이 망한 적은 수없이 많아. 넌 내가 어쨌으면 좋겠어? 창문 밖으로 몸을 내밀고 크라머의 모가지를 요구하고 혁명을 선포할까?"

"괜찮은 생각이네."

"그만하면 됐어!" 비웃음 뒤에 진짜 분노가 숨었음이 미아의 어조에서 드러난다. "막연한 소리를 해 대는 건 이걸로 충분해."

"더 구체적으로도 할 수 있어." 이상적 애인은 진정하려고 여러 번 심호흡을 한다. "첫째, 모리츠가 **방법**의 희생자가 됐고 크라머란 작자가 거기 가담했다는 걸 네가 이해한다. 둘째, 다음 문장을 말한다. **방법**이 내 동생을 죽였고 이로써 불법 체제임이 드러났다. 셋째, 로젠트레터에게 전화를 건다. 넷째, 너희들이 크라머를 악의적 비방으로 고소한다. 다섯째, 너희들은 사상이 자유로운 기자를 찾아 그와 인터뷰를 하고 분명히 밝히기를……."

"오." 미아가 비웃는다. "그러면 **그 크라머**가 두려워 벌벌 떨겠군. 탁월한 제안이네요, 나의 이상적 애인이여. 인간의 노력이 아무 소용 없는 판에 가소롭게도 뭔가 해 보겠다고 하는 격이지."

"눈치 못 챘어? 너는 첫 두 단계는 생각해 보지도 않고 넷째와 다섯째 단계를 공격해. 넌 두려운 거야, 미아 홀. 네가 첫 두 단계를 거쳤다면, 결국 네 동생을 제대로 인정했다면 이어지는 모든걸 더는 가소롭게 여기지 않았을 거야."

제대로 먹혔다. 살다 보면 누군가의 말이 압도적으로 맞다고 느껴지면서 어떤 대답도 불필요해지는 때가 있다. 그럴 때, 한편으로는 이렇고 다른 편으로는 저렇고 하는 끝없는 쳇바퀴가 끊긴다. 그야말로 천상의 고요 같은 것이 찾아든다. 미아는 페달을 밟는 발을 내려다볼 뿐, 몇 초 동안 아무 생각도 하지 않는다.

"마녀가 뭔지 알아, 미아?"

미아는 깜짝 놀라 고개를 들고 그 새 개념에 정신을 집중해 보려 애쓴다.

"등이 굽고 빗자루를 타고 다니는 마녀 말이야? 빵 굽는 오븐

이나 장작더미 위에서 최후를 맞는 그 마녀?"

"마녀란 말은 울타리 타는 여자[05]란 표현에서 나왔어. 마녀는 울타리 귀신이야. 울타리 위에 사는 존재지. 빗자루는 원래는 끝이 갈라진 울타리 버팀대였어."

"그게 나하고 무슨 상관이야?"

"울타리나 산울타리는 경계선이야, 미아. 울타리에 올라탄 여자는 문명과 야생 사이 경계선에 머물러. 이쪽과 저쪽, 삶과 죽음, 몸과 정신 사이에. 긍정과 부정 사이, 신앙과 무신론 사이에. 그녀는 자기가 어디에 속하는지 몰라. 그녀의 영역은 **그 사이**야. 누구 연상되는 사람 있어?"

그 말에 미아는 아무 대꾸도 하지 않는다. 운동 기구에서 내려 창가에 가 선다. 새 한 마리가 사각형 화분에 날아들어 조화를 쪼다가 실망해 비난하듯 미아를 보고는 날아가 버린다.

"어느 쪽도 선택하지 않는 사람은." 하고 이상적 애인이 말한다. "아웃사이더야. 아웃사이더는 위험하게 살아가. 권력이란 때때로 자기 힘을 증명해 줄 본보기를 필요로 하는 법이야. 특히 내부에서 믿음이 흔들릴 때는 더 그렇고. 아웃사이더들은 여기 안성맞춤이야. 자기들이 원하는 게 뭔지를 모르거든. 굴러떨어진 과일이지."

"하지만 난 아웃사이더가 아닌걸." 하고 미아가 약하게 말한다.

"마음 깊은 곳에서 넌 사람들과 교류하는 게 시간 낭비라고 생각해. 드물게 예외가 있지만. 그중 하나는 죽었고 나머지 하나

---

05 독일어로 '마녀'는 Hexe고 그 어원은 Hagazussa다.

는 네 철천지원수야. 그것만 해도 충분히 아웃사이더지."

외면의 미아가 반항하는 태도를 보이며 이상적 애인이 대체 무슨 얘기를 하려는지 모르겠다는 듯 구는 동안, 내면의 미아는 슬프게도 이상적 애인이 모든 점에서 옳다고 인정한다. 물론 미아는 무엇이 문제인지 안다. **방법**은 체제 안 시민들의 건강을 기초로 세워졌고 건강을 정상으로 본다. 그러나 **정상**이란 무엇인가? 한편으로는 사실인 모든 것, 주어진 것, 일상적인 것이다. 하지만 다른 한편으로는 규범적인 것, 즉 바라는 것을 뜻한다. 이렇게 정상이란 양날의 칼이다. 어떤 사람을 있는 그대로 검사해 보고 나서, 그가 정상이고 건강하며 따라서 좋다는 결론을 내릴 수 있다. 그러지 않고 바라는 것을 척도로 치켜들고는 같은 사람에 대해 망가졌다고 결론을 낼 수도 있다. 완전히 자의적으로. 집단 안에 있는 사람이라면 그 칼은 방어에 도움이 된다. 집단 밖에 있는 사람에게 그 칼은 끔찍한 위협이 된다. 사람을 병들게 한다.

백화점이 됐든 고속 열차나 직장이 됐든 상관없이 공공장소에 들어갈 때 미아는 남이 차려 준 밥상에 가 앉는다고 느낀 적이 한 번도 없다. 그녀는 쑥 들어가서 안녕하세요 하고 소리치지도, 모든 사람들의 어깨를 두드리지도, 내 몫의 케이크는 어디 있느냐고 묻지도 않는다. 대개 아무도 자기를 의식하지 못했기를 바란다. 집 밖으로 나가기 전에 계단실이 조용한지 귀를 기울여 보는 날도 많다. 그녀에게는 자기 자신과 자기 생각을 위한 시간과 공간이 필요하다. 직장 일이 끝나면 그녀는 공동체 활동 대신 귀가를 한다. 저녁에는 운동 동호회 임원으로 활동하는 게 아니라 가정용 운동 기구에 앉는다. 그녀는 눈에 안 보이는 존재와 대화를 나눈다. 제일 친한 친구나 남편이 아니라.

이상적 애인이 말하려는 것은, 미아가 모리츠와 꼭 같다는 점이다. 다만 미아가 자신이 다르다는 것을 체제에 대한 충성심 뒤에 감추려 했다면, 모리츠는 그 점을 트로피처럼 만천하에 공개했을 뿐이다. 아직은 아무도 미아를 '비정상'이라 부르지 않는다. 그러나 그녀를 '정상'이라 할 사람 또한 아무도 없을 것이다. 그녀는 울타리 위에 앉아 있다.

"너 내게 경고하려는 거니?" 하고 그녀가 묻는다.

이상적 애인은 말없이 고개를 끄덕인다.

"기특하긴 하지만." 하고 미아가 말한다. "괜한 짓이야. 우리가 인생에서 자기 자리를 고를 수 있는 건 아냐. 나무판자를 들고 갈 뿐이지. 내가 나날을 보낼 집을 짓는 건 다른 사람들이야."

"한 가지는 늘 결정해야 해. 범인이 되거나 아니면 희생자가 되거나."

이에 대한 미아의 대답 한마디에 이상적 애인은 절망해 머리를 두 팔에 파묻고 만다.

"난 두 가지 다 딱히 반갑잖은데."

털가죽과 뿔 2부

"물론 반갑잖지." 하고 모리츠가 말했다. "그래서 난 둘 중 어느 쪽도 아닌 게 더 좋아. 다른 일에서도 대부분 그렇지만 말이야."

화해의 표시로 미아도 신발과 양말을 벗고 바짓가랑이를 말아 올렸다. 그들은 나란히 앉아 흐르는 물에 발을 담그고 앞뒤로 흔들었다.

"밤에 누나가 한 말 들었어." 모리츠가 미아의 옆구리를 가볍게 찔렀다. "문밖에서."

"내가 네 집이라고 한 거?"

낚싯대가 땅으로 떨어졌다. 갑자기 그가 미아를 꼭 안았기 때문이다. 어찌나 힘을 줬는지 미아가 모리츠의 두 팔 안에서 사라질 것 같았다. 인간의 가장 큰 저주는 인생에서 가장 행복했던 순간을 항상 지나고 나서야 알게 된다는 것이다.

"너 괜찮지?" 모리츠가 그녀를 다시 놓아주었을 때 미아가 물었다.

"그럼. 반평생 공부하고서 죽음이란 현상에 당황하려고 철학을 전공하지는 않지."

모리츠는 집게손가락을 위로 세우고 선언하듯 말하기 시작했다. 다시 평상시 그로 완전히 되돌아왔다는 것을 알려 주려는 듯한 표정으로.

"우리는 어둠에서 와서 어둠으로 갑니다. 그사이에 여러 체험을 합니다. 그러나 시작과 끝, 탄생과 죽음은 체험하는 게 아닙니다. 주관적 성격이 전혀 없고 객관적 영역에 속합니다. 그런 겁니다."

미아는 어느 교수 흉내를 내는지 알기에 웃을 수밖에 없었다.

"그러니까 사람이 사는 건 자기 몫이고 죽는 건 남의 몫이란 말이지." 하고 그녀가 말했다.

"바로 그게 멋진 거지." 하고 모리츠가 말했다. "거꾸로라면 끔찍했을 거야. 다만, 자기 몫을 살 때 다른 사람과 마주치지 않기 위해서는 상당히 많이 길을 꺾어야 한다는 거지. 남과 만난다는 게 뭘 뜻하는지 누난 알아?"

"네 경우에는 아마 말썽이겠지."

"결정을 강요당한다는 거야. 자기를 배반하든가 아니면 생각하는 대로 말하곤 위험에 처하든가, 둘 중 하나지."

"그거야 늘 그랬잖아." 하고 미아가 말했다. 방금까지 분위기가 너무 좋았던 데다 정치 토론에는 전혀 흥미가 없었기 때문이다. "**방법**하고는 아무 상관 없어."

"내 말이 그 말이야! 기차에 올라타기만 해도 벌써 시작이야. 소리 높여 노래를 부르고 싶을 수도 있고 쇼핑백을 여러 개 든 어떤 여자에게 키스하고 싶거나 승차 요금이 턱없이 비싸져서 돈을 안 내고 싶거나 그래. 하지만 돈을 내고 조용히 자리에 가 앉아 《건강한 인간 오성》을 집어 들고 얼굴을 가리지. 내가 왜 절대 어떤 그룹에도, 예를 들면 병날권 같은 데, 그런 게 있다 처도 말이야, 끼지 않을 건지 알아? 내 문제는 **방법**과 함께 살 때와 똑같을 테니까. 사람들은 내게 특정한 일들을 생각하고, 말하고, 하도록 강요할 거야. 하지만 내가 인정해 주길 요구하는 건 단 한 가지, 개인적인 현실뿐이야. 내 머릿속에는 지뷜레가 계속 살아. 내 머릿속에는 자유가 있어. 내 머릿속에서는 사람들이 밤에 길거리에서 춤추고, 술을 마시고, 축제를 즐기고 경찰은 그 옆에 서서 수다를 떨고 구경해. 주민 한 사람이 와서 소음에 대해 불평하면 경찰 하나가 느긋하게 고개를 들고 말하는 거야. 거슬린다면 경찰을 데려오시죠.”

모리츠는 웃음을 터뜨리며 주머니에서 담배 한 개비를 꺼내 불을 붙였다. 미아는 이마를 찡그렸지만 빼앗지는 않았다.

“난 싸울 생각은 없어.”라고 그녀가 말했다. “하지만 개인적 현실이란 것 때문에 결국 너는 일반적 현실과 마주하지 않게 돼.”

“딱 맞는 말이야.” 모리츠는 아래윗니 사이에 담배를 물고 다시 낚싯대를 드리웠다. “사람은 깜박거려야 해. 주관적, 객관적. 주관적, 객관적. 적응, 저항. 켜졌다, 꺼졌다. 자유로운 인간은 고장 난 전등을 닮았어.”

미아가 뭐라고 응수하기도 전에 숲에서 뭔가 바스락거렸다. 그녀는 쳐다봤고, 노루 혹은 털가죽과 뿔이 있는 거대한 균을 생각했지만 그쪽에서 걸어나온 것은 경찰이었다. 또 한 사람. 그리고 또 한 사람. 모리츠는 너무 놀라 불붙은 담배를 강물에 던지지도 못했다. 일 초도 채 지나지 않아서 그들은 모리츠를 당겨 일으켜 세우고 등 뒤로 두 팔을 돌려 수갑을 채웠다.

"모리츠 홀." 하고 첫 번째 남자가 불렀다. "당신은 지뷜레 마이어에 대한 강간 및 살인 용의자입니다."

"당신에겐 묵비권을 행사할 권리가 있습니다."라고 두 번째 남자가 말했다. "당신이 말한 모든 것은 법정에서 불리하게 사용될 수 있습니다."

"당신은 변호인을 선임할 권리가 있습니다." 하고 처음 남자가 말했다.

"이 애를 놓아줘요!" 하고 미아가 외쳤다.

"뭔가 여러분께 거슬린다면." 하고 절망적으로 누나를 바라보며 모리츠가 말했다. "경찰을 데려오시죠."

"불쾌하셨다면 미안합니다."라고 세 번째 경찰이 말했다.

묵비권

"그러곤 걔가 사라졌어."라고 미아가 강을 보며 말한다. "나는 그 애가 감옥에서도 분명 너와 네 물고기들을 그리워했다고 믿어."

그녀는 신발과 양말을 벗었으며 물에 발을 담그고 앞뒤로 움직인다. 옆자리는 비었다. 그녀는 매주 한 번씩 꾸준히 산책한다. 모리츠가 없어도. 평범한 길은 이제 멈춰 설 곳이 몇 군데 있는 수난의 길이 되었다. 경고판, 관목, 자주 다녀 생긴 오솔길. 길 끝에는 빈터와 강이 이루는 대성당이 있다.

"그 애는 널 다시 보기 위해서라면 아마 한 번 더 목숨을 내놓았을 거야."

미아가 샘내며 수면을 신발창으로 때리자 물이 튀어 오른다. 강은 계속 무심히 흐른다. 수풀에서 버스럭 소리가 나자 그녀는 너무 놀라 불붙은 담배를 강물에 던지지도 못한다. 숲속 빈터로 들어서는 존재는 악몽거리로 충분하다.

"미아 홀." 하고 첫 번째 경찰이 말한다. "당신은 방법 적대적

책동 및 방법 적대적 결사 지도에 대한 용의자입니다."

무슨 일이 벌어지는지 미아가 미처 알아차리기도 전에 그들은 그녀를 일으켜 세우고 등 뒤로 두 팔을 돌렸다.

"여기서 누구를 기다렸습니까?"라고 두 번째 경찰관이 묻는다.

"당신에겐 묵비권을 행사할 권리가 있습니다."라고 처음의 경찰관이 말한다.

두 번째 경찰관이 더 세차게 잡아 누르는 바람에 미아는 소리를 지른다.

"자, 털어놓으십시오!" 하고 그가 외친다. "여기서 만나는 사람이 누굽니까?"

"아무도 안 만나요." 하고 미아가 말한다. "신발을 신을게요."

"불쾌하셨다면 미안합니다." 하고 세 번째 경찰관이 말한다.

손이 닿을 수 없다고 항상 생각했던 등 뒤 부위에 미아의 오른손이 닿는다. 경찰관의 엄지손가락이 성대를 눌러 절로 터져 나올 소리를 막아 준다. 고통 탓에 시야에는 흰 얼룩이 소용돌이친다. 제복 입은 남자들은 한데 힘을 합쳐 그녀를 끌고 대성당을 지난다.

예외 건

가구가 더 많아졌다. 가구와 더불어 사람도. 책상과 의자, 탁자 그리고 검은 인형이 더 많아졌고 미아의 소송이 시작된 이후 처음으로 사복 차림 방청객도 몇 사람 있다. 기자들 한 무리가 장비를 꺼낸다. 실내는 전보다 더 넓어진 것 같은데, 주공판장이기 때문이다. 금발 포니테일에 긴장하면 연필을 잘근거리는 버릇이 있는 판사 조피가 앞에 앉은 것을 미아는 알아본다. 공익의 대변자 벨도 보인다. 그는 늘 그랬듯이 책상 모서리를 잡고 보란 듯 경멸하는 표정을 짓는다. 나머지 세상 사람들보다 모든 것을 더 잘 안다는 국가 공인 자격증이 있으니까. 방청석 맨 앞줄에는 크라머가 앉아 마치 그리웠다는 듯 뚫어져라 미아를 건너다본다. 가끔 그녀에게 윙크도 한다. 그 밖에 미아는 물론 루츠 로젠트레터를 안다. 그는 늦게 와서 미아 옆에 자리 잡고는 잔뜩 가져온 서류를 정돈한다. 이 자리의 모든 사람들과 시선 마주치기를 피하면서도 뭔가 기분 좋은 생각이라도 하는 양 만족스러운 기색이다.

"부재판장 대리 후트슈나이더 판사." 로젠트레터가 계속 서류를 뒤적이며 미아에게 소리 죽여 말한다. "방법안기부 베를린 시 지부의 베버 판사. 배석 판사 두 명, 사무국 공무원 한 명, 서기 한 명. 의사 한 명과 너를 지켜볼 안전 감시원. 네 영예를 위해 출연진이 총출동했어. 자랑스러운 일이지."

실제로 미아는 두려움과 동시에 성대한 생일 파티 전야의 아이처럼 터무니없는 기쁨이 뒤섞인 감정을 느낀다. 다만 파티 의상이 좀 더 편안했으면 좋았을 것이다. 그녀가 입은 흰 종이옷은 움직일 때마다 부스럭거린다. 의사가 다가와서 이날 세 번째로 그녀에게 소독액을 뿌린다. 배석 판사의 지시로 그는 위팔에 삽입된 칩을 판독한다.

"소소하게 너를 돕는 건 이제 끝이야." 하고 로젠트레터가 말한다. "방법안기부는 규모가 있지."

"그동안 내내 어디 있었어?"라고 미아가 묻는다. "처음엔 내게 자꾸 달라붙더니 정작 필요할 때는 사라졌잖아. 하마터면 나한테 다른 변호사가 지정될 뻔했다니까."

"연구하느라고. 지극히 재미난 연구 대상을 말이야."

"교양을 넓힌다니 멋진 일이네."

로젠트레터는 처음으로 미아의 얼굴을 바라보고는 만면에 미소를 띤다. 그의 현재 기분 상태에서는 말 밑바닥에 깔린 반어를 해석해 낼 수 없는 것이 분명하다.

"소송을 개시합니다."라고 조피가 말하며 법정 맨 뒤까지 훑어본다. 미아와는 한 번도 마주친 적 없고 오늘도 서로 별 볼 일 없다는 듯, 그녀의 시선은 미아 위를 지나간다. "소송 참가자들의 임석을 확인합니다. 고소장을 읽어 주시기 바랍니다."

벨이 자리에서 요란하게 몸을 일으킨다.

"상태, 신사 숙녀 여러분." 그는 내용을 다 외우면서도 서류를 펼쳐 든다. "피고는 방법 적대적인 단체의 지도부와 함께 행동하며 방법 적대적인 책동을 자행한 죄가 있습니다. 또한 특히 무거운 죄인데, 독성 물질을 반복 남용했습니다. 검찰은 다음과 같이 근거를 밝힙니다. 첫째, 피고는 공적으로 또 사적으로 방법 적대적인 주장을 폅니다. 증인 크라머의 말에 의하면 피고는 동생이 체제의 희생자라고 확신합니다. 피고 본인의 발언에 따르면 피고가 우리 국가의 법 권력에 복종하기를 거부하는 이유는 다음과 같습니다. 인용합니다." 벨은 서류를 넘긴다. "미아 홀의 발언 그대로입니다. '당국의 개입이 없을 때 내가 가장 잘 지낼 거라 생각합니다. 방법의 기관들이 나를 가만히 내버려 뒀으면 좋겠습니다.'"

"그만하면 됐습니다."라고 조피가 말한다. "법정도 압니다. 내가 그때 그 자리에 있었어요."

"둘째, 피고는 방법안기부가 병날권 동조자라 추측되는 자들의 접선 장소로 아는 곳에서 잡혔습니다. 안전 감시원들의 말에 의하면, 거기서 그녀는 담배를 피웠습니다."

"피고의 누범 경향도 법원이 압니다." 조피가 어울리지 않게 냉소적으로 말한다.

"방법의 적들이 접선하는 장소에서 무슨 할 일이 있었느냐는 질문에 피고는 **아무도 안**과 약속했다고 답했습니다. 이 **아무도 안**이라는 가명 뒤에 병날권의 접선책이 숨어 있을 가능성이 있습니다."

"황당한 추측입니다." 하고 로젠트레터가 말한다. "잘해 봐야 익살거리밖에 안 돼요."

"차례가 될 때까지 기다리세요." 하고 조피가 말한다. "소송 절차에서 배제되는 사태를 피하시고 싶다면 말이에요."

"증인 크라머의 공판 참여 허락을 신청합니다." 하고 벨이 말한다. "또한 검찰은 사상 검증 허락을 요청합니다."

"허락합니다." 하고 조피가 말한다. "이제 무엇을 신청할 건가요, 변호인?"

"소송 중지를 요청합니다." 하고 로젠트레터가 말한다. "먼저 이 법정이 소관 법정인가 하는 우선적인 문제를 분명히 할 필요가 있습니다."

"예외 건 신청을 고수하신다는 건가요?" 조피는 거의 재미나다는 듯 놀라며 묻는다.

"전적으로 그렇습니다. 그 밖에 편견을 이유로 이 법정을 거부합니다."

법정에 수군거리는 소리가 퍼진다. 조피가 로젠트레터를 바라보자 그가 자신 있게 눈길을 받아 낸다. 그러자 그녀는 후트슈나이더와 베버에게 몸을 숙이고 몇 마디 서로 속삭인다.

그러고는 "기각합니다." 하고 말한다. "소송은 계속 진행됩니다. 규칙을 준수할 것을 변호인에게 권고합니다. 의뢰인의 이익을 위해서요. 홀 씨, 사상 검증을 위해 앞으로 나와 주세요."

"가." 하고 로젠트레터가 미아에게 말한다. 미아는 마치 외국어 영화를 보듯 이해 못 하는 표정으로 이제껏 나온 말들을 귀 기울여 들었다. 로젠트레터가 옆구리를 밀고서야 비로소 그녀는 일어서서 피고석을 한 바퀴 돌아 판사 책상 앞 작은 탁자에 딸린 의자에 앉는다.

"뭔가 선서해야 하나요?" 하고 그녀가 묻는다.

"증인은 선서할 수도 있지만 피고는 아니에요." 하고 조피가 말한다. "재판 과정에 대해 미리 알려 주는 변호사를 찾으시는 게 좋을 것 같네요……. 다음번에는요."

"홀 씨, 우선 몇 가지 인적 사항을 말씀해 주세요."라고 벨이 말한다.

"나는 자연 과학자예요."라고 미아가 말한다. "테러리스트가 아니에요."

방청석에서 웃음이 터지자 조피가 위협하는 손짓으로 제지한다.

"이봐요." 하고 벨이 말한다. "말하기 좋아하시잖아요. 이제 기회가 왔습니다. 우리 정치 체제에 대해 어떻게 생각합니까?"

"자연 과학은." 하고 미아가 말한다. "인간과 초인간적인 것의 오랜 결합을 갈라놓았어요. 이 결합에서 생겨난 자식인 영혼은 입양되도록 내줬죠. 남은 것은 우리의 모든 노력의 중심이 되는 육체예요. 육체는 우리에게 사원이고 제단이며 우상이고 제물이에요. 성인(聖人)이라 선언됐으면서 노예화됐어요. 육체는 모든 것이에요. 이는 논리적으로 벗어날 수 없는 발전이죠. 제가 무슨 말을 하는지 이해하시나요?"

"아니요."라고 벨이 말한다.

"한 마디 한 마디 다 이해해요."라고 조피가 말한다. "계속하세요."

"그렇게 발전할 수밖에 없다는 걸 인식할 수 있는 사람은 흐름에 맞서는 게 아무 의미 없음도 알죠. 방법의 적들에 대해 말하고 싶으신가요? 병날권에 대해서? 혁명에 대해서요?" 미아는 활기를 되찾으며 종이옷의 소매를 걷어 올린다. "혁명에 대해 어떻게 생각하는지 말씀드리죠. 혁명이란 다수 그룹이 소수 그룹에 대항해 일어서는 일이에요. 소수 그룹은 한동안 다수 그룹에 대해 결정권을 행사할 수 있었던 거죠. 실은 소수 그룹이라고 해도 다수 그룹과 다를 게 없는데 말이에요. 이리 떼가 자기들 우두머리를 물어뜯어 죽이는 걸 본다면 어떻게 생각하시겠어요?"

그녀가 크라머 쪽으로 몸을 돌린다. 이렇게 자세히 말한 것이 오로지 그를 위해서였다는 듯. 그는 턱을 들어 그녀에게 앞을 보라고 신호한다.

"새 우두머리가 등장할 때가 됐다고 생각하시겠지요. 자연은 자기 일을 해요. 간단한 거죠. 우리가 혁명에 대해, 권력과 지배에 대해, 정치, **방법**, 경제, 보편적 복리와 개인의 복리에 대해 이야기한다 해도, 또 우리 눈에 중요하고 복잡하게 보이는 걸 파악하기 위해 또 다른 개념을 수천 개 고안해 낸다 해도, 언제나 단 한 가지만 남을 거예요. 인간들 사이의 일 말이죠. 어떤 신도 판에 끼지 않게 되고 나서는 모든 게 참 진부해져 버렸어요. 몇 년에 한 번씩 우두머리를 내쫓는 이리 떼지요."

벨은 불안해졌고 법복 안 몸은 또다시 무너져 한갓 뼈다귀 더미가 될 것 같다.

"당신 얘기를 우리가 이해했다고 생각하지 않습니다."라고 그가 말한다.

"난 이해했어요." 하고 조피가 말한다. "홀 씨는 인간 사이의 혁명에서 아무 의미도 찾을 수 없다고 말했어요. 우리가 보편적으로 생각하듯 인간은 가치 면에서 서로 차이가 없다고요. 나는 그 발언을 결정의 근거로 취하겠습니다."

"잠깐만요." 하고 후트슈나이더가 말한다. "홀 씨는 이런 말도 했습니다. 한 떼거리가, 그러니까 제 말은, 사회가 몇 년마다 자기들…… 우두머리…… 자기들 정부를 무력화하는 일을 정상으로 본다고요."

"그렇지만 저는." 하고 미아가 외친다. "거기 관여할 마음은 없어요. 동생은 날 비난했죠. 내가 **방법**을 지지하는 건 순전히 사람들을 경멸하기 때문이라고요. 그 비난을 되받아칠 도리가 별로 없었어요. 어쨌든 내가 **방법**의 지지자라는 것은 여전히 사실이에요."

"사람들을 경멸하기 때문에 어떤 국가 형태를 찬성하는 거라면 당신은 그 국가 또한 경멸하는 겁니다."라고 후트슈나이더가 영리하게 말하며 한 음절마다 연필로 허공을 콕콕 찌른다.

"이게 공판입니까, 토론 모임입니까?"라고 벨이 외치며 실내 공기에 숨이 막히는 듯 옷깃 속에 손을 넣는다.

"첫 경고입니다."라고 조피가 말한다.

"우리 체제는 이성을 사용하라고 가르칩니다." 하고 미아가 말한다. "내겐 이성뿐이에요. 학교 다닐 때부터 사물을 적어도 두 면에서 관찰하도록 배웠죠. 이성은 모든 것을 서로 모순되는 두 부분으로 갈라요. 계산 결과는 항상 0이지요."

"이제 제가 다시 발언하겠습니다."라고 벨이 외친다. "홀 씨는 비양심적인 것을 옹호합니다!"

"이성은 나를 경계선에 있는 자로 만들어요, 사이에 긴 존재로요. 어떤 결정도 할 수 없는 존재로요. 나는 절대적으로 안 위험해요."

"내가 보기엔 그 반대군요."라고 후트슈나이더가 말한다.

"홀 씨." 하고 조피가 말하고는 여태 한 번도 하지 않았던 행동을 한다. 즉, 머리 뒤쪽으로 손을 가져가더니 포니테일을 푼다. "지난번에 대화했을 때 보편적 복리와 개인 복리의 관련성을 다룬 적 있지요. 그 문제에 대한 견해를 법정에 다시 한번 밝힐 수 있나요?"

"국가는." 하고 미아가 온순히 대답한다. "인간이 삶과 행복을 자연스럽게 추구하는 데 봉사해야 해요. 그렇지 않다면 지배는 정당화될 수 없어요. 개인 복리와 보편적 복리를 일치시킬 수 있어야 해요."

"수많은 사람들이 그러기 위해 노력을 다하지요."라고 조피가 말한다. "어느 정도는 성공했다고 주장할 수 있다고 생각해요."

"좋아요."라고 미아는 나지막하게 말한다. "하지만 그걸로 충분한지 모르겠어요. 어느 정도 성공한 걸로요. 아마도 그런 정당화는 인간에겐 불가능한 것을 요구하겠지요. 오류가 없을 것."

"그만하면 충분합니다!"라며 벨이 환호한다. "이제 우린 피고를 꼼짝 못 하게 붙들었어요. 홀 씨는 방법을 적용하는 데 실수가 있으면…… 그게 저항권으로……." 목소리가 급격히 변하고 그는 혼란에 빠진다. "검찰은 요청합니다……."

"신청합니다." 하고 로젠트레터가 말한다. 이제까지 그는 눈을 반쯤 감고 도대체 미아에 대한 신문에 귀를 기울이기는 하는 건지도 모르게 앉아 있었다. "모리츠 홀 사건에서 유의미한 자료들을 이 소송에 끌어올 것을 신청합니다."

미아와 조피의 눈길이 마주치면서 한동안 장내가 조용해진다. 도시 근처 들판에서는 곰팡이로 문드러진 울타리들이 절로 무너진다. 수평선에 이르기까지 풍력기들이 돌아간다. 천천히 육중하게 돌아가는 모습을 보면 항상, 바람이 회전자를 돌리는 게 아니라 회전자가 바람을 일으키는 것 같다. 하지만 바람이지 하고 미아는 생각한다. 여기에서 인간들이 서로 사상을 검증하는 동안 전등을 밝혀 주는 것은 바람뿐이지 하고. 세계는 내 이해력의 겉면에 거울의 상처럼 비치는 것이지 하고 그녀는 생각한다. 그 순간이 지나자 그녀는 로젠트레터가 방금 무엇을 신청했는지 벌써 잊었다. 그 의미까지도 이해 못 했다.

"허락합니다." 하고 조피가 말한다.

이로써 그녀는 자기의 법조인 경력에 대한 사형 선고에 서명한다. 아이러니하게도 그녀는 후트슈나이더와 베버의 불만이 이 상황에서 자신에게 가장 큰 문제라고 생각한다. 두 사람이 자기에게 잔뜩 화가 났을 거라고. 소송에 이질적인 자료들을 끌어오면 재판은 길어질 것이다. 비록 이 사람 좋은 젊은이인 로젠트레터가 자기 능력을 진작에 넘어서 버린 일로 잘못 빠져든다고 보는 점에서는 모두들 생각이 같지만. 이 사건은 버거워하는 변호인이 아니라도 정치적 압력 때문에 이미 충분히 어렵다. 그렇다 해도 조피는 변호사가 자기 식으로 간주곡을 연주하도록 허락하지 않을 도리가 없다. 우선은 법률적으로 정확한 결정이기 때문이다. 피고뿐 아니라 검사도 자꾸 모리츠 홀에 대해 이야기하니까. 두 번째는 로젠트레터가 그동안 많이 일한 것이 분명해 보이기 때문이다. 조피는 로젠트레터가 앉아 수많은 서류를 이리저리 포개며 무엇부터 시작해야 좋을지 모르는 것 같은 모습을 보니 안됐다는 생각이 든다. 기대에 찬 기쁨을 애써 억누르는 것을 보며 그의 신경이 불안정하다고 잘못 해석한다.

로젠트레터가 스스로를 친절하다고 생각하고 남들도 그를 그렇게 보는 것처럼, 조피는 자신과 그녀를 아는 모든 이에게 우수한 사람으로 통한다. 우수함에는 모든 일을 옳게 하려는 무조건적인 노력이 포함된다. 우수한 사람은 사건을 포괄적으로 밝게 비춰 보아야 한다. 피고인에게 호감이 가지 않더라도, 벨과 후트슈나이더 그리고 베버 씨의 점심이 늦어지더라도. 우수한 사람은 다른 사람들의 일을 존중해야 한다. 그들이 땀을 흘리고 피고석에서 서류를 떨어뜨리고 가져온 메모리 카드를 끼울 자리를 못 찾더라도. 놀랍게도 일 초도 채 안 되어 인간의 머릿속을 휘도는 이런 생각 끝에 달리 어떻게도 할 도리가 없는 조피는 나락으로 뛰어든다.

드디어 로젠트레터가 자기 책상에서 메모리 카드 끼울 자리를 찾아냈다. 영사막에서 미아의 얼굴이 사라진다. 대신 모리츠가 나타난다. 곱상하고 소년 같으며 약은 미소를 띠고 있고 눈에는 장난기가 비친다. 미처 마음의 준비가 안 된 미아는 고개를 돌리고 손으로 얼굴을 가린다. 로젠트레터가 집게손가락을 치켜든다. 그림이 바뀌고 법정은 특이한 사진이 내뿜는 빛에 압도된다. 원형판이 보이는데 그 밑에서는 콩 모양 물체가 잔뜩 헤엄친다. 그 굽은 몸체들은 검은색 점과 희끄무레한 껍질로 둘러싸였다.

"피입니다." 로젠트레터가 말한다. "다만 특별한 종류지요."

그가 또 집게손가락을 든다. 다음 그림에는 엄청나게 많은 흰 방울들과 그 사이사이에 낀 아주 적은 빨간 방울들이 있다.

"백혈구 수가 엄청나게 불었습니다. 백혈구를 분명히 알아볼 수 있지요."

"뭐 하자는 겁니까?"라고 벨이 묻는다. "의학 진단 세미나요?"

"본론으로 들어가기 바랍니다." 못마땅한 눈길로 조피와 검사를 번갈아 보며 후트슈나이더가 말한다.

영사막에는 색깔 있는 사각형과 원 들이 나타나는데, AML, ALL, CLL 등 약자가 붙었다.

"백혈병 세포들이 골수 속에서 퍼져 갑니다." 하고 로젠트레터가 말한다. "이것들은 간, 비장, 림프샘에 침입해 기능을 방해할 수 있습니다. 만 여섯 살의 모리츠 홀은 창백해지고, 허약해지며, 뼈에 통증을 느끼는 등 여러 증상을 보였습니다. 또 저절로 푸른 멍이 생기는 경향도 있었고요."

"그 애의 온몸이 멍으로 뒤덮였어요."라고 미아가 말한다. "항상 두들겨 맞은 것처럼 보였죠."

"이의 있습니다, 재판장님." 하고 벨이 말한다. "뭣 때문에 이 유쾌하지 않은 공연을……."

"줄기세포 이식은." 로젠트레터는 흔들림 없이 계속한다. "단일 클론 항체 그리고 약물을 사용하는 방법과 더불어 통상적인 치료법입니다."

법정은 소란스러워졌고 로젠트레터는 의도적으로 그 소리를 못 들은 척하려 애썼다. 재판장인 조피가 연필 끝을 깨물기 시작하자 그가 말하는 속도가 빨라졌다.

"줄기세포 이식의 고전적 방식은 붉은 골수를 이식하는 것입니다. 예전에는 적합한 기증자를 찾기가 상당히 어려웠습니다. **방**

법 덕분에 오늘날 우리에겐 전체 시민의 조직 특성이 기록된 데이터 뱅크가 있지요. 그 후로는 익명으로 의무 기증하는 일이 가능합니다. 우리는 자랑스럽게 말할 수 있지요. 이제 어느 누구도 백혈병으로 죽지 않는다고."

"기쁜 일이죠."라고 조피가 말한다. "하지만 당신의 설명이 본 사건에 어떻게 도움이 되는지 알 수 없기 때문에 발언권을 거두겠습니다."

"이제 몇 문장만 덧붙이면 됩니다!" 하고 로젠트레터가 외친다. "본래 이식에는 거창할 게 없습니다. 이식물이 도뇨관 같은 관을 따라 이식받는 사람에게 전해집니다. 새 골수는 스스로 제 길을 찾아 뼈 속으로 들어가서 약 열흘쯤 후면 새 혈구를 생산해 냅니다."

"이젠 정말 더 못 봐주겠습니다!"라고 벨이 소리친다.

"아마 보안 요원을 불러야……."라고 후트슈나이더가 말한다.

"아니면 곧바로 안전 감시원을요." 하고 베버가 말한다.

"재판장님." 하고 방청석에서 크라머가 말한다. "저 설명을 즉시 중단해 주실 것을 간곡히 요청합니다."

전반적으로 어수선한 가운데 그의 목소리는 너무나 풍부하고 충만해서 인간의 성대가 아니라 홀 천장에서 나오는 것처럼 들린다. 방청객들이 중얼거리는 소리가 잦아든다. 그러나 크라머의 모습은 그의 말이 지닌 압도적인 힘과 전혀 어울리지 않는다. 그는 양초처럼 꼿꼿이 앉아 무릎 위에 두 손을 올려놓고 있다. 얼굴은 창백해지고, 말을 끝낸 뒤에도 입술이 계속 소리 없이 움직이는 것이 마치 주변에서 무슨 일이 일어나는지 스스로에게 설명하는 듯하다. 그는 눈앞에서 벌어지는 일에 의해 평생 처음으로 허를 찔린 남자처럼 보인다. 하지만 사실 이 자리에 있는 사람들 중 크라머만이 로젠트레터가 결국 무슨 얘기를 하려는지 막 이해했다. 로젠트레터가 무얼 발견했는지를. 체제는 인간적이야라고 그의 말 없는 입술은 지금 속삭일지도 모른다. 물론 빈틈이 있지라고.

"크라머 씨." 하고 조피가 말한다. "당신은 재판 당사자가 아닙니다. 당신은 발언권이 없습니다."

지금 여기에서 말 그대로 핀이 하나 떨어진다면, 누구라도 그 소리를 들었으리라. 로젠트레터조차도 영사막 앞에 선 채 입상처럼 굳었다. 다음 문장이 그의 목 안에서 막혀 버렸다.

"그 점에 대해 정중히 사과드립니다."라고 크라머가 말한다. "하지만 제겐 달리 도리가 없습니다……."

크라머가 자리에서 일어서자 로젠트레터가 활기를 되찾는다.

"이식 후에는 백혈병 환자의 혈액형이 기증자와 같아집니다!"로젠트레터는 도망자처럼 서두른다. 저격수의 총구 앞에서 목표에 다다르려면 단 한 가지 방법, 즉 속도를 내는 길밖에 없는 도망자처럼. "환자는 기증자의 면역 체계도 넘겨받습니다. 그리고 또……."

"로젠트레터 씨!"라고 크라머가 소리친다.

"디엔에이도 넘겨받습니다!"

변호사는 한 손을 위로 들었다. 마치 비밀스러운 힘의 도움으로 크라머를 자리에 주저앉히려는 듯. 영사막의 사진이 바뀐다. 낯선 남자의 얼굴이 보인다. 쉰 살 정도, 매끈하게 면도한 얼굴에 깊은 주름이 패어 사진은 거의 스케치 같다.

"이 사람이."라고 로젠트레터가 말한다. "발터 하네만입니다. 지뷜레 마일러의 살해 용의자이며 모리츠 홀의 기증자입니다."

"난 알고 있었어, 모리츠!" 미아가 소리 지르고는 눈을 천장으로 향한다. "넌 내 말을 믿어야 해. 난 처음부터 줄곧 알고 있었어!"

상황은 여러 부분들로 나뉜다. 벨은 자기 책상을 떠나 로젠트레터의 소매를 붙잡고 쉴 새 없이 말을 늘어놓는다. 전적으로 힘이 부치는 안전 감시원들은 만약의 사태에 대비해 조피의 어깨를 붙잡았다. 후트슈나이더는 전화에 대고 알아들을 수 없는 말을 한다. 방청객들은 홀에서 빠져나가고 기자들은 앞으로 몰려간다. 그들은 서로 상대보다 더 큰 소리로 미아에게 질문하려 애쓴다. 교외 들판에서는 바람 방향이 바뀌면서 발전기가 회전자를 육중하게 뒤집는다. 이 소요 한가운데에서 크라머는 자리에 앉아 손톱을 들여다보고 흠잡을 데 없이 모양 잡힌 머리를 쓰다듬는다. 조피는 머리를 푼 채 자리에 앉아 눈물이 뺨을 타고 흘러도 얼굴을 가릴 생각조차 하지 않는다. 그녀가 우는 모습을 지켜보며 미아는 알칼리성이고 염분이 든, 눈물샘의 생산물이군 하고 생각한다. 신경에 강한 충격을 받을 때 몸이 짜내는 액체라고. 알다시피 지질(脂質)과 점액소도 들었다.

"조피." 하고 미아가 말한다. "당신 잘못이 아니에요."

소음 속에서 판사가 미아의 말을 들었는지는 알려지지 않았다. 그들은 서로를 다시 보지 못할 것이다.

저기 미아다

드리스는 큰 발걸음으로 계단을 뛰어올라 리치 집 초인종 단추에 손가락을 올리고 문이 열릴 때까지 떼지 않았다. 리치 대신 폴셰가 문을 연다. 그녀는 방금 유령이라도 본 듯 창백한 얼굴로 문틀에 서 있다.

"텔레비전 켜!" 드리스는 끝까지 말하기도 전에 집 안에서 무슨 일이 있는지 듣는다. 텔레비전이 이미 켜져 있고 그것도 방마다 그렇다.

"줄기세포."라고 폴셰가 말한다. "법정 스캔들이래. 난 한마디도 못 알아듣겠어."

"멍청하니까 그렇지!"라고 리치가 부엌에서 소리친다. "모두가 착각했어. 법원도. 경찰도. 이젠 **아무것도** 믿을 수 없어."

"저기 또 미아다!" 드리스가 뿌리박힌 것처럼 문턱에 멈춰 서서 벽에 걸린 화면을 가리킨다. 미아의 얼굴은 마이크에 가려 거의 사라질 지경이다. "미아는 좋은 사람이야! 난 진작에 알고 있었어." 안으로 잡아끌려는 폴셰의 손을 드리스는 고집스레 떨친다. "나 혼자 알고 있었다고."

"홀 씨."라고 한 기자의 목소리가 묻는다. "오늘 심리의 결과에 놀라셨습니까?"

"그 앤 내 동생이었어요. 난 그 애를 알고 있었어요."

"홀 씨, 지금 기분이 어떠십니까?"

"부끄러워요. 난 그 애의 무죄를 믿었어요. 하지만 충분히 믿지는 않았던가 봐요."

"그게 무슨 뜻입니까?"

"난 그 애를 믿었어요. 하지만 거기서 필연적 결론을 이끌어 내지 않았어요."

"홀 씨, **방법**이 이런 결함을 드러낸다면 그 정당성을 인정할 수 있습니까?"

"그 질문에는." 하고 미아가 말한다. "대답하지 않겠어요."

"그게 낫지!"라고 리치가 마루를 향해 소리친다.

"하지만 저는 그 질문을 **제기할** 거예요."라고 미아는 말한다. "계속해서요."

"저기 미아다."라고 드리스가 속삭인다.

실제로 저기 미아가 로젠트레터와 함께 계단을 올라온다. 그녀는 다시 평상복을 입었고 걸으며 발을 내려다본다.

"미아." 두 사람이 층계참에 올라오자 드리스가 말한다. "정말이지 미안해요."

"넌 아마 그렇겠지."라고 폴셰가 말한다.

"날 보지 마요."라고 미아가 소리 지른다. "날 보는 사람은 페스트에 걸려요! 결핵! 콜레라! 백혈병!"

폴셰가 드리스를 홱 잡아당겨서 집 안으로 끌고 들어가는 데 성공한다. 문이 닫힌다.

"자." 하고 로젠트레터가 말한다. "이쪽으로. 계단을 올라가야지."

최대한의 승리

"이건 최대한의 승리야!"

로젠트레터가 불법 샴페인의 코르크 마개를 뻥 하고 땄다. 그는 역사적 순간을 자축한다. 거대한 정치적 오라토리오의 서곡을. 이 오라토리오가 절대 끝을 보지 못한다 할지라도 비길 수 없이 아름다운 서곡을 만끽하려고 한다. 둔중한 팀파니 소리, 죽도록 경악한 한 체제의 심장 박동 소리를. 상상을 초월해 높아지는 언론 매체들의 트롬본 소리를. 정치적으로 진정시키려는 편안한 하프 소리. 거기에 여론의 흥분한 현악 콘체르토.

"하지만 제일 아름다운 건 제1바이올린의 침묵이야!" 만족감에 겨워 로젠트레터는 자기 허벅지를 친다. 그러고는 물컵 두 잔에 샴페인을 따른다.

미아는 창가에 서서 지붕 위 밤하늘이 여름 뇌우를 준비하는 모습을 바라본다. 마치 며칠이나 기차 플랫폼에 서서 기다리며 안개 낀 먼 곳을 줄곧 바라보았는데 기차가 반대 방향에서 온 여행

객 같은 기분이다. 로젠트레터가 따라 준 샴페인은 그녀의 두 손 사이에서 천천히 미지근해진다.

변호사는 벌써 자기 잔을 거의 비웠다. 날아다니는 양탄자처럼 샴페인이 그를 태워 간다. 재판 성공에 익숙하지 못한 것처럼 그는 알코올에 익숙하지 못하다. 그는 뛰어난 대학생이 아니었다. 대학 시절 그의 성적은 재능보다는 교수들의 호의를 증명해 줬다. 오늘 같은 날을 그는 반평생 기다려 왔다. 그럼에도 승리에 취해 덤벙거리지는 않을 셈이다. 이 순간 나라의 모든 텔레비전 화면에 분명 그의 얼굴이 비치리라. 테라스로 나가기만 하면 감동을 받은 대중들에게 말할 수 있으리라. 하지만 똑똑한 사람은 알지, 행운은 강자와 함께하지만 절대 오래가는 법이 없다는 걸 하고 그는 생각한다.

"노련한 예술가라면." 하고 로젠트레터가 설명한다. "이렇게 압도적인 서곡 뒤에 우선 정적이 따르게 하지. 우리는 이제 뒤로 물러날 거야. 조심스레 다음 수순을 저울질해 볼 거야. 어떻든 나는 배경 인물이니까. 항상 그래 왔고. 상테."[06]

"상테."라고 이상적 애인이 말한다. 그녀는 변호사가 보지 않을 때마다 술병을 들고 마신다.

미아에게는 어떤 서곡도 들리지 않는다. 그녀는 폭풍우를 본다. 거리 한쪽에만 불이 밝혀져 가로수 그림자들이 반대편 집들의 전면에서 서로 손을 잡고 술에 취해 비틀거리는 것 같다.

바람이 건물 틈새마다 처 들어오고 열린 문으로 불어와 책상

---

06   여기에서는 건배사.

위 종이 더미를 펄럭인다. 또 블라인드를 캐스터네츠처럼 딱딱거리고 정원의 그네와 시소를 흔들어 마치 눈에 안 뵈는 작은 존재들이 거기에서 신나게 노는 것 같다. 바람은 비계(飛階) 덮개로 스스로에게 박수를 보내는 듯하다. 도시의 지붕들은 힘센 존재들 몇이 모여 볼링을 치는 것처럼 쿵쾅댄다. 인간들이 아직 있을까? 폭풍우가 그들을 제집으로 몰아넣었고 제 방 안에서 인간들은 종이 상자에 갇힌 동물들처럼 자연이 내는 소음을 애써 무시하며 잠들어 보려 한다. 도시와 하늘이 **파드되**[07]를 추기로 할 때, 인간들은 작으면서 부풀려진 삶을 영위하는 자신이 얼마나 보잘것없는지를 고통스럽게 깨닫는다. 인간들은 그 놀이에 참여하지 못한다. 그들은 관중보다 못하다. 잘해 봐야 바람에 휩쓸려 길옆 배수로에 처박힌 마른 나뭇잎에 지나지 않는다.

"인터뷰는 하지 말고."라며 로젠트레터가 선언한다. "텔레비전 출연도. 될 수 있으면 대중 앞에 나서지 마. 음식 배달 서비스며 택배, 원격 커뮤니케이션이 다 왜 있겠어? 미아, 제일 좋은 건 한동안 집을 나가지 않는 거야. 지금 듣긴 하는 거야?" 이상적 애인이 샴페인 병을 소파용 탁자 위 살짝 왼쪽에 놔둔 탓에 그는 헛손질한다.

"미아."라고 이상적 애인이 말한다. "자축 좀 해야지. 네 변호사는 말이 많지만 그리 분별없는 얘기를 하는 건 아니야."

폭풍은 이미 풍력 발전기들을 손아귀에 넣었고 회전자는 하도 빨리 돌아 곧 안 보일 것 같다. 미아는 부르릉 소리가 점점 커져 굉

---

07 발레에서 두 사람이 추는 춤.

음이 되고 회전자들이 이륙하는 모습을 상상한다. 프로펠러만 눈에 보이는 거대한 비행기 1000대가 나란히 연결된 모습을. 비행기들이 코를 하늘로 향하고 가파르게 솟으며 이 도시를 끌고 간다.

"오늘부터는." 하고 미아가 천천히 말한다. "그 애 이름 앞에서 어떤 이성도 불가능해질 거야. 오늘부터 난 모든 일을 사랑으로, 두려움 없이 할 거야."

"뭐라고?"라며 이상적 애인이 묻는다.

"네가 며칠 전부터 하던 설교를 나는 이제야 이해했어. 한 인간을 **믿는다**는 걸로는 부족해. 그 애의 무죄를 **안다**는 것으로도 충분치 않아. 문제는 그 애를 믿는다는 걸 자기 존재 전체로 **밝히는** 거야."

"맞는 말이야."라고 이상적 애인이 말한다. "자, 이제 이리 와서 한 모금 마셔."

"잘 들어."라고 미아가 말한다.

"듣잖아."라고 로젠트레터가 흥겹게 미소 지으며 말한다. 그는 술은 평생 처음이다.

"몇 주 동안 너는 제정신이 아니었어."라고 이상적 애인이 미아에게 말한다. "지금 또 너무 나갔어."

"내 말 귀담아들어." 드디어 미아가 뒤로 돌아 어디에도 기대지 않고 혼자 서서 이상적 애인을 바라본다. "둘째."라고 미아가 인용한다. "방법이 내 동생을 죽였고 이로써 불법 체제임이 드러났어."

"맞긴 해."라고 로젠트레터가 말하고 이상적 애인은 충격으로 바닥을 본다. "하지만 너무 서둘러선 아무 일도 안 돼."

"셋째, 난 누군가에게 전화할 거야. 하지만 저기 저 사람은 아냐." 그녀는 로젠트레터의 얼굴을 보며 웃는다. "그는 벌써 왔잖아. 넷째, 팸플릿을 쓴다. 다섯째, 그걸 발표한다."

"미아!" 라고 이상적 애인이 부른다. "제발 일 초라도 생각해보지 않을래?"

"너희들이 날 앞으로 내몰았잖아! 너희들은 기함(旗艦)을, 간판스타를 원했잖아!"

"**당신**이란 호칭을 다시 쓴다면 유감일 거야." 라고 로젠트레터가 조심스럽게 말한다. "하지만 **장엄 복수**[08]야말로 좀 섬뜩하네."

"난 페스트에 걸렸어." 라고 미아가 웃으며 말한다. "문둥병. 콜레라. 난 병에 걸렸어. 난 자유로워. 병. 자유."

로젠트레터가 손등으로 코를 훔친다.

"넌 병에 걸리지 않았어." 라고 그가 말한다.

"지금부터는 누가 나를 불러도 몸을 돌리지 않을 거야."

"우린 저들이 너를 망가뜨리는 걸 막아야 해. 우리에겐 온전한 네가 필요해."

미아가 로젠트레터에게 다가갈 때, 변호사는 그녀 눈 깊은 곳에 빛나는 무엇을 보고 한 걸음 뒤로 물러난다.

"내겐 너희들이 조금도 필요 없어." 그녀가 말한다. "꺼져."

"그건." 하고 이상적 애인이 말한다. "모리츠가 전혀 원하지 않

---

08 pluralis majestatis. 왕에게 말할 때처럼 장엄하게 표현하기 위해 복수 형식을 취하나 의미는 단수인 경우. 이상적 애인의 모습을 볼 수 없는 로젠트레터는 미아가 쓴 복수 표현 '너희들'의 의미를 곡해한다.

왔을 거야!"

미아는 잠시 멈춰 주위를 돌아본다.

"너 자신 있어?"라고 미아가 묻는다. "확신해?"

이상적 애인이 침묵하자 미아는 가득 찬 자기 잔을 들어 로젠트레터의 가슴팍에 쏟아붓는다.

"알코올 냄새 풍기는 네 승리와 함께 시내를 휘젓고 다녀."라고 그녀가 말한다. "돌아다니라고, 여기서 제1바이올린을 만나고 싶지 않거든."

로젠트레터는 조용히 서 있고, 양복에서는 샴페인 방울이 떨어진다. 그는 추운 듯 재킷을 꼭 여미고 몇 발짝 뒷걸음질을 치더니 몸을 돌려 문으로 간다. 미아는 이상적 애인의 어깨에 한 손을 얹은 채 나가는 그를 눈으로 좇는다.

"진실이 뭔지 알아?"라고 이상적 애인이 묻는다. "넌 졌어. 이렇게든 저렇게든. 넌 다른 걸 원치 않아."

"진실은 항상 곁눈으로만 볼 수 있어. 고개를 돌리는 순간 거짓이 되지."하고 미아가 말한다.

말을 마치자마자 그녀는 전화기로 가서 번호를 누른다.

"하인리히 크라머 씨 대 주세요."

두 번째 범주

"어떻게 생각하세요?"

"뭘요?"

"인생을요."

미아는 부엌에서 전기 주전자에 물을 채운다. 레몬을 둥글납작하게 썰고 잔 두 개를 준비한다. 방문객이 아직 있는지 확인하려는 듯 잠깐 거실을 들여다본다.

"오." 하고 크라머가 말한다. "아주 말끔하죠. 정말요."

그는 소파에서 이상적 애인 옆에 앉았고 평소 모습 그대로다. 뺨은 창백하지도 눈에 띄게 붉지도 않다. 바지 주머니에 손을 넣는 일도 없다. 법정에서 당황했던 일은 그에게 평생 민망한 기억으로 남을 것이다. 미아가 자기를 보자 그는 그녀에게 미소를 보낸다.

"긴 갈색 머리에 무척 아름다운 아내랑, 내가 집에 돌아가면 바짓가랑이를 붙잡고 아빠 아빠 하고 부르는 귀여운 아이가 둘 있어요."

"좋겠군요."

"정말 그래요. 수천 년 묵은 방식이죠. 개인적 관심사 면에서는 인간은 아주 단순하게 흘러가도록 프로그래밍되었죠. 사랑, 미움, 두려움, 만족, 신뢰……."

"복수……."

"……그리고 복수. 우리의 실존은 몇 안 되는 재료로 구성돼요. 무엇보다 행복이란 아주 간단한 것이죠. 두 가지 일이 있어요. 좋은 일, 즉 인간에게 도움이 되는 일과 나쁜 일, 즉 인간을 방해하는 일이죠. 모든 건 첫 번째 범주에서 되도록 많은 구성 요소들을 가져와 삶에 버무려 넣고 두 번째 범주에서 되도록 적은 구성 요소들을 가져와 섞어 넣는 일에 달렸어요."

"진짜같이 들리네요."

"진짜이기도 하죠. 당신은요? 당신 남편은 어디 있나요? 당신 아이들은 어디 있죠?"

"질문하는 사람은 나예요." 미아는 잔 두 개를 들고 들어오며 되도록 예의를 갖춰 손님을 대접하려 애쓴다. "만약에 당신이 창끝을 반대로 돌리려 한다면 난 죽은 동생을 내밀겠어요. 당신의 양심은 오늘 꼬리를 흔들며 내 손을 핥는 강아지예요."

"내겐 양심이 없어요, 홀 씨."

"하지만 정치적으로 꼭 필요한 일에 대한 감각은 있겠죠. 아주 비슷한 거죠."

"좋아요!" 크라머가 웃는다. "이제 당신 무기를 쓸 줄 아는군요."

"그리고 당신은 이제 공격을 견딜 줄 아는군요. 맛이 어때요?"

"안 좋아요. 두 번째 범주네요." 크라머는 주의를 기울여 한 모금을 마신다. "어제 오후 당신이 석방을 기다릴 때, 불만을 품은 사람들이 법원 앞에 모였어요. 많지는 않았죠. 안전 감시원이 세기론 100명이었어요. 하지만 **방법**은 그런 걸 좋아하지 않아요."

"반면에 당신의 동료 기자들은 내 사건에 추파를 보내지요."

"대부분은 실제 그래요. 친분 있는 기자들조차……. 예를 들면 「모두가 생각하는 것」의 그 젊은 뷔르머 씨도요. 들어 봤어요?"

"아뇨."

"난 그를 잘 알아요. 말하자면 내 제자인 셈이죠. 그런 그가 자기 방송에서 무슨 이야길 했게요? 한 정치 체제의 강점은 아마도 바로 새로운 발전 과정에 잘 적응하는 데 있을 거라고요, 보기 좋게 맞는 외투처럼요. 결국 정당한 국가란 어디 눌리는 데가 없는 한 사람들이 느끼지도 못하는 신발 같다는 거죠. 뷔르머는 마치 이젠 의류 산업에 종사하는 것처럼 말했죠. 모두들 어떻게 갑자기 자기 구멍에서 머리를 내미는지, 놀라울 뿐이에요."

"당신은요? 개종할 생각 전혀 없어요?"

"지금 날 모욕하는군요. 나를 나쁘게 생각해도 좋지만 기회주의자로는 보지 말아 주세요."

"광신자의 마음을 아프게 하는 거군요."

"신사의 마음을 아프게 하는 거죠. 내게는 적응이 문제가 아니에요. 외투든 신발이든. 지금은 상황이 안 좋아요. 우린 싸워야 해요. 마지막 피 한 방울까지. 옛날 좋은 시절에 잘하던 말처럼요."

"한 가지 이해 못 하는 게 있어요." 하고 미아가 말한다. "내

기억 속에서는 당신이 이렇게 말하던 소리가 들려요. 인간적인 것이란 칠흑같이 어두운 공간으로, 우리는 눈먼 아이들처럼 이리저리 그 안을 기어다닌다고요. 왜 당신은 그걸 위해 피까지 흘릴 각오를 하죠? 심지어 마지막 한 방울까지?"

"나는 확신범이에요. 그걸 아셔야 해요. 난 자연적인 삶의 의지로부터 건강에 대한 정치적 권리가 발생한다고 확신해요. 어떤 체제는 육체와 연결됐을 때만 정당하다고 확신해요. 정신이 아니라 육체를 통해서만 우리는 서로 평등하기 때문이죠. 그리고 **방법**의 인간상이 역사의 다른 어떤 인간상보다 우월하다고 확신해요."

미아는 크라머가 말하는 중 연설가 자세를 취하는 것을 주의 깊게 관찰한다. 그는 턱을 가슴 위로 끌어당기고 눈썹을 올렸다 내렸다 하며 오른팔을 마음대로 놀리기 위해 몸의 무게 중심을 옮긴다.

"역사책을 보세요."라며 그가 계속한다. "인간이 병을 사랑한다는 게 어떤 건지 볼 수 있을 겁니다. 오십 년 전만 해도 아이들이 찰과상 입은 무릎을 자랑스레 내보였죠. 성인들은 깁스한 다리에 서로 하트를 그려 줬고요. 누구나 코 알레르기나 허리 통증, 소화 문제 등등을 호소했고 원하는 건 항상 단 하나였어요. 공짜 관심이죠. 모든 우는소리가 진지하게 취급할 만한 대화 주제로 통했습니다. 병원에 가는 게 국민 스포츠가 됐습니다. 병은 사람들에게 존재 증명이 됐어요. 아픈 데가 없으면 스스로를 느끼지도 못하는 것처럼요! 수백 년 동안 사람들은 허약함을 숭배했고 심지어 한 세계 종교에서는 핵심으로 받들었어요. 병적으로 비쩍 마르고 머리엔 가시관을 둘렀으며 얼굴에는 피가 흘러내리는 어느 마조히스트상 앞에 사람들은 무릎을 꿇었어요. 병든 자들의 우쭐함, 병든 자들의 성스러움, 병든 자들의 자기애. 이것이 인간들을 안으로부터 파먹은 해악이었어요."

"삶이란." 하고 미아가 가볍게 말한다. "자기 힘의 최고점에서 시작해 그 지점부터 계속 하향하며 종말에 접근하게 되어 있어요. 희곡 작법으로 따지면 엄청난 결함이죠."

"동의해요. 그리고 그 결함이 숭배 대상이 아니라 바로잡을 대상이라고 인식하기 이전의 상태로 돌아갈 수 있는 사람은 없어요. 건강을 정상과 동의어로 보는 게 잘못이라 할 이성적 논거가 무엇이겠어요? 고장 없음, 결함 없음, 작동함. 그 외 다른 어떤 것도 이상에 유용하지 않아요."

"아주 좋아요, 크라머 씨." 미아는 고양이처럼 포근하게 미소 지으며 따뜻한 물을 홀짝홀짝 마신다. "손에 아무것도 없었다면 박수를 쳤을 거예요. 크라머 1은 빛나는 선동가예요. 하지만 크라머 2는 사실은 이 체제나 저 체제나 마찬가지라 믿죠. 맨 먼저 우리는 체제를 기독교라 불렀어요. 그다음엔 민주주의라 불렀죠. 오늘날엔 **방법**이라 부르고요. 체제는 항상 절대 진리고, 항상 순전히 좋기만 한 것이고, 항상 온 세계를 행복하게 만들겠다는 강박적 욕구죠. 모두가 종교예요. 무엇 때문에 당신 같은 무신론자가 항상 똑같은 오류의 한 변종을 적극 지지해야 하죠?"

"당신은 나를 꿰뚫어 보려고 애쓰느라 창밖으로 몸을 너무 많이 내밀었어요. 떨어지지 않게 조심하세요. 오늘은 기분이 좋으니까 솔직히 답하지요."

크라머는 연설가 자세를 포기하고는 이제 곧 개인적 고백을 하려는 사람처럼 무릎 위에 팔꿈치를 받치고 손바닥을 위로 향한다.

"난 자유정신 운운하는 후진적인 것, 그 구식 시민적 계몽주의의 잔재를 혐오해요. 지배와 권위에 맞서서 영웅 노릇을 해야 한다고 항상 생각하는 유아적인 빨치산들의 자만이 역겨워요. 저항하는 자들은 영향력을 행사하기 위해 필요한 권력을 손에 넣기엔 스스로가 너무 고상하거나 멍청하거나 게으르다고 생각해요. 그래서 온 세계를 신 포도라고 선언하고 그 옆에 자리 잡고는 반항하며 고함을 지르는 거죠. 당신은 수많은 예를 볼 수 있을 거예요. 자유를 위해 투쟁하는 자에게 그 증오하는 체제의 권력과 명망을 주면 그는 즉시 조용해지고 그때부턴 아주 충성스럽게 나름 뭔가 만든답시고 뚝딱거려요. 이게 인간에 대해 우리한테 뭘 가르쳐 주죠, 홀 씨? 인간들은 자기애를 충족하는 데 도움이 된다면 A를 B로 잘 바꿔치기한다는 거죠."

"저런." 미아는 더 깊게 미소 짓는다. "딱 개인의 색채로 대상을 물들이는 그런 일반화가 있죠."

"진보에 대한 열망은." 미아의 마지막 말을 못 들은 것으로 하고 크라머가 말한다. "한 사회의 자기 과대평가와 개인적인 권세욕의 혼합물이죠. 현존하는 것들에 만족하지 못한 결과 한 시대마다 적어도 수십만 어쩌면 수백만의 사망자가 생겨났어요. **방법**은 잘 작동해요. 다른 것으로 대체할 이유도 전혀 없어요."

"아직도 그렇게 주장한단 말이에요? 이 모든 일이 있고 나서도요?"

"자, 당신을 실제보다 더 하찮은 사람으로 생각하지 마세요. 당신 개인의 불행을 정치적 문제와 혼동하려는 건 아니겠죠? 어쩌다 여기저기 죄 없는 사람이 함께 고통받도록 하지 않는 소송을 대략이라도 제시할 수 있나요? 당신 동생 사건 이후에도 유효한 사실은, 어떤 다른 체제도 **방법**만큼 오류율이 적지는 않다는 거예요. 대체 뭘 위해 싸우려는 거죠, 미아 홀, 호전적인 눈길로 날 보면서요? 정치적 지상 낙원을 위해서요?"

"호전적인 눈길로 보는 게 아니에요."라고 미아가 말한다. "관심의 눈길이죠. 게다가 당신과 달리 합리화를 포기한 편한 처지죠. 난 이제 심장으로 생각할 수 있어요."

"귀여워요. 우리는 이제 감성이 아주 풍부한 암컷이 됐군요. 당신 변했어요, 미아. 기뻐해야 할지 유감으로 여겨야 할지 모르겠네요. 며칠 전만 해도 난 당신과 동질감 같은 걸 느꼈는데요."

"당신과 되도록이면 비슷하지 않은 게 내겐 영광이에요."

"좋으실 대로요. 그런데 새로 깨어난 당신의 심장은 무얼 생각하죠?"

"자유요."

크라머는 신음 소리를 내며 양쪽 옆머리에 집게손가락을 갖다 댄다.

"두통이에요."라고 그가 말한다.

"두통을 앓게 하다니 미안하군요." 하고 미아가 말한다. "하지만 불안해하지 마세요. 당신은 사상 검증에 합격했어요."

"사, 뭐라고요?"

"사상 검증." 미아는 두 팔을 위로 뻗고 기분 좋게 등을 쭉 편다. "결과를 듣고 싶으세요? 당신은 마지막 결정적 판단을 내리기에는 자신이 너무 영리하다는 걸 깨달았어요. 하지만 판단하지 않는 자는 지배할 수 없어요. 그래서 당신은 자부심과 자기애로 **방법**을 보존하는 일에 매달렸어요. 당신도 빨치산이에요, 크라머 씨. 보존하는 빨치산. 이로써 당신은 내게 절대적으로 믿음직한 적이 됐어요."

"앞으로 당신한테 적이 부족할 것 같진 않은데요."

"그럼 기뻐하세요. 다른 누가 아닌 **당신**이 여기 앉아 있으니. 이 상황을 자신이 대단하다는 그 생각에 잘 끼워 맞출 줄은 아시겠죠. 반면에 내게 당신은 오직 확성기로서만 필요해요. 종이와 연필을 쥐세요. 당신 안에 있는 신사가 내 말을 단어 하나도 절대 바꾸지 않고 그대로 인용하리라 단단히 믿고 시작하죠."

크라머는 웃음을 터뜨리더니 곧 다시 잠잠해진다. 입을 열고 뭔가 응수하려다가 다시 침묵한다. 몇 초 동안은 그가 곧 자제력을 잃을 것만 같다. 미아에게 던지는 시선에서 육체적 폭력을 가할 태세가 보인다. 이어서 이 말 없는 위협은 조소하는 찡그린 얼굴에서 사라지고 크라머는 고개를 떨군다.

"두 번째 범주인가요?"라고 미아가 공감하며 묻는다.

"두 번째 범주요."크라머가 확인해 주고 종이와 연필을 찾는다.

"정말 놀랐어."라고 이상적 애인이 말한다. "내 말을 정정해야겠어. 지금 이건 모리츠 마음에 아주 꼭 들었을 거야."

문제가 무엇인가

나는 인간들로 구성되었으면서도 인간적인 것에 대한 두려움 위에 세워진 사회에 대한 믿음을 철회한다. 나는 정신을 육체에 팔아넘긴 문명에 대한 믿음을 철회한다. 나는 내 살과 피가 아니라 정상 육체라는 집단적 환상을 구현해야 한다는 몸에 대한 믿음을 철회한다. 나는 스스로를 건강이라 정의하는 정상성에 대한 믿음을 철회한다. 나는 스스로를 정상성으로 정의하는 건강에 대한 믿음을 철회한다. 나는 순환 논리에 근거한 지배 체제에 대한 믿음을 철회한다. 나는 문제가 무엇인가는 말하지도 않은 채 자신이 궁극적 답이라고 하는 안전에 대한 믿음을 철회한다. 나는 실존적 문제에 대한 논의가 종결되었다고 규정하는 철학에 대한 믿음을 철회한다. 나는 선과 악의 역설과 정면 대결하기에는 너무 게을러서 '잘 작동한다' 혹은 '작동하지 않는다'에 집착하는 도덕에 대한 믿음을 철회한다. 나는 시민들을 완벽히 통제한 덕에 성공을 맛보는 법에 대한 믿음을 철회한다. 나는 구석구석 조사하는 일이 뭔가 감출 게 있는 사람에게만 해가 된다고 생각하는 민중에 대한 믿음을 철회한다. 나는 인간의 말보다 인간의 디엔에이를 믿는 **방법**에 대한 믿음을 철회한다. 보편적 복리는 자기 결정권을 감당할 수 없는 비용 요소로만 보기 때문에 나는 보편적 복리에 대한 믿음을 철회한다. 나는 개인의 복리가 최소 공통분모에 대한 변주에 불과한 한, 개인의 복리에 대한 믿음을 철회한다. 나는 오직 위험 없는 삶에 대한 약속에 의지해 인기를 모으는 정치에 대한 믿음을 철회한다. 나는 자유 의지가 없다고 주장하는 학문에 대한 믿음을 철회한다. 나는 스스로를 면역학적 최적화 과정의 산물로 여기는 사랑에 대한 믿음을 철회한다. 나는 나무 위에 지은 집을 '다칠 위험'이라 부르고 반려 동물을 '전염 위험'이라 부르는 부모들에 대한 믿음을 철회한다. 나는 무엇이 내게 좋은지 나 자신보다 더 잘 아는 국가에 대한 믿음을 철회한다. 나는 우리 세계의 입구에 붙은 "조심! 삶은 죽음에 이를 수 있다."라고 쓰인 팻말을 떼어 내 버린 천치들에 대한 믿음을 철회한다.

나는 스스로에 대한 믿음을 철회한다. 삶이 무얼 뜻하는지 내가 이해하기도 전에 동생이 죽어야 했기에.

신임 투표

종이와 연필을 챙겨 넣으며 크라머는 기분이 매우 좋다. 그는 미아가 공동의 일을 지원해 주어 감사하다고 말한다. 그녀가 수사학적 대량 살상 무기를 그의 손에 쥐여 주었으며 자기는 그 무기를 쓸 줄 안다는 것이다. 무슨 공동의 일 말이냐고 미아가 묻자 그는 의아한 표정을 짓는다. 운명이 그녀와 그를 공동의 임무로 묶은 걸 모르느냐는 것이다. 그 임무가 어떤 형태일지는 아직 확실히 말할 수 없지만 **공동의** 과제라는 사실만은 의심의 여지가 없다는 것이다. 역사 수업 시간에 '신임 투표'가 뭔지 배우지 않았느냐고 한다. 옛 시절에는 권력이 무너지기 시작할 때 행정부가 자기들을 표결로 해임하든지 아니면 힘을 합쳐 자기들 직위를 확인해 주든지 양자택일하라고 의회에 강제할 수 있었다. 권력을 유지하려는 자는 가끔 한 번씩 그 권력의 기반이 뭔지 기억해 내야 한다고 크라머는 말한다. **방법**이 일종의 신임 투표에 비추어 스스로를 평가할 순간이 아마 온 것 같다고. 아마도 미아와 그녀의 팸플릿

이 도움이 되고 올바른 출구를 마련해 줄 것 같다고. 여담이지만 그녀 집이 마음에 든다고, 이 집에서 그녀가 편안했다면 좋겠다고 말한다.

미아는 현관으로 크라머를 배웅하면서 생각한다. 왜 내 집에 대해 말하면서 과거형을 쓰지? 내가 첫째 범주나 둘째 범주 중 어느 쪽에 기여했다는 거지? 그리고 누구 관점에서 그걸 판단해야 할까? 크라머가 나가고 문이 닫히자 갑자기 그녀는 이렇든 저렇든 상관없다는 심정이 된다.

이제 그녀는 이상적 애인의 팔에 안겨 로젠트레터가 잊고 간 샴페인을 병째 마신다. 이상적 애인도 갑자기 과거형으로 말한다.

"한동안 난 너의 해안에 정박했어."라고 그녀가 말한다. "그에 대해 넌 기뻐해야 할 거야."

"나는 네가 아니라 네 모습과 친구가 됐어." 하고 미아가 말한다.

"그건 냉소야."

"정확한 말이지. 내가 널 모리츠처럼 사랑할 수 없었던 걸 용서해 줘. 네 존재를 믿는 게 항상 쉽지 않았어."

"이제 날 믿을 필요 없어."

"왜 가려는 거야?" 미아는 샴페인 병을 건네주고 이상적 애인의 이마를 가볍게 만진다. 이상적 애인은 말이 없다. 혼자만 들을 수 있는 어떤 음악에 귀를 기울이는 것처럼 쉴 새 없이 앞뒤로 발을 흔든다.

"내 임무는 완수됐어."라고 마침내 이상적 애인이 말한다. "모리츠의 마지막 바람은, 네가 그를 믿는 거였어. 무슨 일이 일어났는지 네가 이해하는 거였어. 네가 항상 올바르게 그를 생각하는 거였어."

"오래전에 그 애에게 말한 적 있어. '신들의 복수가 너에게 닥친다면 난 네 발밑에서 떠는 땅이 될 거야.'라고. 우리가 약속을 지키길 운명이 원하나 봐."

"그래도 너를 두고 떠나려니 마음이 무거워." 이상적 애인이 미아의 머리를 쓰다듬기 시작한다. "갑자기 네가 걱정돼."

"나한텐 아무 일도 일어나지 않아. 전문 용어로 난 이미 성녀야."

"성녀 이전에 순교자지."

"그러잖아도 난 늙도록 살고 싶은 적 없었어. 사람이 늙으면 먹을 것만 기다리지. 자, 그러지 말고!" 미아가 이상적 애인을 부른다. 그녀가 방금 손을 거둬들였기 때문이다. "농담이야."

"난 유머 감각이 없어. 진지하게는 말할 수 없을 정도로 멍청한 소리란 이 세상에 없어."

미아는 이상적 애인을 끌어당겨 입술에 키스한다. "세계가 하루에도 몇 번이나 마지막 파국을 피해 가는지 우린 전혀 몰라. 모리츠를 보거든 내가 사랑한다고 말해 줘. 아냐, 이렇게 말해 줘. 나무 위 집이란 사다리를 끌어 올려놓고 나면, 버찌 먹다가 배탈이 나고 머리카락에 새똥이 앉아도 다시는 내려가고 싶지 않은 곳이라고. 이 말 전해 줄 거니?"

"약속해."

미아는 숨을 들이쉬고 뭔가 말하려는 것 같다. 모든 걸 설명하는 긴 문장을. 하지만 그녀의 입술을 여는 건 하품일 뿐이다. 얼마 지나지 않아 그녀는 잠든다.

소파 쿠션

그녀는 방법안기부가 집 현관문을 부수는 소리에 잠을 깬다. 방법안기부는 최고로 훈련받은 전문가들을 거느리며, 이 사람들은 생각할 수 있는 모든 자물쇠를 몇 초 안에 아무 소리 안 내고 열 수 있다. 이들이 완력을 써서 문을 연다면, 그러고 싶기 때문이다. 세 남자가 집을 덮친다. 공격하면서 더 활기를 얻어 진격하는 작은 군대다. 소파 위에 누웠던 미아가 이제야 눈을 뜨고 공격자들을 멀뚱멀뚱 바라본다. 그녀 팔에는 이상적 애인 대신에 소파 쿠션이 안겨 있다.

그녀는 발로 첫 공격자의 복부를 가격한다. 두 번째 공격자에게는 손톱을 들어 얼굴을 찍었는데 집게손가락 손톱이 그 남자의 오른쪽 눈꺼풀 밑을 깊이 파고든다. 남자들 중 아무도 미아가 왜 자신이 아니라 소파 쿠션을 방어하는지 이해하지 못한다. 그것도 새끼를 보호하는 암사자같이 앞뒤 가리지 않고. 세 번째 남자가 그녀의 다리를 붙잡는 데 성공한다. 미아는 일어나서 그의 목을 피 맛이 나도록 꽉 문다. 그는 비명을 지르며 그녀 이마에 주먹을 날린다. 그녀는 뒤로 나가떨어진다. 멍하지만 아직 자기를 방어할 수 있다.

누구도 말하지 않는다. "폐를 끼쳐 죄송합니다." 같은 말도 "불쾌하셨다면 미안합니다." 같은 말도 없다. 여기서 벌어지는 일은 체포가 아니라 전쟁이다. 공격자가 노획물을 들고 가기 전에 되도록 많이 해를 입도록 하는 것만이 관심사인 전쟁.

"주거 침입이야! 강간이야!"

"더러운 장화를 신고 그냥 집 안으로 쳐들어오다니!"

"되잖은 소리. 얘들아, 보라고. 제복이야! 관리란 말이야."

건물 어디에서나 들리는 소란 때문에 이웃 여자들이 목욕 가운을 걸친 채 계단을 올라와 미아 집의 열린 문으로 모여든다. 안에서는 방법안기부원 하나가 코피를 흘리며 휘청거린다. 주사기를 빼 들고 서서는 동료들이 날뛰는 여자를 마침내 제압하기를 기다린다.

"저 사람들이 미아를 데려가네!"

"뭔가 착오가 있을 거야."

"미아는 영웅이야. 어느 신문에서나!"

"미아는 우리 건물의 꽃이야."

방법안기부원은 눈이 부어 제대로 보기 어려운데도 적절한 순간을 기다린다. 주사기가 아래로 향하며 미아의 위팔을 찌르고는 거기에 머문다.

"안 돼!"

"하지만 저 사람들은 관리야, 드리스."

"이럴 땐 끼어들지 않는 거야, 드리스."

"여기 있어, 드리스!"

미아의 몸이 축 늘어지고 나서야 비로소 제복 입은 자들은 그녀에게서 소파 쿠션을 빼앗을 수 있다. 코피를 흘리는 방법안기부원은 주사기를 내던지고 쿠션을 한 번 밟는다. 가냘픈 드리스가 그를 향해 몸을 던지자 그는 한 손으로 그녀를 옆으로 밀어 버린다. 드리스는 문틀에 부딪히고는 문지방에 주저앉는다. 제복 입은 자들은 그녀를 타 넘으며 집 밖으로 미아를 끌고 간다.

자유의 여신상

"꼭 폭탄 같았어!" 하고 로젠트레터가 말한다.

"거울 있어?"

로젠트레터는 서류 가방을 뒤적이더니 작은 손거울을 꺼낸다. 미아는 자기 모습을 보기 위해 플렉시 유리판에 아주 가까이 다가간다. 그녀는 다시 흰 종이옷을 입었다. 이마에는 커다란 핏자국이 있다. 아랫입술은 부어오르고 한쪽 눈은 붉게 충혈되었다. 거울 속에서 그녀는 자기가 아는 어떤 사람의 눈빛을 본다. 그녀의 눈빛이 아니다. 그렇다면 모리츠의 눈빛이겠다.

"좋군." 하고 미아가 말한다. "종이옷, 격리 감금, 얻어터진 얼굴. 아마 내가 모리츠한테 이보다 더 가까워질 수는 없을걸."

로젠트레터는 재빨리 거울을 치운다.

"네 성명서는 폭탄처럼 떨어졌어. 그래서 저들이 널 끌고 온 거야. 취약하다는 표시지. 저들은 두려워해."

"고소장에선 뭐래?"

"고소장은 없어, 미아. 체포 영장에는 자살 위험이라고 쓰여 있어."

"그치들이 유머가 있군." 하고 미아가 말한다. "안전 기관들이 무엇보다 무서워하는 건 삶을 청산한 사람들이지. 통제가 불가능하거든. 자살 테러범이 되니까."

로젠트레터가 헛기침을 한다. 한눈에도 마음이 편치 않아 보인다.

"최고 방법 재판소에 소원장을 제출했어."라고 그가 말하고는 자기 머리칼을 잡아당긴다. "성명서는 대성공이었어. 하지만 지금부터는 정말 조심해야 해."

"내가 해낸 일들을 얘기해 줘."

로젠트레터는 생기가 돌아 서류 가방에서 신문을 한 무더기 가져온다. 맨 위 신문 1면이 보이게 유리에 댄다.

"여기. 수만 명이 미아 홀의 석방을 위해 시위하다." 그는 신문을 옆에 내려놓는다. "사람들이 밖에서 플래카드를 들고 구호를 합창해. 이 나라에서 수십 년 동안 볼 수 없었던 광경이야. 정말이지 네가 들을 수 있으면 좋을 텐데."

"들을 **수** 있어."라고 미아가 말한다.

"그리고 여기. 홀 씨는 불과 유황 비를 내리게 한다.[09] 신문사 친구들이 늘 재치 있는 건 아니지. 아니면 여기. **방법**이 해명 압력을 받는다. 뷔르머란 사람이 쓴 거야. 그 사람은 방법 평의회가 기

---

09 성경 「창세기」 19장 24절에서 야훼가 소돔과 고모라에 불과 유황을 비처럼 내리게 한 것에 대한 비유.

본 원칙에 대해 토론해야 한다고 요구해. 그리고 **병날 권리**의 서명이 적힌 성명서가 있나 봐. 성명서를 쓴 사람들은 연대를 선언하면서, **방법**이 모리츠 홀 사건에 대해 공식적으로 책임을 지지 않으면 행동을 취하겠다고 위협해."

"병날권? 그자들에게 말해 줘, 난 그치들 필요 없다고. 무고한 사람들에 대한 공격은 나와 아무 관계도 없어."

"그런데 이미 네 손을 떠난 일 같아. 지금 너는 두 사람이야. 한 미아는 여기 안에 앉아서…… 입술에서 피가 나." 그가 집게손가락으로 조심스럽게 미아를 가리키자 그녀는 입을 훔친다. "다른 미아는 원하는 사람이면 누구든 자기들 깃발에 써넣어."

"크라머는 뭐라 그래?"

"지금까진 별말 없어. 오늘 저녁 텔레비전에 출연한대. 그는 타격이 커."

"거 잘됐네. 그 사람은 계산을 잘못했지."

"그럴수록 그는 위험해져."·

"그 반대야. 약해지지."

"정말이지, 미아. 간절히 부탁하는데, 그자랑 얘기하지 마."

"크라머 말고는 면회 오는 사람도 별로 없는데."

"넌 처음부터 누구 말을 들은 적이 없었지." 로젠트레터는 신문을 챙겨 넣고는 무릎 위에 서류 가방을 얹어 놓는다. 뭔가 붙잡고 끌어안을 것이 필요한 듯.

"내가 널 잘못 생각했어."

"어째서? 넌 전쟁터로 꼭두각시를 내보내고 뒤에서 줄을 당기다가 마지막엔 법률적으로 걱정하면서 놀라 자빠지려 했잖아.

바로 원하던 대로 됐잖아."

"내 성격의 약점들은 의문의 여지가 없어." 변호사는 미아의 시선을 받아 내려고 애쓴다. "그렇지만 지금은 사태가 좀…… 눈덩이처럼 절로 굴러가기 시작했어. 다음에 무슨 일이 벌어질지 난 예측할 수가 없어."

"내가 설명해 줄게. 그런 걸 통합적 인물의 출현이라 부르지. 모든 회의적인 사람들, 불만을 품은 사람들, 다르게 생각하는 사람들이 평생 동안 자기 혼자 그런 줄 알다가 갑자기 공통점을 발견하고 행복감을 느끼는 거야. 나는 그 행복감이 투영되는 영사막인 거지. 흰 영사막 위 이미지. 전신, 나체, 앞에서, 뒤에서. 살과 뼈로 만들어진 자유의 여신상."

미아가 일어서서 눈에 안 보이는 횃불을 들기라도 하듯 팔을 치켜들자 구석에 있는 안전 감시원이 위협적으로 턱을 올린다. 그러자 미아는 다시 자리에 앉는다.

"외로운 영혼들이 공통점이라는 유인 물질의 냄새를 맡으면 엄청난 힘이 생겨나지."

"내가 여기서 널 빼낼게." 로젠트레터가 눈을 깜박거린다. 최근 들어 눈이 마르는 경향이 있어서다. "오래 걸리진 않을 거야."

"난 두렵지 않아."라고 미아가 말한다. "만약 네가 날 꺼내지 않으면 다른 사람들이 할 거야."

건강한 인간 오성

"하인리히 크라머는 소년 시절부터 인간의 복리에 뜻을 두었습니다."

화면 밖 목소리는 뷔르머의 것이 아니다. 방송 프로그램 이름은 '모두가 생각하는 것'이지만. 토크 소파에는 한 사람만 앉아서 곁눈질도 하지 않고 카메라만 본다. 회색 양복을 입은 그 사람은 어찌나 조용하고 차분한지, 겉보기에 이렇게 완벽한 자에게도 땀구멍과 점막 그리고 소화 기관이 있을까 속으로 묻게 된다.

"최근의 정치적 혼란을 계기로 오늘 저녁 그가 건강한 인간 오성에 대해 이제껏 나온 것 중 가장 근본적인 설명으로 우리를 놀라게 합니다. 하인리히 크라머."

스튜디오 게스트는 들어가는 말을 생략한다. 대신 몇 초 동안 말없이 카메라 너머 바깥세상 어디에서 대화 상대를 찾는 것 같은 눈길을 보낸다. 그는 단지 심미적 이유로 메모지를 손에 들고 있다. 말할 내용은 그의 두피 아래에 있는 모니터에서 읽을 수 있다.

하인리히 크라머는 전부 외운다. 그는 일평생 똑같은 생각에 항상 새로운 말로 옷을 입히는 일만 했다. 그의 이해력이 제한되어서가 아니라 지상에 존재하는 의미 있는 생각들이 제한되어서다. 옳은 것을 끊임없이 반복하는 일, 한 사람이 조국을 위해 할 수 있는 가장 큰 무혈 봉사다.

크라머는 말하는 이십 분 동안 흔들림 없이 카메라를 바라본다. 그의 진지한 표정은 오늘 저녁의 출연이 의미 깊다는 것을 보여 준다. 지금 화면 앞에서 몸을 일으켜 감히 시내를 좀 거닐어 보려는 사람이 있다면 반세기 전 월드컵 축구 결승전 때처럼 거리가 텅 빈 것을 보리라. 그러나 어느 누구도 크라머의 입장 표명을 놓칠 생각이 없기 때문에 바깥의 인적 없는 풍경은 봐 주는 사람도 없다. 온 나라가 그의 입술에 매달린 동안, 크라머는 국가를 지탱하는 생각들을 몇몇 테제로 요약하며 항상 앞 테제에서 필연적으로 다음 테제가 나오게끔 말한다. 사람들은 통상적인 말들을 들어 넘기며 조급한 마음을 누르고 기다린다. 좋은 삶에서 중요한 문제란 청결과 안전밖에 없다는 것. 불결은 개개인을 혼탁하게 하며 위험은 사회를 혼탁하게 한다는 것. 질병은 확신과 통제가 없어 생긴 결과로 봐야 한다는 것.

스릴 있는 것은 결론이다. 크라머는 바이러스에 대해 말하는데, 바이러스는 스스로를 위해 불결과 위험을 이용할 줄 알며 개인도 사회도 공격한다는 것이다. 그는 오늘날 가장 위험한 바이러스가 핵산이 아니라 위험한 생각으로 이루어진다고 말한다. 그러고는 말을 멈춘다. 시청자들이 땀을 흘리도록 오래.

나라의 면역 체계로서 **방법**은, 하고 마침내 그가 계속한다. 현재 창궐하는 바이러스의 정체를 이미 확인했다고. 그 바이러스는 절멸될 것이라고. 그 누구도 강한 육체의 자기 치유력에서 벗어날 수 없다고. 상태, 좋은 저녁 보내십시오, 신사 숙녀 여러분.

말이 끝나자마자 소파는 비었고 크라머는 사라졌다. 온 나라가 안다. 그가 선전 포고를 실천하기 위해 밖으로 나갔다는 것을. 그가 한 말의 의미를 이해하지 못한 사람은 아무도 없다. 그의 말은 미아 홀에게는 종말의 시작을 뜻한다.

냄새가 없고 투명한

　　미아의 감방은 좁다. 가구가 없어 이 정사각형 방이 줄어들기라도 한 듯. 있지 않은 책상에는 의자도 없다. 창문 밑에는 침대 없이 빈자리만 훤하고 없는 선반을 반쯤 가리는 옷장도 없다. 나머지 공간은 철저한 청결함이 차지했다.

　　이 감방에서 나흘을 지내고 났을 때 이미 미아는 누구에게라도 면회를 허락했을 상태가 됐다. 가구조차 피하는 곳에서 존재하기라는 과제를 위해 그녀에게는 지원이 필요하다. 크라머는 거기에 완벽히 들어맞는다. 그가 들어서는 방은 비지 않았다. 그는 가구에 대한 기억을 함께 가지고 온다. 어쩌면 그가 가구다. 우아하고 기능적인 가구. 미아는 그가 와 기뻐하는 모습을 들키지 않으려고 온갖 노력을 기울인다.

　　"당신과 당신의 테제들은." 하고 그녀가 인사로 말한다. "증류수처럼 냄새가 없고 투명하더군요."

　　"내 출연이 마음에 들었다니 반갑군요. 여담이지만 당신이 그

방송을 볼 수 있었던 건 내 덕이죠."

"당신의 생색내는 어조는 당신 성명이 내 것만큼 성공적이지 않다는 걸 드러내죠."

"그래서 내가 여기 온 거죠. 우리 둘은 오늘 옳은 방향으로 꽤 나아갈 거예요."

"우리 둘이요?" 미아는 웃지 않을 수 없다.

"안 될 게 뭐죠? 당신은 날 들여놓았어요, 미아 홀. 당신은 나와 얘기하길 거부하지 않아요. 우리의 선언이 서로 맞선 모양새가 꽤나 의미심장하지 않나요? 두 전사가 검을 꽂은 무기를 들고 투구 면갑[10]을 내리고 말이죠. 오성 대 감성. 나의 정확한 논리와 당신의 뒤집힌 감정들. 거의 이렇게 말해도 되겠죠. 남성적 원리 대 여성적 원리."

"당신의 정신적 능력을 모욕하는 원시적 비유군요. 그리고 나는 투구 면갑을 내린 게 아니라 이제 겨우 올려 열었어요. 또 내가 알기로는 밖에 있는 저 사람들은 당신 명예가 아니라 나의 명예를 위해 외치죠."

"분명해요. 소리만 지르는 게 아니라 공격을 선포하죠. 병날권이 무고한 사람들에게 폭력을 써서 미아 홀의 관심사를 지원할 각오라는 걸 알고 있었나요?"

"이렇게 날 손에 넣지는 못해요, 하인리히 크라머. 문 앞에서 시위하는 사람들은 테러리스트들이 아니라 바로 무고한 사람들이에요. 병날권과 나는 아무 관련 없어요."

---

10 얼굴을 보호하기 위해 투구 앞에 달아 놓은 것. 밀어 올려 열 수 있다.

"암살이 일어난다면 당신이 책임져야 할 거예요."

미아가 또 웃는다. "도덕의 창끝을 그리 쉽게 돌려놓을 순 없죠. 창끝은 당신을 가리켜요. 날 똑바로 쳐다보세요!"

"기꺼이. 부은 입술이 잘 어울리네요."

벽에 기댄 미아가 두 팔을 넓게 벌리자 순백의 옷을 입고 십자가에 못 박힌 천사 같다.

"**당신** 옷은 비싼 천으로 만든 거예요."라고 그녀가 말한다. "내 옷은 종이로 만든 거죠. 나는 스스로를 고소한 적 없어요. 내가 날 이 감방에 가둔 게 아녜요. 난 개인적 고백을 했을 뿐이에요. 그걸 **당신**이 공개적으로 알린 거고요. 당신에겐 최고위층 친구들이 있죠. 내 변호사는 유리판을 통해서만 나와 이야기할 수 있지만 당신은 여기 그냥 걸어 들어올 수 있어요. 만약 지금 문제가 죄를 가르는 일이라면, 난 파리보다는 파리채의 죄가 더 크다고 말하겠어요."

"인간이란 항상 약한 걸 죄 없는 것과 같게 보는 경향이 있다니 재미있지 않아요? 기독교적 사고의 잔재가 드러나는 거죠. 다윗과 골리앗이 싸우면 하층민들은 다윗을 응원하죠. 열세가 도덕적 장점이기라도 한 듯이요."

"골리앗이 예의가 있었다면 앉을 의자나 뭐 마실 거라도 마련해 줬을 거예요. 우리가 문명인답게 대화를 나눌 수 있게요. 게다가 난 배가 고파요. 먹을 걸 하나도 안 줌으로써 내 신념에 영향을 끼치는 거죠."

"뭐라고요?"

크라머가 어리둥절해 주위를 둘러본다. 방에 가구가 하나도 없다는 것이 이제야 눈에 띄는 모양이다. 그는 벽에서 튕긴 듯 문밖으로 나간다. 미아는 눈을 감고 즐기는 듯 복도에서 들려오는 목소리에 귀 기울인다. 그중 한 목소리는 선명히 들리진 않지만 악마처럼 날카롭다. 이어서 금방 크라머가 접이의자 두 개를 등 뒤로 끌며 들어온다.

"이 야만인들 대신 사과할게요. 여기가 내 가게 같았으면 직원들 반쯤은 오늘로 해고했을 거예요."

"놔두세요. 자기들 할 일을 하는 건데요."

"아이러니는 정신적으로 건강하다는 걸 보여 주는 신호죠. 이 모든 일을 겪고도 상태가 좋으니 기쁘군요. 자, 자리에 앉으시죠."

그는 미아에게 예의 바르게 자리를 마련해 주고는 적당히 거리를 두고 마주 앉는다. 미아는 앉은 채 다리를 뻗었다가 구부리더니 결국은 꼬고는 두 손은 의자 뒤로 돌려 마주 잡는다.

"여기선 앉는 법조차 새로 배워야 해요. 아침에 쓰는 빌린 칫솔은 입 속에서 낯설게 느껴지고 서서 오줌 누는 건 익숙지 않은 데다 종이옷을 갈아입는 일은 고도로 어려운 작업 같아요. 심지어 말도, 거의 쓰지 않다 보면 복잡한 동작으로 된 춤 같아요."

"썩 훌륭하게 춤추시네요."라고 크라머가 담담하게 말한다. "이제 몇 가지 질문을 드리고 싶어요."

"어서 시작하세요."

"최근에 당신 변호사에게 이제껏 동생을 그처럼 가깝게 느껴본 적이 없다고 말하셨어요."

"아!" 미아는 놀라서 눈썹을 치킨다. "내가 변호사랑 얘기하는 게 도청되나요?"

"어쩔 수 없는 안전 조치죠. 방법의 적들에게는 계엄령 시 법이 적용돼요."

"나는 방법의 적이어서가 아니라 자살 위험 때문에 여기 있는 거예요."

"그게 그거죠."

"당연하겠죠." 미아가 고개를 끄덕인다.

"동생이 당신에게 뭔가 남겼다고 할 수 있을까요?"

교도관이 김 나는 잔 둘과 튜브 몇 개를 쟁반에 받쳐 들고 문에 나타난다. 크라머가 다가가서 쟁반을 받아 들고 온다. 미아에게 손수 대접하기 위해서다.

"실례." 그는 미아의 무릎에 되도록 공손하게 튜브들을 올려놓는다. 김이 오르는 물은 바닥에 놓고 레몬을 넣는다. 미아의 습관대로 세 번 눌러 넣는다. 그의 움직임 하나하나를 미아는 탐욕스럽게 관찰한다. 그 의식이 몸의 허기보다 더 지독한 허기를 채워 주는 듯.

"물질적으로 모리츠가 내게 남겨 준 건 없어요. 만약 그 말씀이라면." 하고 마침내 미아가 말한다. "하지만 정신적으로는 물론 아주 많은 걸 남겼지요."

"그러니까 당신은 완전히 그의 뜻을 따라 여기 있다고 생각하시는군요?"

미아는 뜨거운 물을 맛보고 나서 잔을 내려놓고는 첫 튜브를 연다.

"일생 동안 모리츠는 자기 견해에 따르도록 나를 설득하려고 애썼어요."

"그럼 이제 그가 성공했군요."

"네, 어느 정도는요. 한참 늦었다고 할 수 있겠죠."

미아가 튜브를 열고, 그녀의 자제력은 한계에 달한다. 그녀가 내용물을 한꺼번에 입에 짜 넣는 모습을 크라머는 동정하며 지켜본다.

"그래서 당신은 그가 죽은 후 자꾸만 강가로 갔군요. 그와 가까이 있으려고."

"유치원 때부터 우리는 거기서 만났어요."라고 미아가 입이 가득 찬 채 말한다. "우리의 대성당이었죠. 그 애는 그렇게 부르곤 했어요."

"감동적이군요." 크라머는 미아가 두 번째 튜브를 내밀자 손으로 거절하는 시늉을 한다. "거기서 다른 사람을 만난 적도 있나요?"

"아무도 안 만났어요."

"아주 좋아요. 그럴 거라 생각했어요. 마지막으로 물을게요. 오늘날 관점에서 봤을 때 모리츠는 일종의 순교자예요. 그렇게 생각하지 않나요?"

"글쎄요, 경우에 따라 다르죠."라고 미아가 말한다.

"뭐라고요?" 크라머가 몸을 앞으로 굽힌다. "말씀을 정확히 못 들었어요. 좀 더 크게 말해 주시겠어요?"

"실제로 전복이 일어난다면." 하고 미아가 큰 소리로 말한다. "모리츠는 역사책에 순교자로 등장하겠지요. 좀 희한한 상상이긴 하지만요."

"멋져요." 크라머가 안주머니에서 녹음기를 꺼내 끈다. 그러고 나서는 다시 의자 등받이에 상체를 편히 기대며 두 팔을 쭉 뻗더니 소맷부리를 매만진다. "이만하면 필요한 건 거의 다 확보됐어요. 이제 서명만 좀 해 주시면 고맙겠군요."

"어디에요?" 미아는 묻고는 씹는 도중에 멈춘다.

"당신의 자백에요. 아시다시피 **방법**은 최근에 자백이 없어서 좋지 않은 일들을 겪었어요."

"지금 무슨 말씀 하시는 거예요?"

"말씀드렸잖아요, 우리가 함께 일한다고요. 당신 처지에서는 단연 이게 일어날 수 있는 가장 좋은 일이에요."

"이렇게는 안 돼요, 크라머 씨! 규칙을 정하는 건 지금도 여전히 나라고요!"

"흥분하지 마세요. 지금까지 일어난 일을 그냥 다시 한번 요약하죠. 그러면 아실 거예요." 그는 뜨거운 물을 한 모금 마시고 생각에 잠겨 찻잔을 한 번 본다. 그러고는 라디오 현장 보고를 하는 어조로 말한다. "방법안기부는 모리츠 홀을 **달팽이들**이라는 이름으로 활동하는 저항 조직의 지도자로 확인했습니다. 이들은 시의 동남쪽 강변에서 규칙적으로 만났습니다. 암호로는 **대성당**이라고 부르는 곳이었습니다. 달팽이들의 조직원 중에는 발터 하네만이라는 자도 있었습니다. 모리츠 홀이 자신의 골수 기증자로, 따라서 생명의 은인으로 아는 자였습니다."

미아는 폭소를 터뜨리려는 듯 얼굴을 찡그린다. "이제 당신이 드디어 미쳤군요!"

"아시나요?" 라고 크라머가 묻는다. "하네만이 비극적이게도 그사이 자살했다는 걸요?"

"뭐라고요? 당신이 그 사람도 죽게 만들었나요?"

"내가 아니에요. 당신이죠."

크라머는 쪽지를 하나 꺼내더니 답답할 만큼 느릿느릿 펼친다. 그러고는 읽기 좋은 거리를 찾느라 지나치리만큼 애쓴다.

"잘 들어 보세요, 시작할게요. '그 계획은 나 미아 홀이 동생과 함께 짰습니다. 계획은 간단하고도 기발했습니다. 하네만이 지빌레를 살해했습니다. 우리가 예견했듯 디엔에이 검사를 근거로 동생이 범죄자로 몰렸습니다. 모리츠는 **방법**과의 투쟁에서 순교자가 된다는 생각에 사로잡혔습니다. 사실 자살을 개인적 자유의 보장으로 보는 것 자체가 **달팽이들**의 이데올로기 중 일부분입니다. 유죄 선고 후 모리츠는 교도소에서 자살했습니다. 내가 그 일을 도왔습니다.'" 크라머는 고개를 들고 미아에게 미소를 보낸다. "비디오로 녹화한 게 있어요. 아시잖아요, 낚싯줄."

그는 뭔가 길고 가는 것을 좁은 구멍 속으로 넣는 듯 허공에서 손짓한다. 미아가 벌떡 일어서려고 하자 그가 사제처럼 손을 들어 그녀를 자리에 앉힌다.

"잠시만요, 곧 끝나요. '이렇게 우리는 **방법**을 뿌리째 뒤흔들 법정 스캔들을 일으켰습니다. 모리츠가 죽은 다음에 내가 **달팽이들**의 우두머리 자리를 넘겨받았습니다. 그의 유언을 따른 겁니다. 서로를 보호하기 위해 나는 예나 지금이나 조직원 대부분을 모릅니다. **대성당**에서 나는 **아무도 안**이라는 가명을 쓰는 연락책을 만납니다.'" 크라머가 말을 멈춘다. "기억하세요? 당신은 방금 내게 그 사람에 대해 직접 얘기했어요. **아무도 안** 뒤에는 내 동료인 젊은 친구 하나가 숨어 있죠. 「모두가 생각하는 것」의 뷔르머 씨요. 유감이에요, 대단히 유감이에요."

이제 미아가 일어선다. 미아가 크라머를 덮치려 하자 그는 벌떡 일어나 공중에서 그녀의 두 주먹을 붙잡는다. 몇 초 동안 그들은 선 채로 말없이 몸싸움한다. 그러다 미아가 포기하고 크라머 쪽으로 그대로 쓰러진다. 사랑하는 두 사람이 껴안는 모양 같다.

"이따금 느껴요. 타인의 체취는 멋진 거라고." 하고 미아가 나지막이 말한다.

"당신은 착한 아이예요." 그가 그녀의 정수리를 쓰다듬는다. "용감한 아이. 외로운 아이."

순간 그녀가 그를 떨쳐 내고는 흥분한 손길로 종이옷 여기저기를 잡아당겨 펴고 머리칼을 가지런하게 한다. "그따위로는 절대로 안 될걸요."

크라머는 고개를 갸우뚱하며 바지 주머니에서 작은 비닐봉지를 꺼내 오른손에 씌운다.

"모르겠군요."라고 그가 말한다. "어째서 모리츠가 하필이면 자기 골수 기증자에게 희생된 여자와 소개팅을 했는지 의문을 품으신 적 없어요?"

"끔찍한 우연도 있어요."

"자연 과학자에게도요?"

"그 일 이면에 아무 계획도 없다는 거, 당신도 정확히 알잖아요!"

"왜 없겠어요? 천재적인 계획이겠죠. 안 그래요? 엄청 설득력 있죠." 크라머는 웃음을 지으며 음식 튜브들을 모으기 시작한다. 직접 만지지 않으려고 몹시 주의한다. "의심이라는 독이 작용하도록 두세요, 미아. 그럼 당신에겐 남는 시간에 생각해 볼 거리가 있어요."

"당신들은 야수야! 냉혈 살인자! 저 밖에 있는 사람들이 이걸 듣게 될 거야!" 미아는 교도소 출입문이 있다고 짐작하는 방향을 가리킨다. "그러면 그들이 이놈의 범죄자 소굴을 부숴서 당신들 머리 위로 무너져 내리게 할 거라고!"

"저 밖의 사람들은." 하고 크라머는 살며시 다른 방향을 가리킨다. "항상 그때그때 믿고 싶은 걸 믿지요. 그러니까 서명 안 하실 거란 말씀이죠, 홀 씨?"

"당신이 이것보다는 나은 사람인 줄 알았어요, 크라머 씨. 그런 뻔뻔한 거짓말보다는 좀 더 정교한 걸 기대했네요. 나를 그따위 졸렬한 수작에 동원하려고 하는 건 모욕이에요. 당신은 정말 털끝만큼도 양심이 없는 거예요?"

크라머는 튜브를 담은 비닐봉지를 주머니에 넣었다. 그러고는 미아에게 몸을 돌려 조소라든가 승리감의 기미라고는 찾아볼 수 없는 호의 어린 표정을 짓는다.

"간단히 명예심이라든지 부끄러움을 아는 것이라고 해 보죠. 얼마 전 당신은 주장하셨죠. 내가 근본적으로는 이 정치 체제나 다른 체제나 상관하지 않는다고요. 그 말이 맞다 치죠. 더 나아가 우리가 이 점에서는 의견이 일치한다고 가정해 보죠. 세상 어떤 체제에서도 불만인 얼굴은 한가득이고 웃는 얼굴은 얼마 없어요. 우리 체제에서는 그래도 웃는 얼굴이 상대적으로 많아요. 그만하면 충분하다 여겨야겠지요, 미아 홀."

"그럼 그 웃음을 위해 모리츠가 죽어야 했나요?" 하고 미아가 다문 이 사이로 말한다. "그리고 하네만도요? 그다음엔 또 다른 사람이 몇 명 더?"

크라머는 그녀의 이의 제기를 무시한다. "분석적으로 사고할
능력이 있는 사람은 진공에서 살든가, 아니면 결정을 내려야 해
요. 당신은 그 길을 택한 지 며칠 안 됐어요. 그래서 그 결정이 어
떤 결과를 가져오는지 아직 모르죠. 그 결과가 당신을 꽉 붙잡고
놓아주지 않을 거예요, 미아. 그때 기회주의자로 타락하지 않으려
면 필요한 게 하나 있어요. 바로 명예심이죠. 그게 나를 내 쪽에 묶
어 둘 거고 또 당신을 당신 쪽에 묶어 놓을 거예요."

"지금 내가 왜 당신의 거짓 이야기에 서명하지 **말아야** 하는지
이유를 대는 건가요?"

"그럴 수도 있죠, 친애하는 미아."라고 크라머가 세련된 미소
를 띠며 말한다.

"하지만 또 와서 다시금 서명을 부탁할 거예요. 상테."

뷔르머

후트슈나이더 판사는 예순 살 남성으로 덥수룩한 수염이 있고 직장 생활을 이미 거의 다 마쳤다. 자녀들은 각기 4개 국어를 한다. 아들은 파리에, 딸은 뉴욕에 산다. 주말이면 도시 사이를 운행하는 비행기를 타고 손자 손녀를 보러 가고, 부인은 손주들 사진을 펜던트에 넣어 목에 걸고 다닌다. 펜던트 바깥 면은 후트슈나이더 가문의 문장으로 장식됐는데 그 문장은 후트슈나이더가의 현관문 앞 매트에도 꼭 같이 그려져 있다. 후트슈나이더 부부는 "후트슈나이더가에 오신 걸 환영합니다."라는 인사말로 모든 방문객을 맞는다. 난방 기사에게도. 후트슈나이더는 자신이 모든 일을 옳게 했다는 것을 안다. 매트와 펜던트, 파리와 뉴욕이 강력한 증거다. 그는 평온하게 산다. 그런 그의 삶에서 분명코 필요 없는 것이 하나 있으니, 바로 미아 홀 사건이다.

조피가 편견을 이유로 소송에서 퇴출되어 지방 행정 법원으로 전임된 후 연로한 후트슈나이더가 배심 재판소 재판장으로 임명되었다. 그는 이와 연계된 연금액 상승쯤은 분명 기꺼이 포기했을 것이다. 미아 홀은 피고가 아니라 재깍거리는 시한폭탄이다. 판사는 몰려든 기자들을 날마다 집 앞 매트에서 쫓아내야 했다. 후트슈나이더가에 오신 걸 환영한다고 인사도 못 하고. 근무처에는 뒷문으로 출근했다. 그사이 정문에 모이는 사람들의 수가 훨씬 줄어들기는 했다지만. 그의 사무실에는 방법안기부 직원들이 수시로 드나든다.

후트슈나이더는 자녀들이 멀리 떨어져 사는 것을 지금처럼 다행스레 여긴 적이 없다. 귀에 수신기를 꽂은 안전 감시원 두 명이 걸음마다 따라붙는다 해도 인간이란 다치기 쉬운 존재니까. 인간은 마시고, 숨 쉬고, 물건을 만지고, 입에다 음식을 넣는다. 미아 홀의 지도 아래 **달팽이들이** 대대적인 독극물 공격을 계획 중이라는 소문이 며칠 전부터 돈다. 이런 상황에서 후트슈나이더는 영웅 노릇을 할 생각이 전혀 없다. 한 번의 잘못된 움직임으로 가족도, 평화로운 노후도 위태롭게 할 생각은 없다. 누가 그에게 묻는다면 즉각 대답할 것이다. 미아 같은 테러리스트에게 대적할 자신이 없다고. 그는 이렇게 까다롭고 위험한 일에서는 그 방면으로 훈련받은 사람들의 충고를 믿기로 결심했다.

이 전문가들이 어떤 경우에도 이 일에 감정적으로 말려들지 말라고 누누이 경고했지만 안전을 위해 플렉시 유리로 분리된 채 앞에 앉은 미아 홀의 모습을 보니 후트슈나이더는 마음이 짠하다. 가냘픈 몸매에다 푹 꺼진 뺨, 그 위에는 여윈 탓에 부자연스레 커진 열은 색 눈. 그녀는 도무지 집단 살인자같이 보이지 않는다. 후트슈나이더는 스스로에게 말한다. 똑똑한 조피도 이 여자에게 걸

려들었다고. 누구도 타인의 영혼 밑바닥을 들여다볼 수는 없다. 아무리 인간의 본성을 사랑한다 하더라도, 그건 그대로 좋은 일이다.

후트슈나이더는 필요도 없는 법령집을 가져와서 작은 책상 위에 바리케이드처럼 쌓아 두었다.

"홀 씨."라고 그가 말한다. "머리를 귀 뒤로 넘기고 고개를 들어 나를 보세요. 고맙습니다. 이제 좋습니다."

미아는 그 말에 따르며 등받이 없는 의자에서 허리를 꼿꼿이 세우고는 견디기 힘들 만치 뚫어져라 판사의 얼굴을 쳐다본다. 그녀의 시선에는 아이 같은 분노와 절망 속에서도 비치는 희망 그리고 적나라한 경악이 한데 섞였다. 평생 처음으로 후트슈나이더는 검은 선글라스를 끼고 싶다.

"주요 증인 들어오시면 됩니다."라고 그가 자그만 책상 마이크에 대고 말한다.

거의 동시에 문이 열리며 안전 감시원 두 명이 수갑 찬 남자 한 명을 데리고 들어온다. 그도 미아처럼 흰 종이옷을 입었다. 얼굴 반쯤은 마스크로 가려졌다. 후트슈나이더는 증인을 유리판 앞으로 데려오도록 안전 감시원들에게 손짓한다.

"아무도 안."이라고 그가 말한다. "이 여자를 알아보겠습니까?"

"미아 홀입니다." 주요 증인은 망설이지 않고 말한다. 그의 두 눈은 불안하게 실내를 두리번거린다. 그러나 그는 피고를 거의 쳐다보지도 않는다.

"세상에."라고 미아가 말하며 맞은편의 묶인 남자를 불쌍하다는 듯 바라본다. "이 사람들이 당신한테 대체 무슨 짓을 한 건가요?"

"첫째." 후트슈나이더가 녹음기에 대고 말한다. "피고가 주요 증인에게 즉시 우호적으로 접촉한다."

"크라머가 강하게 압력을 넣던가요?"라고 미아가 묻는다.

"이 사람은 모리츠 홀의 누나입니다." **아무도 안**은 쪽지를 보고 읽는 것 같은 어투로 말한다.

"당신은 뷔르머 씨 아닌가요, 기자요. 합법적인 국가란 어디 눌리는 데가 없는 한 사람들이 느끼지도 못하는 신발 같다, 이렇게 말씀하셨지요? 마음에 들었어요."

"둘째. 피고는 주요 증인의 신원을 안다. 피고는 증인과 견해를 같이한다."

"미아 홀은 모리츠 홀로부터 **달팽이들**의 지도권을 넘겨받았습니다."라고 뷔르머가 계속한다.

"그런 말 굳이 하지 않아도 돼요."라고 미아는 슬프게 말한다.

"접선책으로서 저는 **대성당**에서 이 사람을 여러 번 만났습니다."

"셋째. 주요 증인은 피고를 반방법적 단체의 우두머리로 확인한다."

아무도 안은 판사 쪽으로 몸을 돌린다.

"이게 다입니다." 하고 말한다.

"뷔르머 씨." 하고 미아가 말한다. "그 기사를 쓸 때 분명 집중적으로 내 생각을 했죠? **방법**의 송곳니에 물린 무고한 여자를요?"

"이제 가고 싶습니다." 하고 **아무도 안**이 말한다. "즉시."

"당신은 나랑 얘기하는 걸 상상했어요. 몇 년 동안 늘 생각으로만 토론하던 모든 것에 대해서요. 그런 얘기를 하면서 서로 눈을 바라보면 얼마나 좋을까 생각했어요.”

“넷째. 피고는 주요 증인을 사상이 같은 자로 취급한다.”

아무도 안은 쫓기듯 주위를 돌아보며 묶인 두 손으로 안전 감시원을 부르려 한다.

“전 진술을 마쳤습니다!” 하고 그가 소리친다.

“여기 내가 있어요, 뷔르머 씨! 이게 내 눈이에요. 내 목소리예요. 유리판에 좀 더 가까이 오면 내 냄새도 맡을 수 있어요!”

“다섯째.”라고 후트슈나이더가 말한다. “대질이 끝난다.”

“나는 당신이 실제로 생각하는 것을 대표해요!”라고 미아가 외친다. “나는 **모두가 생각하는 것을** 대표해요! 나는 **범죄의 증거**예요, 뷔르머 씨. 당신의 거짓말을 되풀이하면서 내 얼굴을 들여다보세요!”

“데려가십시오.”라고 후트슈나이더가 말한다.

아무도 안이 미아에게 얼른 눈길을 던지고, 안전 감시원들은 그를 잡아끌며 밖으로 간다. 판사는 자기 물건들을 되도록 빨리 챙기려 서두른다.

“이따금씩.” 하고 미아가 인용한다. “삶이 이토록 무의미한데, 그런데도 어떻게든 견뎌 내야 하니까 난 가끔 구리 대롱을 멋대로 용접해 버리고 싶어. 어쩌면 학 같은 모양이 나올 때까지. 아니면 **애벌레들**[11]로 만든 새 둥지처럼 그저 서로 뒤엉키게. 후트슈나이더 판사님, 우습지 않나요? 같이 웃으시죠!”

후트슈나이더가 가져온 책을 챙겨 넣고 서류 가방을 닫았을

---

11 독일어 ‘뷔르머(Würmer)’는 ‘애벌레들’을 뜻한다.

때에도 미아는 여전히 웃음을 그치지 않는다. 빠른 발걸음으로 법정을 떠나면서 그는 생각한다. 미아가 분명 자기를 비웃는다고.

세상 어떤 사랑도

그는 연기를 잘 못한다. 그가 그 사실을 안다는 걸 그녀가 알고, 그녀가 안다는 걸 그도 안다. 그것도 계속, 그리고 영원토록. 로젠트레터는 면회실에 들어서기도 전에 벌써 자기 속이 훤히 들여다보인다고 느낀다. 모리츠의 무죄가 증명된 이후로 미아의 눈빛이 이상해졌다. 온 세상이 유리로 만들어지기라도 한 듯 모든 걸 투시하는 것 같은 눈빛이다. 그 눈빛을 받으면 아프기 때문에 거기에 노출되고 싶지 않다. 특히 나쁜 소식을 전해야 할 때에는 더욱 그렇다. 그런데 로젠트레터의 머리와 손, 셔츠와 바지 주머니는 그저 나쁜 소식들로 넘쳐 난다. 그 스스로가 나쁜 소식이 돼버린 느낌이다. 문턱을 넘기 전 얼굴에 띄운 자신 있는 표정 때문에 뺨이 아플 지경이다. 당연히 미아는 벌써 왔다. 로젠트레터는 미아가 문을 지나오는 모습을 한 번도 본 기억이 없다. 그가 실내에 들어갈 때면 미아는 언제나 있어야 할 자리에 벌써 앉거나 서있다. 계획된 장면을 위해 누가 그녀를 거기에 배치해 놓은 것처럼. 어쩌면 그녀 등에 단추가 달렸거나 배 안에 구리 코일이 들었는지도 모른다. 며칠 전부터 그는 그녀를 미워하기 시작한 것을 느낀다. 그 감정이 부끄럽고, 그 감정이 자기에게 도움이 된다는 것도 부끄럽다. 상황이 더 간단해지는 것이다. 아무 이유 없는데도 마음속 깊은 곳으로부터 미아를 혐오하자 마음의 짐이 조금 덜어진다.

미아는 로젠트레터를 보면서 그가 플렉시 유리판 앞에 자리 잡을 때까지 꼼짝 않고 기다린다. 푹 들어간 그녀의 볼을 본 그는 사람들이 먹을 것을 너무 적게 주나 의문이 생긴다. 스스로에게 솔직해진다면 사실 전혀 알고 싶지도 않다. 무엇보다 기꺼이 이 일을 모조리 끝내 버리고 싶다. 홀 사건에서 그가 큰 승리를 거둔 후 일은 잘못된 방향으로 흐르고 있다. 미아의 잘못이다. 미아가 그의 충고를 따르지 않고 근본주의적 입장을 고집한 것이다. 희한하게도 크라머 같은 맹수에게 있는 대로 문을 활짝 열어 주다니! 로젠트레터의 눈에는 강박 관념이고 마조히즘이다. 정신 착란이라는 말은 아낀다 해도. 물론 그 일련의 일들에 시동을 건 것은 그였고 눈부신 성공으로 이끈 것도 그였다. 그러나 이어서 미아가 그에게서 주도권을 빼앗아 가서는 미친 계획을 좇는다. 이제 로젠트레터가 그녀를 위해 해 줄 수 있는 일이 별로 없다. 법률 용어로는 추월적 인과 관계라고 한다. 간단하게는 책임 능력의 문제다. 미아는 스스로 무슨 일을 일으키려 했고 그러므로 오직 그녀만이 결과에 대한 책임이 있다. 그녀의 변호인에게는 자책할 이유가 전혀 없는 것이다.

로젠트레터가 앞에 앉자 미아의 표정이 밝아진다. "안녕." 하고 그녀가 간단히 인사한다.

그를 보고 기뻐하는 것이 눈에 보인다. 그래서 로젠트레터는 그녀가 더 밉다. 속으로는 감정 상태가 혼란스러워 그렇다며 변명한다. 그는 모든 면에서 힘에 부친다고 느낀다. 이제 이어서 무얼 할지를 아는 것은 고사하고 어떻게 대화를 시작해야 할지조차 전혀 감이 안 잡힌다. 미아가 그를 도와준다.

"아주 간단해." 하고 그녀가 말할 때 로젠트레터는 그녀가 독심술을 쓰는 게 아닌가 속으로 걱정한다. "폐로 공기를 흡입하고 연구개와 성문을 긴장시켜서 그 위로 숨이 스쳐 지나게 하는 동시에 혀와 입술을 움직이면 돼. 다른 말로 하면, 얘기해 봐!"

그녀가 미소를 짓는다. 아마 농담을 했던 모양이다. 이제는 위로하듯 유리판에 손을 얹기까지 한다. 그 모습을 보자 로젠트레터는 절망에 휩싸이지만 드디어 힘을 끌어모아 말하기 시작한다.

"최고 방법 재판소는 너의, 그러니까 우리의 소원장을 각하했어." 그는 흠흠 목청을 가다듬는다. "받아들여질 가망이 없다는 이유로."

"그럼 난 여기 계속 들어앉아 있는 거야?"

"아마 그럴 거 같아. 예외 건 신청도 결국 거부당했어. 너에 대한 소송이 계속 진행될 거야."

"우리한테 진짜 놀라운 일은 아니지, 안 그래?"

"응."

"신문 가져왔어? 읽어 줘 봐."

"정말?"

"꼭 좀."

로젠트레터는 조금 얇은 일간 신문 뭉치를 꺼낸다. 되도록 가혹하지 않은 기사를 가져오려고 신경 썼다.

"미아 홀 사건에서 새로 밝혀진 사항들." 그가 읽는다. "보툴리누스균 발견이 새 빛을 비추다."

"보툴리누스균?" 하고 미아가 묻는다.

"나보고 읽어 달라며, 아니야?"

"그랬지! 그런데 그게 무슨 소리야?"

"내게 직접 얘기해 주는 편이 나을 거 같아." 로젠트레터는 신문을 옆에 내려놓고 손수건을 꺼내 손바닥을 닦는다. "네 집에서 배양된 박테리아가 발견됐어. 음식 튜브 몇 개에서."

"우리 집?" 미아는 잠깐 생각하더니 얼굴에 그림자가 진다.

"맙소사! 그래서 크라머에게 그 튜브들이 필요했구나."

"튜브 바깥쪽에는 네 지문들이 있었어. 안에는 보툴리누스균 50그램이 들었고."

"그 정도면 나라 절반을 절멸시키고도 남을 거야!"

"네 실험실의 누가 네가 보툴리누스균을 갖고 일했다고 진술했어."

"십 년 전 일이야. 신약 개발할 때였지."

"어쨌든 마찬가지야, 미아. 방법안기부가 네 데이터 장치를 모조리 스캔했어. 저장된 전화 통화, 네 집에서 도청한 것들, 전자 통신까지."

"그래서?"

"네 컴퓨터에는 식수 공급 계획 데이터가 있었어."

"난 감시원 건물에 살아. 나한텐 전기 공급과 하수도 계획도 있다고."

"보툴리누스균 중독이 일어나면 엄청난 재난일 거야."

"말도 안 되는 소린 거 알지?"

"그래."

"우리 어떡하지?"

"내가 가택 수색에 대항해 바로 소원을 냈어. 하지만 그자들이 손을 썼어. 모든 걸 완벽하게. 검사가 근거를 제시했고 판사의 조치가 있었어. 중립적인 증인이 발견된 증거물을 확인해 줬어. 폴 씨와 리치라고 여자 둘이."

"그 여자들이 좋아했겠네."

"방법안기부의 잘못을 증명하기는 어려워. 불가능에 가깝지."

미아는 혼자 천천히 고개를 끄덕인다. 마침내 뭔가에 귀 기울이듯 고개를 옆으로 갸우뚱한다.

"이젠 저 밖에서 사람들이 외치지 않아?"

"응." 하고 로젠트레터가 유감스러워하며 대답한다.

"밖엔 이제 아무도 없어."

"이상해. 내겐 아직도 소리가 들려."

"그건 그대로 좋은 일이야!" 로젠트레터는 자기가 앉은 플라스틱 의자의 팔걸이를 손바닥으로 탁 친다. "우린 포기하지 않아. 내가 최고 방법 재판소에 새 소원장을 제출할 거야. 그러고 방법 평의회에 청원서를 써서 우리 입장을 밝힐 거야. 그 외에도 내가 아는 신참 기자가 있는데……."

미아가 고개를 든다.

"내 사건을 포기하고 싶어?"

"내가 그런 말 했어?"라며 변호사가 항의한다. "어째서 그런 소릴 하는 거야?"

"그런다고 해도 난 너한테 털끝만치도 화내지 않을 거야. 그만두고 싶으면 차라리 바로 말해 줘."

한동안 그들은 각자 생각에 잠겨서 말이 없다. 곧 로젠트레터가 등을 펴더니 신문을 집어넣는다. 로젠트레터는 당연히 이 사건에서 손을 떼고 싶다. 미아를 두 번 다시 안 보면 제일 좋겠다. 하지만 바로 그녀가 그러자고 제안했기 때문에 그럴 수가 없다. 영웅에도, 범죄자에도 어울리지 않는 사람들이 있다고 로젠트레터는 생각한다. 그들은 항상 압도적 다수지. 그는 자기도 놀랄 만큼 결의에 찬 어조로 대답한다.

"아니."라고 그가 말한다. "우린 함께 이겨 나갈 거야."

"좋으실 대로."

미아는 그의 결심에 별로 기뻐하는 기색이 아니다. 이제 그녀가 변호를 받든지 안 받든지 상관하지 않는 것 아닌가 하고 로젠트레터는 이어서 생각한다. 어쩌면 미아는 자기 처지를 진작에, 그보다 더 잘 알았을지도 모른다. 어쩌면 자기 운명을 제 성격에 걸맞게, 담담하고 정확하게, 감상이라고는 없이 판단하는지도 모른다. 그렇다면 그녀는 논박이나 재판 전략, 방법 평의회에 청원하기 등이 문제가 아니라는 사실을 이제는 알 것이다. 심지어 보툴리누스균이 발견된 것도 중요하지 않다. 문제는 데이터에 남은 한 사람의 흔적은 개별 정보 수백만 개를 포함하며 그것들로 어떤 임의의 모자이크라도 만들어 낼 수 있다는 사실이다. **방법**이 미아 홀을 위험인물이라고 믿으면 위험인물로 보이는 것이니까. 로젠트레터가 약간 옆에서 보자 미아의 코는 날카롭게 앞으로 튀어나왔고 눈은 유난히 깊숙이 자리 잡았다. 그의 눈에도 벌써 위험 인물로 보인다. 미아가 두 손으로 머리칼을 쓰다듬어 뒤로 넘기며 그에게 미소를 보내기 전까지는.

"그런데 넌?" 하고 그녀가 담소하듯 묻는다. "넌 요즘 어떻게 지내?"

"음, 그게." 그 자신도 몇 주 전부터 물었던 것이다. 쉼 없이. 대답도 못 얻으며. "나…… 여자 친구랑 헤어졌어."

"무슨 말이야 그게?" 이 소식은 앞서 이야기한 어떤 것보다 더 미아를 흥분시킨다. "그 불난 데 찬물 같은 여자랑? 왜, 대체 뭣 때문에?"

"그러는 게 차라리 나았어. 우린 싸우기만 했어. 몇 주 동안. 너 때문에."

"하지만 그 여자가 설마 우리 사이를……."

"그건 아냐." 변호사는 쓴웃음을 짓는다. "그랬다면 차라리 작은 문제였을 거야. 그녀는 내가 네 사건 때문에 위험을 자초하는 걸 이해 못 했어. 내가 탐욕스레 성공에 집착한다고 비난했지. 그래서 결국 그녀에게 말해 줬어. 이 소송이 어떤 의미가 있는지. 단지 일생일대의 여인을 만났을 뿐인데 도망 다니는 흉악범 같은 기분으로 사는 건 더는 못 견디겠더라고. 내가 이정표를 세우고 싶었다고. 기회가 오자 스스로를 지켜야 했다고." 로젠트레터는 손으로 얼굴을 가린다. 그의 목소리는 공허하게 들린다. "그걸 알자 그녀는 폭발해 버렸어. 여린 사람인데. 전에는 한 번도 내게 그렇게 소리 지른 적 없었어. 그녀는 어떻게 우리 사랑이 국가 전체보다 더 중요하다고 생각할 수가 있느냐고, 세상 어떤 사랑도 테러리스트에 대한 변호를 정당화해 주진 못한다고 소리 질렀어."

"테러리스트?"

"그렇게 말해도 뇌둘 수밖에 없었어. 내가 그녀한테 사실 그대로 얘기해 줄 수도 없었다는 거 이해하겠어? 그녀를 지키기 위해서야. 그녀는 정상적으로 생활해. 정상적인 대부분의 사람들처럼 그녀도 신문에 쓰인 거 외에는 아무것도 안 믿어. 난 그녀의 세계를 파괴할 권리가 없어. 그녀까지 끌어들일 수는 없었어."

"엄청난 타격이구나."라고 미아가 말한다. "그렇게 되면 넌 여행의 이유와 목표를 동시에 잃어버린 거네. 무의미에 대한 지독한 은유야. 내가 네 처지가 아니라 다행이야."

로젠트레터는 두 손을 떨어뜨리고 붉어진 눈으로 미아를 쳐다본다.

"네 처지가 나보다 낫다고 생각해?"

"그야 물론이지. 난 어느 순간에라도 스스로에게 이렇게 말해 줄 수 있어. 모리츠가 원했을 거라고. 지금 이것도. 여기 저것도 모리츠가 원했을 거야. 내게 유리한 점은, 그 애가 반박할 수가 없다는 거야."

로젠트레터는 갑자기 일어서서 자기 물건을 챙겨 넣는다. 어떤 사람이든 고통을 견디는 데에는 한계가 있다. 미아의 마지막 말에서 그는 한계를 넘어 버렸다.

"미안해."라고 그가 말한다. "지금 가야겠어."

"유리판에 다가와 봐."라고 미아가 속삭인다.

둘은 양쪽에서 두 손을 유리판에 댄다.

"그거 가져왔어? 내가 여태껏 네게 한 부탁이라곤 그거 하나 뿐이야."

그는 재킷 주머니에 왼손을 넣어 뭔가를 손에 쥐고 유리판에 키스하는 척하면서 말이 들리게끔 뚫어 놓은 작은 구멍 하나에 그 것을 집어넣는다.

"고마워." 미아는 그 물건을 감싸며 주먹을 쥔다. 그것은 낚싯 줄이 아니라 긴 바늘이다.

중세

"반론을 제기할 거예요." 미아의 시선이 흥분해서 크라머의 두 눈 사이를 왔다 갔다 한다. "모든 걸 제대로 밝힐 거예요. 튜브에 든 보툴리누스균이라니! 가소로워서! 진공 상태에서는 박테리아균이 증식할 수 없다는 걸 알긴 알았나요? 당신 계획에서 몇몇 자연 과학적 세부 사항을 바로잡을 거예요. 당신은 다시 내 확성기가 되어야 해요. 종이와 연필을 줘세요."

"또다시 성명서를 내기엔 시기가 적절하지 않아요. 지금 상황은 아주 잘 흘러가요. 우리 둘은 한동안 아주 조용히 처신할 거예요. 그러는 동안 취미 혁명가들은 집으로 돌아가고 스스로 부끄러워하기 시작하겠죠."

"원한다면 가만히 계세요. 난 아니에요. 나를 지지하는 사람들에게 말할 거예요."

"유감이에요, 미아."

"종이와 연필을 줘시라고요!"

그녀는 단번에 그에게 달려들고 방법안기부원들에게 이미 한 번 그랬듯 손톱을 쳐든다. 폭력만큼 인간이 빨리 익숙해지는 것은 없다.

"난 아무것도 신경 안 써요."라고 그녀가 소리 지른다. "그래서 내가 위험한 거예요."

"뭣보다 스스로를 웃음거리로 만들지나 마세요."

크라머에게는 방어하려는 기색이 눈곱만치도 없다. 그가 움직이지 않자 미아의 공격은 힘없이 무너진다. 압도적으로 강한 공격에 대항해 할퀴고 발로 차며 방어하는 일은 쉬울 것이다. 그러나 바지 주머니에 두 손을 넣은 채 긴장을 풀고 벽에 기댄 남자를 공격하는 일은 숙달된 사람이나 할 수 있다.

"좋아요."라고 크라머가 말한다. 그에게서 좀체 듣기 힘든 말이다. 미아가 크라머를 조금 더 잘 알았다면 그 말을 듣고는 그가 한순간 그녀 때문에 혼비백산했음을 알아챘을 것이다. 미아 몸에서는 힘이 다 빠져나갔다.

"그럼 이제는 일 이야기로 넘어가고 싶군요." 그는 몇 초 동안 콤비 소매를 툭툭 털어 내고, 강의하는 사람처럼 미아 앞에서 이리저리 거닐기 시작한다. "우리는 최근에 자백과, 형사 법정에서의 자백의 역할에 대해 얘기했어요. 자백이 없다면 완벽하게 연결된 증거들이 필요하죠. 증인 진술, 지문, 녹음 기록 등등. 피고의 주관적 진실이, 말하자면 되도록 객관적인 진실로 대체되는 거지요."

"디엔에이 검사를 매우 즐겨 사용하죠."라고 미아가 속삭이듯 말하지만 크라머는 무시한다.

"당신 사건과 관련해서는 빈틈없는 일련의 증거들이 있는 모양이에요. 그럼에도 **방법**은 당신의 자백에 아주 관심이 많죠. 당신에게 폭넓은 특권을 줄 거예요."

"특권이라고요?" 이해할 수 없어 미아가 고개를 든다. 미아는 한참 동안 크라머의 눈을 바라보기만 하고도 협상 내용이 무언지 알게 된다. **방법**, 즉 인간 생명을 절대 가치로 삼는 체제에 기반한 국가는 사형을 선고할 수 없다. 그 대신 가사형이 있고, 이 경우 미래 어느 땐가 다른 정치적 상황에서 복권될 기회가 주어진다. 현명한 해결책이지만 당사자에게는 유쾌할 리가 없다. 모리츠가 잘 쓰던 말을 빌리자면, 죽는 자는 탈주한다. 냉동되는 자는 궁극적으로 체제에 귀속된다. 사냥 트로피로.

"당신들은 정말 극단까지 가는군요." 미아가 정적을 깬다. "그런데 내가 무슨 비난을 받는지조차 모르겠네요."

"아뇨, 당신은 알아요. 예전 같으면 이렇게 말했겠죠. 내란죄."

"지금은요?"

"방법안기부가 당신을 위해 개입했어요, 미아. 전문가들이 간곡히 권고한 결과, 벨 검사와 후트슈나이더 판사는 자백할 경우 정상 참작을 해 줄 수 있다고 했고요. 동결형 대신에 징역형으로 말이에요. 아마 몇 년 후에는 징역 조건도 완화될 거예요. 당신은 아직 젊어요."

"진짜로 당신의 허튼수작대로 내가 보툴리누스균에 대해 자백하길 바라나요? 동생의 죽음이 가짜 저항 집단의 연출이었다고 주장하라고요? 당신 돌았군요, 하인리히 크라머."

"조용히 생각해 보셔야 할 거예요."

"단 일 초도 그럴 필요 없어요. 당신들은 내게서 중요한 걸 전부 앗아 갔어요. 내 동생, 내 집, 내 일. 정의 같은 것에 대한 내 믿음. 내게 그런 게 있었다 치면요. 마지막엔 뭐가 남는지 아세요?"

"지금 또 20세기적 시대착오가 나오는 건가요?"

"영혼이 남아요."라고 미아가 말한다. "정신. 존엄이요. 날 얼리는 게 재미있다면 그렇게 하라고요."

"당신 동생은 분명 **그건** 원치 않을 텐데요."

"이봐요!"하고 미아가 소리 지른다.

"두 번 다시 모리츠에 대해 말하지 마세요! 당신이 또 모리츠를 입에 담는다면 그 애 이름에 질식해 죽어 마땅해요!"

"안 돼요!" 크라머는 짐짓 경악한 척하며 공중에 성호를 긋는다. "마녀의 저주다. **물러가라!** 죄송해요. 살짝 농담 좀 했어요. 다시 진지한 얘기로 돌아가죠. 모리츠 사건은 우리 나라에 심한 타격을 주었죠. **방법**에 오류가 있을 수 있다는 게 사상 처음으로 증명됐어요. 테러리스트들이 위협했다는 거 아시죠?"

"취미 혁명가들은 집으로 간 줄 알았는데요?"

"병날권이 다시 활력을 얻었죠. 당국은 사람들이 아무 이유도 없이 건강 의무와 위생 의무를 소홀히 하는 사례들을 보고해요. 이 점을 분명히 아셔야 해요, 미아." 그는 몸을 숙이고 미아의 손을 잡으려 한다. 마치 이제까지의 사정으로 인해 그들이 결혼이라도 한 것처럼. "요즘에는 온전한 면역 체계를 유지하는 사람이 아무도 없어요. 우리가 함께 안전과 청결을 위해 일하지 않는다면 몇 주 안에 역병이 창궐할 거예요."

"그런데 그게 나하고 무슨 상관이죠?"

"앞으로 어떤 저항 운동이든 당신 동생 이름을 끌어낼 거예요. 역사를 보면 몇몇 개별 사건이 어떻게 피비린내 나는 파국을 불러오는지 배우게 되죠. 프라하의 창문 투척,[12] 바스티유 감옥 습격, 사라예보에서의 황태자 암살. 모리츠 홀 유죄 판결. 당신 이성에 호소할게요. 말씀하신 대로 지금 당신이 진정한 자아를 찾았다면 그 자아가 그런 짐을 어떻게 질지 생각해 봐야 해요."

"짐요?" 미아가 어깨를 둥글게 올린다. "난 아무것도 못 느끼는걸요."

크라머는 미아에게 한 걸음 더 다가간다.

"당신이 할 수만 있다면 프란츠 페르디난트[13] 암살을 되돌리지 않겠어요?"

"아마 그렇겠죠." 라고 미아가 주저하며 말한다.

"일어난 일은 안됐지만 되돌릴 수 없어요. 하지만 미래의 일은 막을 수 있지요, 미아 홀. 수백만 명이 의존하는 체제를 당신의 '존엄'을 위해 위태롭게 할 건가요? 자기 개인을 다른 모든 것보다 우선시하는 게 '존엄한'가요? 지고한 것이 무엇이죠? 당신의 존엄 앞에서 인간은 무엇이죠?"

"몰라요." 라고 미아는 반항하는 투로 말한다.

"그럼 곰곰이 좀 생각해 보시죠! 스물네 시간을 드리죠."

"필요 없어요. 나는 동생도 나 자신도 배반하지 않을 거예요."

"말 다 마치셨나요?"

---

12 1차 창문 투척은 1419년 후스주의자 전쟁의 시작이 된 사건이다. 동료 석방을 요구하던 후스주의자들이 시장 등 10여 명을 창문 밖으로 내던져 죽였다. 2차 창문 투척은 1618년에 일어났고 삼십 년 전쟁의 계기가 되었다.

13 1914년 암살된 오스트리아 황태자. 이 암살 사건은 1차 세계 대전의 시발점이 되었다.

"아주 간단해요. 당신은 내게 논거가 없으니 날 설득할 수 있다고 믿어요. 하지만 사실은 정반대예요. 내겐 논거가 필요 없어요. 논거가 적을수록 난 더 강해져요."

"미아⋯⋯." 크라머는 두 손을 마주 비비다가, 주머니에 넣었다가, 다시 뺀다. 갑자기 그는 살짝 로젠트레터를 연상시킨다. 고통스러운 생각과 씨름하는 것이 분명하다. "**방법**은 당신에게 제의하죠. 하지만 부탁하지는 않아요. 알겠어요?"

미아가 대답하지 않자 그는 감방 안을 다시 거닐기 시작한다.

"우리 대화는 아직 끝나지 않았어요. 형법의 역사가 아무리 진보했다 해도 과거로 돌아가는 일이 없지는 않다는 걸 알려 드려야겠네요. 특별히 중요하고 파급력 있는 경우, 그러니까 전체에 위험한 상황에서는 낡은 조치를 다시 취하는 일이 일어나죠."

미아는 황당해하며 크라머의 얼굴을 몇 초 동안이나 빤히 쳐다본다. 아무 말도 할 수 없기 때문이다.

"구체적으로 말하세요, 크라머 씨."라고 마침내 그녀가 말을 내뱉는다. "무슨 생각을 하시는 거죠?"

"기술적 세부 사항에는 거의 변화가 없어요. 본질적으로는 모든 게 오십 년 전과 똑같이 작동하지요. 상자 위에 당신을 세워요. 당연히 나체로요. 그리고 머리에 검은 모자를 덮어씌워요. 손가락과 발가락 그리고 성기에는 전기 접점을 고정하는데, 빨래집게와 좀 닮았죠." 그는 그런 집게를 쓰는 것처럼 손가락을 열었다 닫는다. "전류량은 단계를 거치지 않고 바로 높여요. 잘 수련받은 대학병원 의사 두 명은 당신이⋯⋯ 끝장나지 않게 하죠."

미아는 머리를 흔들고 웃음을 터뜨리더니 몸을 돌려 문으로 달려간다. 결의에 찬 모습이다. 문손잡이를 몇 번 세게 흔들어 대더니 그냥 가만히 서 있다. 그러고는 집게손가락을 들어 차가운 금속을 가볍게 건드린다. 표면 품질을 검사하겠다는 듯.

"그거군요. 모든 진보에도 과거로 돌아가는 일이 없지는 않다는 게!" 웃으며 그녀는 몸을 돌린다. "사실 우린 그걸 다 알고 있었어요. 안 그런가요, 크라머 씨? 당신이야 뭐 원래 그렇고요. 하지만 나도 마찬가지예요. 변한 건 아무것도 없어요. 절대 안 변하죠. 어느 체제나 마찬가지예요. 중세는 한 시대가 아니에요. 중세는 인간 본성의 이름이에요."

"가혹한 말이군요. 하지만 아주 틀린 말은 아니죠. 그러니 한 번 더 당신의 결정을 생각해 보시겠어요?"

"아뇨. 당신은 그 자리에 있을 건가요?"

"별로 그러고 싶진 않아요." 크라머는 헛기침한다. "난 비위가 좋은 편이 아니에요. 하지만 당신이 정 고집하신다면……."

비가 온다

"내 육체일 뿐이야. 육체. 그저 육체."

미아가 몇 시간째 이렇게 혼잣말한다는 것을 목소리로 알 수 있다.

"내 발가락들은 육체의 일부야. 내 손가락들은 육체의 일부야. 내 성기는 육체의 일부야. 두 팔과 두 다리는 육체의 일부야. 위는 육체의 일부야. 내 심장은 육체의 일부야. 내 두뇌는……." 그녀는 한순간 말이 막힌다. 경련이 일어 어깨가 들썩거리고 바닥에 여러 번 머리를 부딪힌다. "내 뇌도 육체의 일부야. 자기 자신을 쳐다보는 물질이지. 그건 그자들이 가져도 돼. 모리츠가 원했을 거야."

다시 경련이 온몸을 지나가고, 그녀는 이마를 보호하기 위해 손을 오른쪽 옆머리 밑에 밀어 넣으려고 애쓴다. 아직도 기계에 연결된 것처럼. 어느 때가 되자 사람들은 상자와 기계를 떼어 내고 바닥에 미아를 남겨 두었다. 그녀는 작은 감방 안에서 태아처럼 몸을 말고 누웠다. 자꾸만 경련이 일 때를 제외한다면, 오랫동안 꼼짝도 않고. 바닥은 타일이 깔려 차갑고 딱딱하다. 그렇다면 미아 몸에 이제 감각이 없는 것은 다행일지도 모른다. 그녀에게 바닥보다 더 큰 문제는 불빛이 깜박거린다는 것이다. 더 정확히 말하면, 불은 1.5초 간격으로 켜졌다 다시 꺼진다. 미아의 몸은 강렬한 불빛에 휩싸였다가 곧바로 암흑 속으로 내던져진다. 켜졌다, 꺼졌다. 사람은 깜박거려야 해. 자유로운 인간은 고장 난 전등을 닮았어. 모리츠가 이렇게 말한 적 있다.

불빛은 미아가 잠을 이루는 것을 방해한다. 미아가 생각하는 것을 방해한다. 섬광은 매번 칼처럼 그녀의 뇌 속으로 꽂힌다. 평화는 없다. 의식을 잃는 법은 없다. 은혜로운 망각 속으로 잠길 수가 없다. 그들은 미아에게, 혹은 미아한테서 아직도 남은 존재에게 완전히 깨어 있도록 강제했다.

"누나가 좋은 점은 우리가 누나라는 존재를 꼭 믿을 필요가 없다는 거라고 언젠가 네가 말했지. 그게 네 누나인 나를 신과 구별해 주고 너와도, 네가 생각하고 행하는 모든 것과도 구별해 준다고 했지. 난 신 아니고는 그 누구도 자기 존재에 대한 증명을 끊임없이 요구할 만큼 멍청하지 않다고 주장했어. 넌 진지해지더니 응수했지. 신의 존재는 오래전에 이미 증명됐다고. 그것도 다름 아닌 '신은 없다.'라거나 '신은 죽었다.'라는 문장으로 증명됐다고. 내가 이해 못 하니까 넌 설명했지. 어떤 것이 정말 존재하지 않는다면 우리는 그걸 부인하거나 그게 죽었다고 선언할 필요가 없으리란 얘기였지. 안 그러면 끝도 없이 많은 문장들이 있을 거라고. '카스마네트는 없다.'라거나 '티젤은 죽었다.'같이. 난 물었지. 카스마네트가 뭐야? 티젤이 누군데? 그때 넌 웃어 젖혔지. 어찌나 웃어 대던지! 거봐, 그것들은 정말 없거든! 하고 외쳤지. 존재하지 않는 게 존재하는 일이 없도록 우리가 끊임없이 부인하지 않아도 되니 잘된 일이야, 안 그러면 우린 하루 종일 그 일만 해야 할 거야라고. 네가 막 열두 살이 됐을 때였지."

다시 경련이 일어 몸이 흔들릴 때 그녀는 머리 밑에 어렵사리 두 손을 밀어 넣고 몸을 조금 굴려 거의 등을 대고 눕는 자세를 취한다.

"물론 나도 함께 웃었어. 참 좋았지. 우린 같이 웃는 걸 좋아했어. 특히 아이 때. 그리고 네가 철학을 발견하고 즐기게 됐을 때. 철학은 끝없는 웃음보따리였어. '있다'[14] 혹은 '없다', 이게 대체 무슨 소리야? 이렇게도 넌 물을 수 있었지. 우리에게 세계가 주어졌다고? 누구한테서? '그것'[15]한테서? 이 '그것'이 비를 오게도 하는 바로 그 '그것'인가? 물을 얼게도 하는? 아니면 작동하기도 하는? 아니면 재미있게 하는? 아니면 시간인 그것?[16] 만약 그렇다면 신과 '나'한 텐 공통점이 있군. 둘 다 대명사일 뿐이거든. 문법적인 문제야."

미아는 좋게 보면 웃음과 기침이 섞인 것으로 해석할 수도 있을 소음을 낸다.

"넌 그렇게 영리했어. 그다음부터 나는 '비가 온다.'라고 말할 때마다 씩 웃지 않을 수 없었지. **비가 오나?** 지금이 대체 무슨 계절이지? 누구나 창 앞 어두운 나무우듬지나 길 건너편 비스듬한 검

---

14 독일어로 Es gibt. 이때 es는 비인칭 주어로 영어의 it에 해당하며, gibt는 '주다'라는 뜻이다.

15 es.

16 모두 비인칭 주어 es가 쓰인 표현이다.

은색 지붕을 봐야 해. 비가 오는지 알아낼 수 있게 빤히 바라볼 게 뭐라도 있어야지. 우리에겐 칠흑에 대한 기본권이 있어. 내가 그걸 위해 노력할 거야. 우리가 조금씩 어둠에 적응하도록 밤이 만들어졌어. 매일 밤 우리가 죽음에 적응하도록 잠이 발명됐어. 불을 꺼. 때때로 긴 생각의 여로 끝에 나오는 결과는 지금이 가을이라는 것뿐이지."

한참 동안 미아는 말없이 누워 있고, 불이 켜질 때마다 힘없이 늘어진 한쪽 발로 박자 맞추듯 바닥을 두드린다. 쉼 없이 파고드는 생각들의 과잉 생산물로 머릿속이 다시 무성해질 때까지. 빽빽한 논증의 밀림. 말하기는 뿌리 뽑기다.

"네 무릎이 내 유일한 의자이길. 네 등은 내 탁자. 네 눈은 내 창. 네 입은 내가 들고 마시는 물컵이길. 네 심장은 내 자양분, 네 맥박은 내 시계, 네 삶은 내 시간. 네 숨은 내 공기. 네 얼굴은 밤이면 달이 되어 나를 굽어보고, 낮이면 해가 되어 날 위해 웃어 줘. 네 목소리가 내 유일한 소음이길. 네 맥박은 내 시계, 네 삶은 내 시간. 네 죽음은 내 죽음이길."

경련이 더욱 격렬하게 시작해 이쪽저쪽으로 미아의 머리를 흔든다. 그럼으로써 미아의 짐스러운 생각들을 파리 쫓듯이 쫓아낼 수 있는 것처럼. 미아의 옆머리가 다시 한번 바닥에 부딪힐 때 고통이 새어 들어온다. 오른쪽 귀로 들어오는 것 같더니 산(酸)처럼 턱을 따라 번져서 입술을 마비시키고 오른쪽 눈을 감긴다. 미아에게는 가느다란 통로들로 연결된 개미집 같은 자기 머리가 보이고, 그 통로들은 코를 찌르는 부식성 액체로 채워졌다. 그리고 드디어 깜깜해진다.

희박한 공기

졸졸거린다. 밝은 음색으로 불규칙하게 흐르는 물소리다. 빗소리라 하기엔 너무 크고, 강 흐르는 소리라 하기엔 방울진 느낌이다. 게다가 식초 냄새가 난다. 미아가 눈을 뜨자 크라머의 얼굴이 곧바로 보인다. 그녀는 놀라지도 않는다. 미아의 눈꺼풀 안쪽에 꼭 크라머의 모습이 붙은 것 같은 지 오래다.

"뭐 하시는 거예요?"라고 미아가 묻는다.

"당신의 부활을 위해 일하는 중이에요." 그는 그릇에 스펀지를 넣고 적셔 미아의 이마를 닦는다. "기분이 좀 어때요?"

"최고예요. 일 분만 있으면 힘이 넘쳐서 당신 머리통을 빠갤 수도 있겠어요."

"그러면 기쁘겠군요." 하고 크라머가 말한다.

갑자기 미아의 머리가 경련하듯 반대쪽으로 휙 돌며 크라머의 손에서 그릇을 떨어뜨린다.

"미안해요."라고 미아가 말한다. "부수적 피해"였어요. 하지만 어차피 중요한 건 아니겠죠."

"당신과 바로 그 얘기를 하고 싶었어요."

크라머는 의자 두 개를 가져온다. 그가 미아와 함께 앉아 수다 떨듯 얘기한 일이 있고, 지난번 그가 방문한 후에는 즉시 방에서 치워졌던 그 의자다. 크라머는 바닥에서 미아를 들어 올려 겨우 의자에 앉힐 수 있다. 한동안 그는 그녀가 의자에서 곧바로 미끄러져 떨어지지 않게 그녀의 몸을 앉는 자세로 만들고 균형을 잡아 준다.

"예전에는." 하고 미아가 말한다. "피고가 고문에서 살아남으면 마녀재판에 회부했죠."

"우리는 중세를 원용하지만 유감스럽게도 그 정도까지는 미치지 못하죠."

"저기 저 구석으로 가세요."라고 말하며 미아가 턱으로 가리킨다.

"뭐라고요?" 마침 자리에 앉으려던 크라머가 멈춘다.

"부탁 하나 들어주세요."

그는 몸을 돌려 가리킨 곳에 간다.

"내게 가장 충격적인 게 뭔지 아세요?" 하고 그가 묻는다.

"무릎을 꿇으세요."

크라머는 미아의 힘없는 모습을 살펴보더니 무릎을 꿇고 그 자세로 계속 얘기한다. 그의 모습이 예스럽다. 기도하는 기독교인

---

17 9. 11 이후 미국이 벌인 전쟁에서 민간인이 입은 피해를 가리키던 표현인 collateral damage를 연상시킨다.

처럼.

"어제부터 나는 끊임없이 그 생각을 해요."라고 그가 말한다. "모든 중요한 문제는 젊은 시절에 철저하게 탐구했다고 늘 믿었어요. 올바른 삶은 네 단계로 나뉘어요. 첫 이십 년 동안은 생각하고 그다음 이십 년 동안은 말하죠. 세 번째 단계에서는 행동하고 네 번째 단계에서는 다시 생각으로 되돌아오지요. 난 얼마 전에 말에서 행동으로 옮겨 갔어요."

"손톱으로 타일과 타일 사이를 훑으세요." 미아가 말한다.

크라머는 말에 따르며 바닥을 만진다. "그런데 미아, 당신이 나타나서 내게 다시 한번 제대로 생각에 빠질 거리를 줬어요!"

기분이 좋은 것 같은 목소리다. 그는 무릎을 꿇은 채 미아 쪽으로 몸을 돌린다. 마치 그녀도 그의 정신적 회춘을 기뻐하는지 보겠다는 듯. 그러나 미아의 관심은 구체적인 것에 있다. 그녀는 남은 힘을 전부 모아 의자 위에서 몸을 똑바로 하고, 더 잘 보려고 눈을 가늘게 뜬다.

"찾았어요?"

"이거요?"

크라머가 일어선다. 엄지와 검지 사이에는 긴 바늘이 들렸다.

"아주 좋아요."라고 미아가 말한다. "이리 오세요."

그는 순순히 그녀 앞에 온다. "내가 뭐에 대해 심사숙고하는지 관심이 전혀 없나요?"

미아는 바늘을 받아 들고 경련하듯 머리를 흔든다. 이번에는 부정의 의미다.

"날 광신자라 부르셨죠."라고 크라머가 말한다. "하지만 갓 생긴 신념을 위해 죽으려는 사람은 바로 **당신** 아닌가요. 희한하지 않아요?"

"몸을 숙이세요."

크라머는 허리를 구부려 골키퍼처럼 무릎 위에 두 손을 얹고 자기 얼굴이 미아의 얼굴 바로 앞에 갈 때까지 몸을 수그린다. 가까이 눈을 마주 보면서 미아는 바늘을 들어 크라머의 오른쪽 동공을 겨눈다.

"난 이 문제를 그냥 잊고 넘어갈 수가 없네요." 하고 그가 계속 말한다. "광신자를 순교자와 구분해 주는 게 뭘까요? 난 벌써 몇 년 전에 한쪽을 택하기로 결정했고 그걸 위해 모든 걸 희생하니 **내가** 순교자 아닌가요? 앞으로도 나는 인간이 지닌 가장 가치 있는 것, 즉 일생으로 거기에 봉사하려고 하니까요. 반면에 당신은 눈먼 채로 압도적인 힘과 대적하며 꼭 죽음을 향해 달려가려 하잖아요! **그게** 광신이죠, 안 그래요?"

미아는 바늘을 그의 눈에 더 가까이 가져간다.

"조금도 두렵지 않나요?"

"네."라고 크라머가 말한다.

"이봐요, 난 두려워요. 내 광신은 당신 광신의 시들어 빠진 꺾꽂이모에 불과하죠." 그녀는 팔을 툭 떨어뜨린다. "생각해 보세요. 난 당신 눈 깊숙이 뇌까지 찔러 넣으려고 일부러 이 바늘을 구했어요. 그만큼 당신은 내게 가치 있었어요. 이제 난 더 똑똑해졌어요. 가장 날카로운 무기는 자기 자신에게 써야죠."

크라머는 미아의 뾰족한 물건으로부터 자기 눈을 보호하려 하지 않았다. 그는 지금 미아의 다른 행동 또한 막으려는 기색이 없다. 그가 다만 그녀에게서 약간 거리를 두고 역겨운 듯 얼굴을 찌푸리는 동안, 그녀는 종이옷의 왼쪽 소매를 걷어 올리고 위팔을 만져 보고는 바늘 든 손을 높이 쳐든다. 그녀 손은 주저 없이 힘차게 움직인다. 바늘은 살갗 밑을 수 센티미터나 파고든다.

"우리 중에 누가." 크라머가 고개를 돌리며 묻는다. "더 큰 범죄를 저지르는 거죠?"

"혹 자기 회의에 사로잡히거든." 하고 미아가 다문 이 사이로 말을 내뱉는다. "이것 하나는 확실히 알아 두세요. 제일 더러운 돼지는 항상 당신이에요."

피가 그녀 팔을 타고 흘러내린다. 종이옷의 빨간 자국이 점점 커진다. 미아는 더 잘 보려고 최대한 옆으로 머리를 향한 채 손가락으로 바늘을 꼭 쥐고 돌리며 상처 구멍을 크게 만든다.

"여기에서 보는 건." 하고 미아가 말한다. "당신 작품이에요. 당신이 바늘이고 팔이고 피예요. 한때는 행복한 여자 같았던 존재에서 남은 이 가련한 것들의 합법적 소유자가 당신이란 말이에요. 당신은 자신의 소리에 아직 귀 기울이기는 하나요? 당신은 나를 파괴해 놓고는 내가 더 잃을 것이 없다며 나를 비난하죠. 거기에 유머가 없지는 않군요." 그녀는 다시 격렬하게 머리를 흔든다. "당신은 광신자가 아니라며 참 자랑스러워도 하는군요! 그리고 합리적 우월성을 확보하려고, 분석하기 위해 거리를 두려고 얼마나 신경 쓰는지! 하지만 잘 들으세요, 요점은 이제 나오니까요. 당신은 어떤 광신자보다도 더 나빠요. 당신은 자기의 광신을 부끄러워하는 광신자예요. 그럴 때 특히 역겨운 게 뭔지 알고 싶어요?"

"그럼요. 당신이 근육을 뚫는 짓만 그만둔다면요. 아시잖아요, 나 비위 약한 거."

그러나 미아에게는 피 나는 구멍 속 탐색을 그만둘 용의가 전혀 없다.

"광신자는." 하고 그녀가 말한다. "아이가 엄마 치맛자락에 매달리듯 어떤 생각에 매달려요. 아이는 삶의 행복을 엄마에게 최고로 총애받는 데서 찾아요. 하지만 당신, 크라머는 그걸로 충분하지 않죠. 당신은 엄마의 총아가 되고 싶을 뿐 아니라 엄마를 내려다보고 싶어 하죠. 당신은 개념들로 곡예를 하죠. 자기를 자유로운 정신을 지닌 사람으로 부각하려고." 그녀가 웃는다. "아니면 곧바로 순교자로요!"

"'엄마'란 말은 지금 당신한테 많은 걸 의미하나 보군요."

"틀렸어요, 크라머 씨. 지금 이 모든 건 바로 **당신**한테 많은 걸 의미하죠. 당신의 엄마는 **방법**이고, 당신은 엄마 가슴에서 제일 좋은 자리를 되찾으려 갈망하며 떨어요. 보아하니 지상에서 내 마지막 과제는 당신에게 다 컸다는 게 뭔지 보여 주는 일 같네요. 가까이 와서 보세요. 이게 그 몹쓸 물건이에요."

미아는 머리를 위팔 위로 조금 더 숙여서 상처 속에 손톱을 집어넣는다.

"당신은 못난 패배자처럼 말하는군요."라고 크라머가 말하지만 예의 설득력은 사라졌다.

"애쓰지 마세요. 당신과 나 위에서 심판할 수 있을 기관은 없어요. 당신은 무(無)에 판결을 청한다고요! 당신이 광신자인지 순교자인지 아무도 말해 주지 않을 거예요. 우린 너무 높이 기어 올라와서 폭풍우가 모두 우리 밑에 있고 공기는 희박해졌어요. 우리가 소리 질러도 대답하는 메아리조차 들리지 않아요. 당신은 그런데도 자기가 좋은 인간이라 믿고 싶나요? 뭣보다도 나보다 나은 인간이라고? 그러세요. 우주에게는 이러나저러나 마찬가지예요. 내게도요."

"나에게는 도덕적 문제가 중요한 게 아니었어요. 그게 아니라……."

"여기요, 크라머 씨. 당신에게 주는 선물이에요."

미아가 내민 손바닥에는 팔에서 꺼낸 피 묻은 칩이 놓였다.

"받으세요. 이게 나예요. 당신의 합법적 소유물. 여기에 금줄을 맞추세요."

"고마워요."라고 크라머가 말하고 흰 손수건을 꺼내 칩을 감싼다.

"나머지는 여기 남았고 그 누구의 것도 아니에요." 미아는 의자 옆으로 미끄러져 바닥에 쓰러진다. "그러니까 모든 사람의 것이죠. 완벽히 내맡겨졌고, 그렇기에 완벽히 자유로워요. 성스러운 상태지요. 가세요. 나머지는 이제 쉬고 싶어요."

크라머는 뭔가 더 말하려 하지만 미아의 눈이 벌써 감긴 것을 보고 말이 막힌다. 그는 그녀의 평화로운 얼굴을 몇 초 동안 더 지켜보다가 어깨를 으쓱한다.

"순교자의 의기양양함이로군." 하고 그가 말한다. 이 말에 실은 경멸을 그 자신도 전적으로 믿는 것 같지는 않다.

위를 보라

"날 용서해 줘, 미아. 용서해 줘!"

그들은 모두 와 있다. 미아의 흐릿한 시야에 보이는 홀은 끝이 없는 것 같다. 방청객은 눈 닿는 모든 방향에 찼다. 검은 인형들 사이에서 그녀는 예의 그 금발 포니테일을 찾아보지만 보이지 않는다. 대신에 이미 지난번 재판 때에도 어떻게 접근해야 좋을지 도통 모르겠던 수염 기른 노인을 판사석 한가운데에서 본다.

큰 재판정의 소동에 워낙 정신을 많이 빼앗기다 보니 미아는 자신이 들어앉은 우리를 방금 전까지 움켜잡았던 두 손과 반복해서 용서를 빌던 목소리에 거의 주의를 기울이지 않았다. 목소리와 손은 의심할 여지 없이 로젠트레터의 것이었으나 그는 벌써 미아의 시야에서 사라졌다. 아마 누가 그를 잡아 뗐을 것이다. 미아는 우리에 갇혔지만 기분 나쁘지 않다. 이로써 그녀는 칸막이가 있는 극장 특별석에서 내다보듯 이 장관을 지켜볼 수 있다. 거슬리는 것은 다만 우리 한구석에 달아 놓은 분무기의 칙칙 소리다. 몇 초마다 소독액을 뿌리는데, 감방에서 불빛이 깜박이던 간격을 연상시킨다. 미아가 짐작하기에 완전히 제정신을 잃은 곳은 감방이었다. 그녀가 듣고 보는 모든 건 어느 광인의 환상에 어울릴 것 같다. 검은 인형들은 뭐라 외치는 수많은 군중 위에 군림한다. 미아가 제대로 이해한다고 치면 사람들은 미아의 목을 요구하지만, 그녀는 사람들이 이 빈 육신으로 뭘 하겠다는 것인지 알 수가 없다. 앞에서는 수염이 수북한 노인이 여느 때보다 더욱 불행해 보이는 얼굴로 탁자를 재판봉으로 두드려 댄다.

드디어 조용해진다. 흰 가운을 입은 의사가 다가온다. 마치 그가 그녀의 손가락과 발가락에 전기 접점을 고정하러 오기라도 하듯 미아가 우리 안에서 뒤로 물러났기 때문에 안전 감시원은 긴 막대로 그녀를 한구석으로 밀어야 한다. 의사는 봉 사이로 손을 넣어 스캐너로 그녀의 왼팔 위쪽을 훑는다. 모든 시선이 영사막으로 향하는데 거기에는 텅 빈 채 빛나는 정사각형 외에는 아무것도 나타나지 않는다. 미아가 웃는다. 소독기는 칙칙 소리를 낸다. 의사는 미아의 위팔에서 딱지 않은 상처를 보고 앞으로 나가 재판장 귀에 뭔가 속삭인다. 재판장은 고개를 끄덕인다.

"공판을 시작하겠습니다."라고 후트슈나이더가 말한다. "원고 **방법**의 피고 미아 홀에 대한 공판입니다."

검은 인형들 중 하나가 일어나서 미아에게 얼굴을 돌린다. 검사 벨이다. 그가 끝없어 보이는 범법 행위 목록을 읽어 내려가는 동안에 미아는 여기에서 무슨 일이 벌어지는지 서서히 이해할 것 같다.

"테러 조직의 지도." 하고 벨이 말한다. "지빌레 마일러에 대한 살인 방조. 민중 선동. 공무 집행원에 대한 저항."

모든 주인공들이 마지막으로 무대에 등장할 기회를 얻는다. 마치 배우들이 마지막 박수가 이어질 동안 하나씩 커튼 앞으로 나오듯.

"방법 적대적 태업. **방법**과 그 상징에 대한 비방. 평화를 위협하는 교제를 나누고 유지함. **방법**의 기관들과 대표자에 대한 공격. 범법 행위의 공공연한 요구. 공공의 평화 교란."

미아는 두 손을 들고 박수 칠 준비를 한다.

"식수 공급 체계에 대한 공격 획책. 내란죄. 테러 전쟁 준비. 검찰은 최고형을 구형합니다. 피고를 무기 동결형에 처할 것을 요구합니다."

벨이 말을 마쳤을 때 박수 치는 사람은 미아뿐이다. 방청석에서는 한 남자가 벌떡 일어선다.

"거짓 소송!" 하고 그가 외친다. "학살 캠페인! 마녀사냥!"

옆에 앉은 사람들은 그를 다시 자리에 끌어 앉히려 한다. 몇몇 목소리들이 중얼거리듯 그에게 동조하지만 대부분은 소리를 질러 그를 앉게 한다. 후트슈나이더 판사가 재판봉을 쓴다.

"정숙!" 하고 그가 소리친다. "다시 질서를 지키십시오!"

안전 감시원 두 명이 뛰어와서 팔을 잡고 그 질서 교란자를 법정에서 끌어낸다. 미아는 거침없이 일을 해내는 그들에게 속으로 만점을 준다.

앞에서 두 번째 검은 인형이 일어나는데 미아가 보니 자기 변호사다. 미아는 그가 너무 눈에 띄게 행동한다고 생각한다. 그가 제대로 일어서기까지는 시간이 너무 오래 걸린다. 그는 조금도 자제하지 못하고 머리칼을 잡아당기는데, 꼭 모자처럼 두피를 머리에서 벗겨 내려는 것 같다. 과유불급일 텐데.

"존경하는 재판장님." 하고 로젠트레터가 말한다. "압도적 증거들로 인해 변호인은 반론을 포기합니다."

방청석에서는 수군거리는 소리로 반응한다. 로젠트레터는 이번에는 늘 가지고 다니던 서류 가방을 놓고 왔다. 그는 동급생들 앞에서 시를 읽어야 하는 학생처럼 종이 한 장을 펴서 보고 읽는다.

"어느 누구도 위험한 자를 변호함으로써 스스로 방법의 적이 되어서는 안 됩니다. 위험한 자에게는 스스로를 변호할 가능성이 남아 있습니다. **방법** 만세. 상테."

그가 다시 앉는 동안 미아는 형편없이 준비한 글에 야유를 보낸다. 방청석에서 누군가 동조한다.

"저건 사기잖아!" 한구석에서 누군가 외치다가 바로 다시 잠잠해진다. 안전 감시원들이 법정 안 삼면에 자리를 잡고 서서 눈으로 사람들 위를 훑는다.

"변호인은 형사 소송에서 사법 기관의 자기 보호에 의거했습니다."라고 후트슈나이더 판사가 크게 말한다. "법원은 이를 기록으로 남깁니다. 증언 청취를 시작하겠습니다. 하인리히 크라머 씨, 증언대로 오십시오."

다음으로 일어서는 것은 검은 인형이 아니라 저 키 크고 호리호리한 인물로, 옆모습이 당당하고 눈동자가 칠흑 같으며 며칠 전, 몇 주 전부터, 아니 아마도 언제나, 미아의 삶에서 오직 하나뿐인 진짜 인간의 역할을 해 왔다. 크라머가 앞으로 나가는 모습을 좇는 미아의 눈은 불타기 시작하는데, 소독제 때문이 아니다. 그녀는 그가 그리웠던 것이다.

"나는 **방법** 앞에서 진실만을 말할 것 등등을 선서합니다." 하고 크라머가 자리에 앉자마자 말한다. "이 나라가 우리들 누구에게나 길고 행복한 삶을 보장하는 체제를 건설하는 데 수십 년이 걸렸습니다. 행복의 적들은 수가 많고 잡기 어렵습니다. 하지만 싸움은 계속됩니다! 우리는 우리의 가치들을 지킬 줄 알 것입니다."

방청객들이 자동적으로 박수를 치기 시작한다. 크라머는 고개를 끄덕여 박수를 가라앉히고 입에 손가락을 댄다. 벨은 큰 목소리로 다시 주목을 끌어 보려고 한다.

"크라머 씨, 검찰은 당신에게 사실 관계에 대한 평가를 요청……."

"피고를 나처럼 잘 아는 사람은 없습니다." 크라머가 말을 끊는다.

"그건 맞아요."라고 미아가 다정스럽게 말한다.

"홀 씨는 지적이고 생각이 열렸으며 자긍심이 있습니다. 강한 인격체입니다."

"고마워요, 하인리히."라고 미아가 말한다.

"확신범입니다. 전에는 **방법**의 충실한 지지자였고, 지금은 아주 위험한 광신자입니다. 그녀는 자신의 생각을 위해 죽음도 마다하지 않습니다. 우리가 그녀를 최고형에 처하는 것은 그녀 자신의 의지에 부합합니다. 우리는 그녀를 자유로운 인간으로 존중합니다. 형벌이 범죄자를 존중합니다!"

방청객들이 또 박수 치기 시작한다. 미아가 가장 크게 손뼉을 친다.

"브라보!"라고 누군가 외친다.

"정숙해 주십시오."라고 후트슈나이더가 말한다.

미아는 고개를 끄덕이고, 박수 치고, 울고, 머리를 흔들고, 그러고 또 얼마나 격렬히 박수를 쳤던지 앞에서 어떤 얘기가 오가는지 알지도 못한다. 그녀는 또 다른 사람들이 화면에 나타나고서야 멈춘다. 흰 가운을 입은 세 여자가 자신 없는 발걸음으로 판사석 앞으로 나와서는 사방에서 공격이라도 받는 것처럼 이리저리 뒷걸음질 친다. 안전 감시원이 그들을 증인석으로 이끈다.

"아는 대로 순수한 진실만 말할 것이며 아무것도 숨기지 않겠다고 선서하시는 겁니다."라고 후트슈나이더가 설명한다. "손을 드십시오."

"우리는 선서합니다."라고 리치가 말한다.

"신이 우리를 보우하도록 진실하게."라고 드리스가 말한다.

"신은 말고."라고 폴셰가 속삭인다.

"숙녀분들." 하고 후트슈나이더가 말한다. "여러분들은 증언해 주셔야 합니다. 가택 수색 때……."

"그때 우리가 있었습니다, 재판장님." 하고 리치가 말한다.

"미아는 순교잡니다!"라고 드리스가 외친다.

"미쳤구나."라고 폴셰가 속삭인다.

방청석에선 수군거리는 소리가 들린다. 그사이 안전 감시원 한 무리가 방청객들을 빙 둘러쌌다. 그들 중 몇 명은 증인석으로 접근한다.

"드리스 말은요."라고 리치가 재빨리 말한다. "미아가 테러리스트라는 겁니다."

"같은 말 아닌가요?"라고 드리스가 말한다. "순교자나 테러리스트나!"

"그런 여자가 또 있네!" 방청석에서 한 남자가 일어섰다.

"저 여자 주둥이를 틀어막아!" 또 한 남자가 일어난다.

"이런 젠장." 후트슈나이더가 안전 감시원들을 향해 호통을 친다. "정숙을 어지럽히는 자가 끼어들지 못하게 하길 바랍니다."

드리스는 제복 입은 자들을 경악한 눈으로 본다.

"어느 신문이든 다 그렇게 써 놨어요!" 하고 그녀가 말한다. "하지만 내가 제일 먼저 알았어요. 미아는 좋은 테러리스트라는 걸요!"

"방법의 적들!"

"저 여자를 끌어내!"

"공판을 중단하고 법정을 비우십시오." 한 배석 판사가 후트슈나이더에게 요구한다.

"절대 안 됩니다." 하인리히 크라머가 기자석에서 외친다. "오늘 끝내야 합니다."

"정숙!" 후트슈나이더가 소리친다.

"**방법**은 살인이다!" 하는 소리가 대답처럼 돌아온다.

그 말을 외친 남자는 키가 작고 머리는 둥글며 머리칼이 성글다. 미아는 그가 프로그래머일 거라고 짐작한다. 옆에 앉은 사람이 주먹으로 그를 쳐서 바닥에 눕히고 다른 몇몇은 그를 발로 찬다. 평생 처음으로 육체적 고통을 겪는다는 것이 그의 표정에서 드러난다. 안전 감시원 세 사람이 방청석 열 사이를 뚫고 들어가 머리가 둥그런 그 남자의 팔다리를 들고는 출구로 끌고 나간다.

"당신들은 스스로가 빠진 미혹의 제단에 미아 홀을 희생시키고 있어!" 키 작은 남자가 밖으로 끌려 나갈 때 한 낯선 남자가 소리 지른다.

"맞아!"라고 드리스가 소리친다.

첫 줄에 있던 남자 여럿이 차단 벽을 넘어가려고 하자 안전 감시원들이 드리스를 둘러싼다. 한 사람은 그녀에게 수갑을 채우고 다른 안전 감시원들은 공격자들로부터 곤봉으로 그녀를 보호한다. 드리스가 미아의 우리 옆을 지나 문 쪽으로 끌려 나갈 때 미아는 자기가 나설 순간임을 깨닫는다. 모리츠가 이 자리에 없으니나 아니면 누가 나서랴 하고 생각한 것이다. 그녀가 봉을 붙잡고 세차게 흔들어 대자 우리 전체가 울린다.

"그만! 내 차례야!" 주변의 움직임이 느려지면서 사람들 머리가 앞으로 돌아간다. 갑자기 조용해진다.

"이 나라를 불살라!" 하고 미아가 말한다. "건물들을 무너뜨려. 지하실에서 단두대를 꺼내 수십만 명을 죽여! 노략질해! 강간해! 배곯고 얼어 죽어! 당신들한테 그럴 각오가 없다면 조용히 해. 당신들이 스스로를 비겁하다 해도 좋고 이성적이라 해도 좋아. 스스로를 일개 개인이라 생각해도, 체제의 들러리 혹은 지지자라 생각해도 좋아. 비정치적이라 여기든 개인적이라 여기든. 인류의 배반자라 여기든 인간적인 것의 보호자라 여기든. 아무 차이도 없어. 죽이든지 입을 다물든지 해. 다른 모든 건 연극일 뿐이야."

"이상한 광신자로군." 배석 판사 하나가 침묵을 깨고 말한다.

"이게 다야?"라고 미아가 묻는다. "내게 보내는 박수는 어딨지?"

"됐습니다." 지친 후트슈나이더가 이마와 목덜미의 땀을 닦으며 말한다. "그만하면 됐습니다. 피고는 법정을 비웃는군요. 심리를 마칩니다. 법에 따라 피고에게 묻겠습니다. 형 집행에 임석할 사람을 한 명 지명하겠습니까?"

"하인리히 크라머." 하고 그녀가 즉각 대답한다.

"받아들입니다." 하고 크라머가 말한다.

"아주 좋습니다." 라고 후트슈나이더가 말한다. "이제 판결문을 읽겠습니다."

그는 서류철에서 종이 한 장을 꺼낸다. 공판 이전에 써 놓았다고 봐야 할 것이다. 미아는 우리에서 몸을 뒤로 젖히며 눈을 감는다.

"그래도." 그녀는 낮은 소리로 말하며 미소 짓는다. "그래도 내가 이겼어."

"로마 숫자 일. 피고는 테러 전쟁 준비를 포함한 방법 적대적인 책동으로 유죄다. 국가 평화를 위태롭게 하고 독성 물질을 취급하였으며 보편적 복리에 부담을 안기며 필수적 조사를 의도적으로 거부한 사실이 있다. 로마 숫자 이. 고로 피고를 무기 동결형에 처한다. 로마 숫자 삼. 피고는 소송 비용과 기타 필수 경비를 부담한다. 다음과 같은 이유로……."

위를 보라. 다시, 또다시, 항상 다시, 세기 초거나 세기말이거나 또는 세기 중엽이거나, 위를 보라.

끝

지난 몇 주 중에 아마 가장 평화로운 순간일 것이다. 아니, 몇 달 중에. 눕는 의자는 편안하고, 실내는 깨끗하며 냉방이 된다. 사람들은 미아를 씻기고 마사지하고 먹였다. 피부가 동상에 안 걸리도록 보호해 줄 네오프렌 옷을 그녀에게 입혔다. 그녀를 싣고 들어와서 어떤 기구 위에 눕혔다. 그 기구에는 투명한 판과 대롱 들이 있어 열어 놓은 인공 선탠 기구처럼 해롭지 않아 보였다. 후트 슈나이더와 크라머도 이제 실물보다 크기는커녕 전혀 위협적으로 보이지 않는다. 크라머는 젖은 수건으로 미아의 이마를 식혀 주고 그녀가 편안히 누울 수 있게 보살피며 따뜻한 물 한 모금 마시도록 찻잔을 건네준다. 부족한 것이 거의 없다. 크라머가 그녀에게 희고 두꺼우며, 상쾌한 냄새가 나는 오리털 이불을 덮어 준대도 어울릴 것 같다. 미아는 피곤하다. 차게 식혀 둔다라. 아름다운 말이야. 그녀는 심장 박동이 느려지는 것, 호흡수가 줄어드는 것, 심지어 눈빛이 꺾이는 것, 그러니까 인간다운 눈빛을 잃는 것에 대해서도 두려움 없이 생각한다. 유족들에게는 매우 끔찍한 일이지만 사실 눈물이 삽시간에 마르는 것일 뿐인데 하면서. 바깥에 볼 것도 더 없는데 눈빛은 뭐 하러 필요하지? 미아가 격렬하게 고개를 흔드는 일도 이제 드물 뿐이다. 뭐 하러 고개를 흔들지? 누구에게, 무엇에 대해 **아니야**라고 해야 할지도 전혀 모르는데?

"기록으로 남깁니다." 하고 후트슈나이더가 말한다. "수형자는 형 집행을 위한 준비를 완료했으며 건강법 234조에 의거하여 모든 의학적 세부 사항에 대해 설명을 들었습니다. 임석한 사람은 재판장 후트슈나이더와 피고가 신뢰하는 인물인 하인리히 크라머입니다. 피고인은 마지막 소망이 뭔지 질문을 받습니다. 홀 씨, 당신의 마지막 소망은 무엇입니까?"

미아는 아주 기분 좋게 잠이 와서, 누가 자기와 이야기한다는 것을 이해하는 데에 시간이 조금 걸린다.

"그런 게 정말 있어요?"

"아주 고전적이죠." 하고 크라머가 말한다.

"그렇다면 우리도 고전적인 걸 지키도록 하죠. 담배 한 대 피우고 싶어요."

크라머가 기뻐한다. 하마터면 손뼉을 칠 뻔했다.

"거봐요!"라고 그가 외친다. "그럴 줄 알았어요."

그는 은색 담뱃갑을 꺼내 그중 한 개비를 기사 같은 몸짓으로 그녀에게 바친다.

"그래도 그렇게……."라고 후트슈나이더가 말하기 시작한다.

"당신은 겁쟁이예요, 후트슈나이더 씨." 크라머가 유쾌하게 응수하며 불을 붙여 준다.

미아가 한 번 깊이 빨아들인다.

"수형자는……." 후트슈나이더가 기록에 끄적거린다. "난 이걸 차마 그렇게는……." 그는 눈길을 위로 향한다. "그러니까, 수형자는 마지막 소망을 포기한다."

후트슈나이더가 적는다. 그러고는 눈에 안 보이는, 반사 유리 너머에 있는 기사에게 신호를 준다.

"여담이지만 단두대 얘기는 맘에 들었어요."라고 크라머가 말한다. "죽이든지 입을 다물든지 해. 당신 말을 내 애도사에서 인용할 거예요. 기분이 어때요?"

"좋아요."라고 미아가 말한다. "모리츠 냄새가 나요."

"**방법**의 이름으로."라고 후트슈나이더가 말한다.

기구의 덮개가 천천히 내려온다. 미아는 한 번 더 빨아들이고 담배를 크라머에게 준다.

"자, 난 망명 떠나요." 미아가 나직이 말한다.

덮개가 닫힌다. 이제 미아의 발 외에는 거의 아무것도 보이지 않는다. 차가운 안개가 기구 틈새에서 칙칙 소리를 내며 퍼져 나간다. 크라머와 후트슈나이더는 조금 뒤로 물러난다. 예의를 갖춰 거리를 두고 이 과정을 감독하기 위해서.

끝을 맺기 좋은 순간이었을 것이다. 좋은 마지막 문장. 게다가 몇 주, 몇 달 만에 가장 평화로운 순간이었을 것이다. 그러나 문이 활짝 열리며 흥분한 벨이 숨을 쌕쌕대며 들이닥친다. 서류를 들었는데, 말아서 옛날식으로 봉인해 놓았다.

"집행을." 그가 가쁘게 숨을 토한다. "중지해야겠습니다."

"중지!"라고 후트슈나이더가 외친다.

즉시 칙칙 소리가 멈춘다. 차가운 안개가 걷히기 시작한다.

"**방법**에게 감사를." 하고 크라머가 말한다. "그야말로 마지막 일 초였어요."

"무슨 일입니까?" 후트슈나이더는 어찌나 흥분했던지 벨의 손에서 서류를 빼앗을 뻔했다. 검사가 봉인을 뜯는 동안 크라머는 익숙한 자세로, 팔짱을 끼고 미소를 띤 채 벽에 기대 섰다.

"**방법** 평의회 의장은." 하고 벨이 읽는다. "변호인의 신청과 최고위층의 뜻에 따라 수형자의 사면을 결정합니다."

기구 덮개의 잠금장치가 풀린다.

"얼마나 멋져요."라고 크라머가 미아에게 말한다. "당신은 구출됐어요."

미아가 힘겹게 몸을 일으킨다.

"뭐라고요?" 그녀가 밋밋한 어조로 말한다.

크라머는 그녀의 혼란스러운 표정을 보자 호탕한 웃음을 터뜨린다. 어찌나 웃어 대는지 숨이 찰 지경이다.

"이봐요."라고 흥분한 후트슈나이더가 말한다. "도대체 이해할 수가 없습니다. 뭐가……."

크라머는 손가락으로 미아를 가리키는 수밖에 도리가 없다. "저 수형자 좀 보세요!" 다시 말할 수 있게 되자 겨우 내뱉는다. "저 정신 나간 얼굴이라니! 그녀는 **방법**이 자기를 순교자로 만들어 주리라 진지하게 믿었어요. 능력 없는 집권자들만이 흥분한 인민에게 숭배할 인물을 선물하는 법이죠. 나사렛 예수, 잔 다르크처럼요. 죽음은 개별 존재에게 불사성(不死性)을 부여하고 저항하는 힘을 강화해 주죠. 그런 일은 당신에겐 일어나지 않을 거예요,

홀 씨. 옷을 입으세요. 집에 가세요. 당신은⋯⋯." 또다시 웃음보가 터진다. "석방이에요!"

"아냐."라고 미아가 속삭인다.

천천히 사태를 파악하고는 벨의 얼굴이 히죽 웃는다.

"이제 그만하면 됐습니다." 후트슈나이더가 분노하는 눈초리로 크라머를 본다. 크라머는 웃다 흘린 눈물을 닦고 평정을 되찾는다.

"안 돼!"라고 미아가 소리 지른다. "당신들은 그렇게는 못 해! 날 여기 놔둬야 해! 당신들은 그렇게 해 줄 의무가 있어!"

"심리적 보호."라고 벨이 후트슈나이더에게 말한다. "감시인 배치. 재사회화 시설 수용. 의학적 감독. 일상생활 훈련."

"내가 처리하겠습니다."라고 후트슈나이더가 말한다.

"신뢰 구축 조치. 정치적 교육. 방법학."

두 남자는 계속 이야기하면서 방에서 나간다. 크라머도 문손잡이에 손을 얹는다. 그는 미아에게 담뱃갑과 라이터를 던져 준다.

"잘 사세요, 홀 씨." 하고 그가 말한다.

미아는 혼자 남는다. 그녀는 머리를 흔든다.

왜냐하면 이제야 비로소 그녀가, 이제야 연극이, 이제야 정말 모든 것이 끝났으니까.

옮긴이의 말

　어느 날 유일한 사랑인 이십 대 청년 남동생이 성폭행 및 살인 죄로 잡혀 들어갔다. 동생이 만나러 갔던 죽은 여인의 몸에서 동생의 디엔에이가 발견된 것이다. 그러나 동생은 끝까지 결백을 주장했고 체제의 손아귀에서 벗어나고자 마침내 자살했다. 당신이 디엔에이의 특성을 너무나 잘 아는, 체제에 충실한 생물학 전공자이지만, 또한 진정한 대화 상대였던 동생 또한 누구보다 잘 아는 누나라면 어느 쪽을 믿어야 할까? 동생을 어떤 모습으로 가슴에 담아야 할까?

　소설 『어떤 소송』의 주인공 미아 홀의 삶은 이 지점에서 딜레마에 빠진다. 젊고 매력적이며 재능 있고 독립적인 그녀가 정해진 궤도를 벗어나기 시작한다. 극심한 정신적 고통 속에서 동생을 추억하고 그가 한 말을 정리하느라 운동을 게을리하는 것은 물론, 먹고 자는 것도 흐트러진다. 이것이 당국의 눈에 띄어 그녀는 결국 법정을 들락거리게 된다. 미아는 매일의 영양 섭취와 수면 시간, 운동량 등을 매달 당국에 보고해야 하는 건강 독재 체제 아래 살기 때문이다. 그리고 이 체제는 인간의 자유와 자율성, 사적 영역 보호 같은 가치는 지상 목표인 최대한의 신체 건강을 위해서라면 침범받아도 된다고 여기기 때문이다. 무오류성을 자부하는 이 체제는 스스로를 '방법(Die Methode)'이라 부른다. 영역판 책 제목 The Method에서도 보이듯 정관사가 붙은 이 이름에는 자기들의 방식이 유일하게 좋은 궁극의 사회 질서라는, 체제의 독선적 자기 인식이 드러난다.

미아는 모범적이었던 삶에서 멀어져 두 세계의 경계선에 있는 자, 마녀의 어원이라는 '울타리에 올라탄 여자'가 된다. 그리고 반체제적 자유주의자였던 동생의 운명에 차차 가까워진다. 급기야 뜻하지 않게 혁명가 소리도 듣게 되며, 내란죄, 테러 전쟁 준비 등으로 기소되어 법의 심판을 받는다.

이 책은 독일의 작가 율리 체(Juli Zeh)가 2009년 발표한 Corpus Delicti(범죄 구성 요건, 물증, 사체 등을 뜻하는 라틴어 표현. '어떤 소송'이라는 부제가 달렸고, 한국어판에서는 이를 제목으로 사용했다.)라는 소설을 우리말로 옮긴 것이다.

1974년 6월 30일 서독 본에서 태어난 율리 체는 아직 우리나라에 많이 알려지지는 않았지만 현재 독일어권에서 가장 주목받는 젊은 작가 중 한 사람으로, 그녀의 작품들은 서른다섯 개 언어로 번역되었다. 그녀는 새 천 년의 전야부터 에세이와 단편 소설을 발표했고, 문단에 본격 데뷔한 것은 2001년 첫 장편 소설 『독수리와 천사(Adler und Engel)』를 통해서였다. 국제적으로 활동하는 법률가들과 마약 마피아들의 세계를 배경으로 국제법을 주제로 다룬 이 소설로 그녀는 비범한 신예의 등장을 알리며 평단을 깜짝 놀라게 했다. 이 작품으로 명성 있는 독일 서적상의 '성공적인 데뷔' 부문 등 세 개 문학상을 수상한 율리 체는 그 후 토마스 만 상, 횔덜린 문학상 장려금 등 총 10여 개 상을 받았다.

2004년에 발표된 장편 소설 『유희 충동(Spieltrieb)』에서는 작가의 고향 본에 있는 한 가상 김나지움의 학생들과 교사들이 주인공이다. 그들의 행동과 관념을 본보기로 삼아 법과 불법의 객관적 존재에 대한 법철학 문제를 다룬다. 『유희 충동』은 베른하르트 슈투들라어(Bernhard Studlar)에 의해 희곡으로 각색되어 2006년에 함부르크에서 초연되었다. 2007년에는 우리말로도 번역된 소설 『형사 실프와 평행 우주의 인생들(Schilf)』이 나왔는데 이 작품도 다른 이들이 연극으로 각색해 같은 해 독일과 2012년 오스트리아에서 상연되었다. 이처럼 율리 체의 작품들은 소설과 희곡이라는 두 장르의 벽을 넘는 일이 흔하다.

율리 체는 스무 권에 이르는 여러 장르의 문학 작품을 발표하면서 동시에 법조인으로도 일하고 있다. 대학에서 법학을 전공하고 유엔에서 근무하기도 했으며 유럽 통합법으로 법학 석사 학위를, 국제법 전공으로 법학 박사 학위를 받았다. 그 밖에 국내외 수많은 신문, 잡지에 여러 분야의 글을 기고하고 방송에 출연해 사회, 정치 문제에 대해 발언하면서 책임감 있는 시민, 대표적 참여 지식인으로서의 면모도 보이고 있다.

다시 작품으로 돌아가서, 『어떤 소송』은 소설 형태를 갖추기 이전에 먼저 희곡으로 쓰였다. 동명의 희곡은 2007년 루르 트리엔날레에서 초연되면서 세상에 선을 보였다. 원서 표지에 보통의 경우와는 달리 '장편 소설' 대신 '어떤 소송'이라는 단어가 자리 잡고 있는 것도 이와 관련이 있어 보인다. 이 작품을 소설이라고 이름 붙이지 않은 것에 대해 작가는 정직하고 싶어서 그랬다고 말한 적 있다. 물론 무엇보다도 이 작품 자체가 바로 미아 홀의 소송을, 왜 그녀가 그런 판결을 받게 되었나를 보여 주기 때문일 것이다. 『어떤 소송』은 장르의 경계를 넘으며 음반 소설(Schallnovelle)로도 만들어졌다. 율리 체와 록 밴드 슬럿(Slut)이 공동으로 작업해서 일부 글은 새로 쓰고 일곱 곡을 새로 작곡해 청취극과 음악이 혼합된 시디로 발표한 것이다.

『어떤 소송』의 무대는 21세기 중엽으로, 일견 목가적이고 평화롭다. 환경은 깨끗하고 인간들은 건강하다. 그럼에도 이 소설은 디스토피아, 사이언스 픽션으로 분류되곤 한다. 저자는 그러나 이 작품이 사이언스 픽션 분야의 문학상 후보로 지명되는 것도 거부했다. 이 소설이 그 배경인 미래보다는 우리가 사는 현재의 발전 방향과 경향을 보여 주며, 현재에 대한 진단이라는 것이다. 건강 독재와 '빅 브라더'는 이미 우리 현실의 일부라는 말이다.

시간적 배경을 상대화하는 표현은 작품 안에서도 발견된다. "항상 다시, 세기 초거나 세기말이거나 또는 중엽이거나, 위를 보라." 미아와 그녀의 적수인 거물 언론인 크라머의 팽팽한 대화와 각자의 입장이 잘 드러난 짧은 글은 작품의 하이라이트이며, 어느 시대에 국한되지 않는, 자유와 안전이라는 인간 보편의 문제를 건드린다. 체제 수호자인 크라머는 미아의 적이면서도 때로 미아가 끌릴 만큼 만만치 않게 지적이고 신사적이어서 작품의 긴장과 반전을 뒷받침한다.

팔뚝 속의 전자 칩, 공개되는 나체 사진, 몸속 사진과 각종 신체 데이터들. 사적 영역 존중과 개인 정보 보호는 이 소설의 또 하나의 큰 주제라 하겠다. 물론 이것은 시민적 자유라는 테마와 무관하지 않다. 관찰당하는 인간은 이미 자유롭지 않다고 한 독일 법원의 말처럼. 엄청난 정보화 기술의 시대이기에 특히 주목받는 주제다.

현실에서 작가는 2008년에, 뉴욕의 9. 11 사건 이후 테러 예방이라는 명목으로 자유권이 훼손되는 흐름 속에서 독일에 도입된, 지문 등 생물학 정보를 담은 새 여권이 정보의 자기 결정권이란 기본권에 반한다며 헌법 재판소에 제소하기도 했다. 또한 2013년에 미국 정보기관이 외국 정상 전화를 도청하고 외국 시민의 개인 정보를 빼낸 스캔들이 터졌을 때에도 정부가 걸맞은 대응을 하지 않았다며 시민 6만 5000명과 스무 명 넘는 작가들이 서명한 공개 편지를 앙겔라 메르켈 총리 앞으로 보내고 작가들과 총리 관저를 향해 거리를 행진하기도 했다.

한 인터뷰에서 율리 체가 한 말은 이 작품과 관련해서도 귀 기울일 만하다. "우리에게는 수십 년 전부터 잘 작동하는 민주주의 체제가 있고 이에 대한 자부심과 신뢰감도 있다. 우리가 최선의 국가 형태라 여기는 이 체제가 어쩌면 다시 전체주의나 독재 체제로 급변할 수도 있다는 점을 90퍼센트 이상의 사람들이 비현실적으로 여긴다. 바로 이것이 나를 불안케 한다. '아, 잘 굴러가고 있는데 엇나갈 리가 없어.' 하고 생각할수록 엇나갈 위험이 커지기 때문이다. 나는 잠들지 않는 비판 의식이 민주주의의 토대라고 믿는다."

한편, 미아 홀이라는 주인공 이름은 16세기 말에 마녀로 지목돼 수많은 고문을 받은 실존 인물 마리아 홀에서 따왔다. 미아의 동생 모리츠는 잘 알려진 19세기 이야기 「막스와 모리츠」의 주인공 이름이기도 하며, 율리 체가 발표한 첫 장편 소설의 주인공 막스와 짝을 이룬다.

참고로 율리 체가 독자들이 보낸 질문에 답하는 모습을 볼 수 있는 인터넷 동영상을 소개한다.

https://www.schoeffling.de/autoren/juli-zeh

끝으로 이 작품에 애정을 가지고 재삼재사 꼼꼼히 검토해 주신 민음사 편집부에 감사의 말을 드리며, 이 소설이 우리말로 나오게 되어 기쁘다.

장수미

옮긴이 **장수미**

서울대학교 독어독문학과를 졸업하고, 동 대학원에서 석사, 박사 과정을 수료했다. 독일 마르부르크 대학교에서 방송영화학과 미술사, 교육학으로 석사 학위를 받고 괴테 인스티튜트에서 GDS(독일어 대 디플롬)를 취득했다. 영남대학교, 대진대학교, 경원대학교 등에서 강의했으며 현재 한국 에스페란토(중립적 국제어)협회 교육이사, 어학위원회 위원이자 번역가 및 통역가로 활동하고 있다. 옮긴 책으로 '중국의 쉰들러' 라베의 『존 라베 난징의 굿맨』, 제바스티안 피체크의 『눈알 수집가』, 『눈알 사냥꾼』이 있다.

어떤 소송

1판 1쇄 펴냄   2013년 12월 27일
2판 1쇄 찍음   2024년 8월 29일
2판 1쇄 펴냄   2024년 9월 6일

지은이   율리 체
옮긴이   장수미
발행인   박근섭·박상준
펴낸곳   (주)민음사

출판등록 1966. 5. 19. 제16-490호
주소   (06027) 서울시 강남구 도산대로 1길 62(신사동)
          강남출판문화센터 5층
대표전화 02-515-2000 | 팩시밀리 02-515-2007
홈페이지 www.minumsa.com

한국어 판 ⓒ (주)민음사, 2013, 2024. Printed in Seoul, Korea

ISBN   978-89-374-5474-5 (03850)

* 잘못 만들어진 책은 구입처에서 교환해 드립니다.